ullstein

CHRISTIN-MARIE BELOW, Jahrgang 1993, wohnt in Kassel. Hin und wieder findet man sie aber auch auf Norderney, wo sie vor Ort recherchiert. Als Tochter der Autorin Andrea Russo (Anne Barns) wuchs sie umgeben von Geschichten und Büchern auf.

Von der Autorin ist in unserem Hause außerdem erschienen:

Pension Herzschmerz
Café Meerblick
Unser Reetdachhaus am Strand
Das Glück liegt am Strand

Christin-Marie Below

Unsere FRÜHSTÜCKS PENSION am MEER

Roman

Ullstein

Besuchen Sie uns im Internet:
www.ullstein.de

Originalausgabe im Ullstein Taschenbuch
1. Auflage Mai 2025
2. Auflage 2025
© Ullstein Buchverlage GmbH, Friedrichstraße 126,
10117 Berlin 2025
Wir behalten uns die Nutzung unserer Inhalte für Text und Data
Mining im Sinne von § 44b UrhG ausdrücklich vor.
Bei Fragen zur Produktsicherheit wenden Sie sich bitte
an produktsicherheit@ullstein.de
Umschlaggestaltung: Sabine Kwauka, München
Titelabbildung: © Sabine Kwauka unter Verwendung von:
Himmel shutterstock / © Artnizu, Haus shutterstock / ©
Nikiparonak, Strand shutterstock / © Evgenia_art_art, Mann
shutterstock / © Michal Sanca, Frau shutterstock / ©
mentalmind, Gitarre shutterstock / © Paulaparaula, Muscheln
shutterstock / © Iya Balushkina, Blumen shutterstock / © Daria
Doroshchuk, Möwen shutterstock / © Volushka
Liedtexte: Columbus © Lio Unverricht, Instagram @thisislioba,
alle anderen © Christin-Marie Below
Gesetzt aus der Albertina powered by *pepyrus*
Druck und Bindearbeiten: ScandBook, Litauen
ISBN 978-3-548-06870-1

Für Jana
Schwesternliebe ist zeitlos

Prolog

Der Sommer war in jeden Winkel des Hauses eingezogen. Licht fiel durch das kleine Fenster über der Spüle und malte Muster auf den abgenutzten Holztisch. Der Duft von Kirschen erfüllte den Raum, mischte sich mit der frischen Meeresbrise, die durch die angelehnte Terrassentür hereinwehte. Enna stand am Herd und lächelte. Ihre Enkel, Katharina, Kai und Ole, waren zu Besuch in ihrem Haus auf Norderney, und mit ihnen war wieder Leben in die alten Mauern eingezogen. Doch gerade war es still, ungewöhnlich still. Enna lauschte. Diese Art von Ruhe kannte sie nur zu gut.

»Was die wohl wieder aushecken?«, murmelte sie vor sich hin und schaute aus dem Fenster in den Garten. Nichts war zu sehen, nur der alte Walnussbaum, dessen Blätter sich im Wind wiegten.

»Kinder?«, rief Enna, aber niemand antwortete.

Sie rührte kräftig in dem alten Kupfertopf, aus dem ein verführerischer Duft aufstieg. Die Kirschen wurden in der Hitze zu weichen, saftigen Stücken, während die Flüssigkeit langsam eindickte. Der süß-fruchtige Geruch erfüllte den Raum, durchzogen von einem Hauch Bittermandel, und weckte Erinnerungen: klebrige Finger, lachende Gesichter und das Klirren von Gläsern, die mit rubinroter Marmelade gefüllt wurden.

Auch in diesem Jahr war die Ernte wieder üppig ausgefallen. Enna nahm den Kochlöffel heraus, kostete einen Tropfen und nickte zufrieden. Genau richtig. Sie wandte sich um, als plötzlich ein gedämpftes Kichern durch die Stille brach. Es kam aus dem Obergeschoss.

»Ah, da seid ihr also«, murmelte Enna, ging in den Flur und die Treppe hinauf. Langsam, bedächtig, um den Moment der Entdeckung noch ein bisschen hinauszuzögern. Die Tür zum Kinderzimmer, in dem früher ihr Sohn geschlafen hatte, stand einen Spalt offen. Dahinter hörte Enna ein Flüstern, unterbrochen von verhaltenem Lachen. Mit leisen Schritten ging sie zur Tür und schob sie vorsichtig auf. Das alte Holz knarrte, und drei Köpfe fuhren gleichzeitig hoch. Ihre Enkelkinder saßen auf dem Boden, umgeben von allerlei Schätzen, die sie in verschiedenen Ecken des Hauses gesammelt hatten: Oles zotteligem Teddy, Katharinas Lieblingshasen mit den abgewetzten Ohren und Kais grünem Stoffdrachen, der stolz auf einem Kissen thronte. Ein zerlesenes Märchenbuch lag aufgeschlagen daneben.

Die Augen der Kinder leuchteten, als sie ihre Großmutter im Türrahmen stehen sahen.

»Oma!«, rief Ole und sprang sofort auf. »Wir bauen eine Höhle!«

»Eine geheime Höhle«, fügte Katharina mit verschwörerischem Lächeln hinzu.

»Das sehe ich«, sagte Enna. »Sie sieht toll aus!«

Eine dicke, karierte Wolldecke lag schief über vier Stuhllehnen, die sie als Stützpfeiler für ihre Festung nutzten. Zwischen den Stuhlbeinen waren Kissen in allen Größen gestapelt, die wie eine schützende Mauer wirkten. Ennas cremefarbener Seidenschal hing über der Öffnung, die ins Innere führte.

»Wir wollten dich überraschen, Oma«, sagte Kai. »Komm mal gucken.«

Enna ging in das Zimmer und betrachtete das geheime Bauwerk etwas genauer. »Es ist wirklich eine wunderschöne Höhle«, lobte sie ihre Enkel und kniete sich auf den Boden, um einen Blick in das Innere zu werfen.

Da zupfte Katharina an Ennas Schürze und sagte: »Es ist ein Geheimversteck, Oma.« Die Wangen ihrer jüngsten Enkeltochter glühten vor Aufregung. »Hier dürfen nur welche rein, die das Passwort wissen!«

»Ach, ein Passwort?«, fragte Enna und schmunzelte. »Und darf ich denn mitmachen, wenn ich es weiß?«

»Das errätst du nie!«, rief Ole und verschränkte die Arme vor der Brust.

»Na, na«, sagte Enna lächelnd. »Ich bin doch eine alte Rätselkünstlerin. Ich werde mein Glück versuchen. Also, das Passwort ... ist es vielleicht ›Drachenhöhle‹?«

Die Kinder schüttelten gleichzeitig ihre Köpfe, wobei Ole ein triumphierendes »Nein!« ausrief.

Enna legte einen Finger an die Lippen und tat so, als würde sie angestrengt nachdenken. »Vielleicht ist es ›Kissenkönigreich‹?«

»Ganz falsch!«, rief Kai lachend, und Katharina kicherte.

Enna hob gespielt resignierend die Hände. »Na gut, dann mein letzter Versuch: ›Geheimburg Stinkesocken‹.«

Die Kinder brachen in schallendes Gelächter aus, und Katharina schüttelte so heftig den Kopf, dass ihre Zöpfe wippten. »Nein, nein, nein, Oma! Das ist alles falsch!«

Enna tat, als wäre sie tief enttäuscht. »Dann bleibt mir wohl nichts anderes übrig. Ich schlage euch einen Tausch vor.«

»Einen Tausch?« Kai zog eine Augenbraue hoch, während Ole neugierig näher kam.

»Ja«, sagte Enna mit einem verschmitzten Lächeln. »Ich gebe euch drei große Scheiben von meinem süßen Stuten, dick bestrichen mit der Kirschmarmelade, die ich gerade gemacht habe. Und dafür verratet ihr mir das Passwort.«

Die Kinder sahen sich an, ihre Augen wurden groß. »Kirschmarmelade?«, wiederholte Ole mit glänzenden Augen, als wäre es das magischste Wort, das er je gehört hatte.

»Mit Stuten?«, fügte Katharina hinzu, ihre Stimme leise und bedächtig.

»Hat man doch bis hier oben gerochen, dass Oma Marmelade kocht.« Kai zögerte kurz, dann nickte er langsam. »Also, eigentlich könnten wir Oma das Passwort sagen, oder?«

Die Geschwister sahen sich kurz an, dann flüsterte Katharina, als sei das Passwort ein kostbarer Schatz: »Na gut, Oma … das Geheimwort ist ›Sternenglanz‹.«

»Sternenglanz.« Enna lächelte. »Das klingt wunderschön. Es passt perfekt zu eurer geheimen Höhle.«

Kai nickte ernst. »Du musst es dreimal hintereinander sagen«.

»Sternenglanz, Sternenglanz, Sternenglanz«, sagte Enna, und Katharina schob feierlich den Seidenschal zur Seite.

Enna kroch durch die Öffnung hinein. Es war warm und gemütlich im Inneren, die Wände aus Decken schirmten das Licht ab und ließen alles um sie herum verschwinden. Der Boden war mit Kissen in allen Formen und Farben gestaltet – von großen, plüschigen Exemplaren bis zu kleinen, festen, die sich wie eine Patchworkdecke aneinanderfügten.

»Hier drin ist es fast wie in einer anderen Welt«, flüsterte Katharina, als sie sich neben Enna kuschelte.

»Ja«, antwortete Enna leise, während sie ihren Arm um die Schulter ihrer zierlichen Enkelin legte.

Kai schaltete eine Lichterkette ein, und nun wurden die warmen Lichtpunkte sanft an den Decken und Kissen reflektiert.

Ole zeigte stolz auf die Lichter. »Die sind wie echte Sterne, Oma! Ich hab sie festgeknotet, damit sie nicht runterfallen.«

»Das hast du super gemacht«, lobte Enna ihn. Er war neun, der Älteste der Rasselbande, und schon jetzt sehr an Technik interessiert. »Eure Höhle ist nicht nur gemütlich, sondern auch richtig magisch.«

»Die Lichter sind der Himmel«, erklärte Katharina mit funkelnden Augen. Sie streckte die Arme aus, als ob sie den ganzen Raum umarmen wollte. »Und niemand kommt hier rein außer wir und du, Oma! Weil du unser Geheimwort kennst.«

Enna lächelte breit. »Jetzt fehlt nur noch eine kleine Stärkung, was meint ihr?«

»Au ja, Oma, bringst du uns was hoch?«, fragte Kai.

Enna schüttelte den Kopf. »Das fehlt mir noch. Gegessen wird am Küchentisch!« Sie lächelte schelmisch. »Und dafür gibt es natürlich auch ein Geheimwort, das ihr vorher erraten müsst.«

Und sie wusste auch schon, wie es heißen würde.

Kapitel 1

Um mich herum herrscht reges Treiben. Die Menschen zieht es hinaus, die Cafés sind gut besucht. Ich höre Kinderlachen, hupende Autos und Fahrradklingeln. Auf der anderen Straßenseite läuft ein Hund, dicht gefolgt von seinem schweißgebadeten Herrchen auf einem Lastenrad. Die Tür des kleinen italienischen Cafés gegenüber steht offen. Es riecht nach stark gebrühtem Kaffee und den Cornettos, die dort immer frisch gebacken werden. Die mit Pistazienfüllung mag ich am liebsten. Die kleinen runden Tische draußen stehen nebeneinander an der Hauswand, und an jedem sitzen gut gelaunte Menschen. Zwei Frauen lachen laut, ihre Prosecco-Gläser klirren beim Anstoßen. Ein Mann liest Zeitung, das Handy liegt neben ihm auf dem Tisch, während er immer wieder auf die Uhr schaut. Am nächsten Tisch hält sich ein Pärchen an den Händen, ihre Köpfe sind einander zugeneigt, und sie teilen sich ein Stück Tiramisu.

Tom mochte kein Tiramisu. Es war ihm zu süß und zu matschig. Wie konnte ich mich nur in einen Mann verlieben, der nichts Süßes mochte? Kein Tiramisu, keine Schokolade, keinen Vanillepudding, nicht einmal einen einfachen Keks zum Kaffee. Ich presse die Lippen aufeinander und schüttele innerlich den Kopf. Kaffee mochte er auch nicht. Den habe ich immer nur für mich aufgebrüht. Was war er eigentlich für ein Mensch? Wir haben sowieso nicht zusammengepasst, rede ich mir ein.

Mein Blick bleibt an dem Pärchen hängen, während ich mir sage, dass es besser ist, allein zu sein. Nur das Herz will mir nicht glauben. Denn das Lachen, die Zärtlichkeit, all die schönen Dinge, die mir jetzt fehlen, springen mir hier auf diesem Platz von allen Seiten entgegen.

Schnell greife ich in meine Handtasche, setze meine Sonnenbrille auf und gehe mit gesenktem Blick weiter. Bei meinem Glück treffe ich auf dem Weg zu meinem Auto die halbe Nachbarschaft. Und auf Small Talk habe ich jetzt gar keine Lust.

Mein Wagen steht in der nächsten Querstraße. Und da wollte ich so schnell auch eigentlich nicht mehr weg, denn einen Parkplatz in der Nähe der Wohnung zu finden ist hier fast so wahrscheinlich wie ein Sechser im Lotto. Aber im Moment halte ich es nicht mehr aus hier. Ich muss raus.

Am Auto angekommen, lasse ich mich schwer auf den Fahrersitz fallen und schließe einen Moment die Augen. Die vertraute Umgebung meines blassgelben Fiat Punto wirkt tröstlich, wie eine kleine Umarmung. Ich drehe den Schlüssel im Zündschloss, und der Motor brummt laut und unüberhörbar auf, als wollte er sich bemerkbar machen. Meine beste Freundin Jana hat meinen treuen Begleiter vor Jahren liebevoll »Lauto« getauft – ein Wortspiel, das uns immer wieder zum Lachen gebracht hat. Bei dem Gedanken geht es mir gleich ein wenig besser.

»Halt noch ein bisschen durch, Lauto«, murmele ich, während ich das Lenkrad umfasse. Einen neuen Wagen kann ich mir momentan nicht leisten. Dieser kleine Fiat hat mich durch viele Höhen und Tiefen begleitet, und ich hoffe, er bleibt noch eine Weile an meiner Seite.

Ich fahre los und lenke den Wagen durch die belebten Straßen. Menschen eilen mit Einkaufstaschen über die Zebrastreifen, Fahrräder schießen an mir vorbei, und ein Schwarm Tauben erhebt sich flatternd vom Gehweg. Alles ist in Bewegung, auch ich. Aber ich fühle mich, als würde ich auf der Stelle treten. Der Druck in meiner Brust, dieses unangenehme Gewicht, bleibt.

Ohne einen richtigen Plan zu haben, lasse ich die Stadt hinter mir. Die Häuser stehen nicht mehr so dicht beieinander, die Straßen werden breiter, und irgendwann erstrecken sich zu beiden Seiten des Wagens Felder. Ich schalte das Radio ein, suche einen Sender, der meinen Gedanken eine Pause gönnt. Schließlich finde ich ein Lied mit ruhigen Gitarrenklängen. Die Melodie des Songs »Holocene« von Bon Iver füllt den Innenraum, während unter mir die Straßen vorbeirauschen.

Ich öffne das Fenster einen Spalt und lasse die frische Luft herein, die den vertrauten Geruch von Asphalt und Staub vertreibt. Ein leichter Wind streicht mir durchs Haar, und für einen Moment glaube ich, leichter atmen zu können.

Doch das nagende Gefühl bleibt. Es ist nicht nur der Stress, nicht nur die Ungewissheit. Es ist die Leere, die Tom hinterlassen hat und die mich nicht loslässt. Das Gefühl von Freiheit, das ich mir vor Monaten so sehr gewünscht habe, fühlt sich jetzt fremd an – wie ein Raum ohne Wände, in dem ich keinen Halt finde.

Eine Weile fahre ich ziellos, dann kehre ich um und habe plötzlich ein Ziel: den Herkules, das Wahrzeichen Kassels. Ich folge der kurvigen Straße, die sich durch den Wald den Berg hinaufschlängelt, und stelle mein Auto auf dem Parkplatz nahe der Aussichtsplattform ab. Einen Moment bleibe ich noch sitzen, dann steige ich aus und schaue in den wolkenlosen Himmel. Schon als Kind war ich oft mit Oma und Opa hier und habe die mächtige Statue bewundert, die über die Stadt wacht. Es war immer ein Ort, an dem ich mich klein und unbedeutend fühlte, aber auf eine gute Art und Weise – als würde alles, was mich bedrückt, plötzlich nicht mehr so groß erscheinen. Nur am Meer fühle ich mich ähnlich und sogar noch ein bisschen besser.

Die letzten Meter muss ich zu Fuß gehen, einen schmalen, gepflasterten Weg entlang, der sich sanft den Hang hinaufzieht. Links und rechts des Weges ragen hohe, dichte Bäume empor, die an diesem sonnigen Tag mit ihrem Blätterdach nur sporadisch Lichtstrahlen auf den Boden werfen. Der Duft von feuchtem Laub und Erde liegt in der Luft, durchsetzt mit einer leichten Brise, die vom Berg herabweht. Mit jedem Meter spüre ich, wie die Schwere des Alltags ein wenig mehr von mir abfällt.

Endlich erreiche ich den Platz vor dem Herkules. Die riesige Statue erhebt sich über mir, starrt grau und mächtig in die Ferne, unbeeindruckt von allem, was sich unter ihr abspielt. Ich bleibe stehen und schaue schmunzelnd nach oben, auf das steinerne Abbild des Sohnes der griechischen Gottheit Zeus, der auf einem riesigen Oktogon platziert wurde. Für meinen Geschmack schaut er etwas zu erhaben, fast schon arrogant aus, und im Vergleich zu dem riesigen Unterbau ist er ein bisschen mickrig geraten. Das Verhältnis stimmt nicht. Aber trotzdem mag ich ihn.

Ich lasse mich auf eine der Steinbänke sinken, die rund um den Platz herum verteilt sind, und schließe die Augen. Der Wind weht sanft über den Berg, streicht mir durchs Haar. Ich atme tief ein und spüre, wie die kühle Luft meine Lungen füllt. Hier oben ist es immer etwas kälter als unten in der Stadt, wo sich die Hitze besonders gern staut. Es fühlt sich gut an, hier zu sein, ein bisschen so, als wäre mein Herzschmerz nur ein kleines Detail in der langen Geschichte dieses Ortes. Vielleicht ist es das ja auch. Was auch immer in den letzten Monaten passiert ist, was auch immer mit Tom und mir passiert ist, wird mich nicht den Rest meines Lebens runterziehen.

Ich atme noch einmal tief durch, stehe auf und trete ans Geländer und lasse meinen Blick über die Landschaft gleiten. Vor mir öffnet sich ein freier Blick auf die monumentale Kaskade, eine beeindruckende Wasseranlage, die sich wie eine steinerne Treppe den Berg hinunterzieht. Heute fließt zwar kein Wasser, aber die schiere Größe dieser Konstruktion beeindruckt mich immer wieder. Mein Blick schweift weiter. Von hier aus sehe ich die ganze Stadt. Kassel breitet sich vor mir aus wie ein lebendiges Gemälde. Häuser, Straßen und das Grün der Parks. Am Horizont die Berge.

Da höre ich plötzlich ein leises Murmeln, gefolgt von einem in regelmäßigen Abständen wiederkehrenden Klack, Klack, Klack. Ich schaue zur Seite und sehe eine ältere Dame, die langsam die letzten Stufen hinaufsteigt. Ihre Schritte sind gemächlich, aber bestimmt, sie stützt sich auf einen Gehstock aus dunklem Holz, der bei jedem Schritt leise auf den Stein klopft. Wow, denke ich. Sie hat die ganze Treppe geschafft, dreihundert Meter nach oben.

Die Frau trägt einen langen hellen Sommermantel, der leicht im Wind weht, und ein buntes Kopftuch, das ihr Gesicht umrahmt. Ihr Haar ist schneeweiß, und in ihrem Blick liegt etwas Lebendiges, Warmes. Sie erinnert mich an jemanden, aber ich komme im ersten Moment nicht darauf, an wen.

»Schön hier, nicht wahr?« Ihre Stimme ist leise. Sie geht auf die Bank neben mir zu und setzt sich langsam.

»Ja, sehr schön.«

»Ich komme oft hierher«, sagt sie. »Es ist ein guter Ort, um nachzudenken. Manchmal sind die großen Dinge, die uns beschäftigen, gar nicht so groß, wenn man sie von hier aus betrachtet.« Ihre Stimme ist ruhig, als hätte sie diese Worte schon oft gesagt, für andere und vielleicht auch für sich selbst. Und doch wirken sie in diesem Moment wie die tröstlichsten Worte der Welt. »Ich bin Luise.«

Ich lächle. »Schön, Sie kennenzulernen, Luise. Mein Name ist Katharina.«

»Ein schöner Name.« Sie betrachtet mich aufmerksam. »Er bedeutet ›die Reine‹, aber das wissen Sie wahrscheinlich schon.«

»Ja«, sage ich und weiß plötzlich, an wen sie mich erinnert. Die Art, wie sie mich ansieht, das sanfte Lächeln lassen mich an meine Oma denken. Und daran, dass auch sie uns Kinder immer mal wieder die Herkunft und die Bedeutung unserer Namen erklärt hat. Dabei hat sie gern betont, dass unsere Namen mehr sind als nur leere Hülsen. Sie seien Wünsche, Hoffnungen und manchmal auch eine Art Prophezeiung, wobei sie meine Namensbedeutung etwas anders interpretiert hat. Für sie war ich die aufrichtige Katharina, meine Brüder waren der edle Ole und der kämpferische Kai.

»Was bedeutet Luise?«, frage ich.

»Berühmt. Und laut. Aber das passt so gar nicht zu mir.« Sie schmunzelt. »Aber wissen Sie, Namen sind wie Geschichten. Manchmal offenbaren sie ihre wahre Bedeutung erst, wenn man die Zeit hatte, sie zu leben. Wer weiß, vielleicht komme ich irgendwann noch darauf, was der Name Luise mit mir zu tun hat.«

Ihre Worte hallen in mir nach. Ich spüre, wie sich etwas in mir löst, als hätte die alte Dame gerade eine Tür geöffnet, durch die ich treten könnte. Ein neuer Gedanke formt sich in meinem Kopf, und ich nehme mir vor, ihre Worte gleich als Erinnerung in mein Handy zu sprechen. Vielleicht finden Sie irgendwann einen Weg in eines meiner Bücher, die ich noch schreiben werde. Bei dem Gedanken seufze ich unwillkürlich auf. Seit Wochen bekomme ich kaum einen vernünftigen Satz zustande. Das muss sich unbedingt ändern.

»Wohnen Sie in Kassel?«, fragt sie nun.

»Ja«, antworte ich. »Im Vorderen Westen …«

Wir plauschen noch eine Weile über Kassel, bevor sie

sich verabschiedet. Ich schaue ihr nach, nehme mir vor, mich mal wieder bei meiner Oma zu melden, und hole im nächsten Moment mein Handy aus der Tasche. Bisher habe ich mir noch nie Gedanken gemacht, was der Name meiner Oma bedeutet, und von sich aus hat sie nie darüber gesprochen. Nur ein paar Sekunden später weiß ich, dass der Mädchenname Enna die weibliche Form von Enno ist, dass er wahrscheinlich als Kurzform von Namen gebildet wurde, die mit dem germanischen Wortstamm »agi« beginnen. Und dass es »Schrecken« bedeutet.

»Die schreckliche Enna«, sage ich leise und schüttle den Kopf. Wie hat Luise das noch mal gesagt? Ich drücke auf die Aufnahmefunktion meines Handys und sage: »Namen sind wie Geschichten. Sie offenbaren ihre wahre Bedeutung erst, wenn man Zeit hatte, sie zu leben.«

Als Kind habe ich meine Oma als eine sanfte und liebe Frau erlebt. Jetzt ist sie sechsundsiebzig Jahre alt, und ich glaube, dass sie ihrem Namen voll und ganz gerecht wird. Oma Enna kann sehr beängstigend sein, wenn ihr etwas nicht passt.

Ich stehe auf und gehe langsam in Richtung Parkplatz. Mit jedem Schritt wird meine Brust ein wenig leichter, und obwohl der Schmerz noch da ist, fühlt er sich jetzt nicht mehr so überwältigend an.

Da meldet sich plötzlich mein Handy. Jana, meine beste Freundin, hat ihre eigenen Klingeltöne. Einen Kuss für Textnachrichten, den Song *Lieblingsmensch* von Namika, wenn sie mich anruft. Jana ist wundervoll, wir kennen uns, seit ich meine schulische Ausbildung zur Erzieherin angefangen habe. Sie war plötzlich da und ist mir nicht mehr von der Seite gewichen. Bis heute.

Freue mich auf Einweihungspizza und Vino – bei dir!

Bis später, freue mich auch!, antworte ich.

Ich muss schmunzeln. Die Einweihungspizza ist unsere Tradition. Immer wenn eine von uns beiden umzieht, treffen wir uns in der neuen Wohnung auf eine Pizza und ein Glas Wein. Meistens bei Jana, sie ist in den letzten zehn Jahren fünfmal umgezogen. Ich immerhin viermal: von zu Hause in eine WG, von dort in ein kleines Apartment, dann zu Tom, von Tom mit einer kurzen Zwischenstation bei Jana in meine jetzige Bleibe. Aber jetzt ist Schluss mit dem Umziehen, das haben wir uns fest vorgenommen. Ich wohne jetzt nur zwei Häuser von meiner besten Freundin entfernt, und unsere Lieblingspizzeria ist auch gleich um die Ecke, besser geht's nicht. Und dieses Mal ist es ein ganz besonderes Treffen, weil ich seit so vielen Jahren wieder allein lebe. Ich schaue auf die Uhr. Schon sechs, jetzt muss ich mich beeilen. Unsere Lieblingspizza wird gleich geliefert.

Kapitel 2

Der Duft von geschmolzenem Käse und frischem Basilikum erfüllt die Luft, während leise Musik aus den Lautsprechern meiner Musikbox dringt. Die Kerzen auf den Fensterbänken flackern sanft und werfen warme Schatten an die frisch gestrichenen Wände. Um richtig anzukommen, werde ich wahrscheinlich noch einige Tage brauchen. Wenigstens habe ich ein paar Sachen aus der Krimskramskiste fischen können, die es uns heute Abend ein bisschen gemütlicher machen. Eigentlich wollte ich schon alles ausgepackt und eingeräumt haben, bevor Jana kommt. Aber da hat Tom mir mal wieder, wie schon so oft in meinem Leben, einen Strich durch die Rechnung gemacht.

Kurz darauf klingelt es an meiner Tür. Jana ist da. Mit einem Schwung stehe ich auf und drücke den Türöffner.

»Wow, das ist immer noch ein schönes Treppenhaus!«, ruft sie, und ich muss lachen.

Sie braucht verdächtig lange bis in den zweiten Stock. Jana und ich haben uns über die Jahre in Kassel einen fast ein bisschen zu langsamen Treppengang angewöhnt. Das ist notwendig, wenn die meisten deiner Freunde im vierten bis

sechsten Obergeschoss wohnen und du nicht nass ge-
schwitzt oben ankommen willst. Wahrscheinlich aber steht
sie gerade wieder am Fenster und bestaunt den Hinterhof,
eine kleine, grüne Oase in der Stadt. Zwischen dem Haus
und dem Nachbarhaus erstreckt sich ein schmaler Garten,
der von hohen Ziegelmauern eingerahmt wird. Mittendrin
steht ein mächtiger Kastanienbaum, dessen Zweige sich weit
ausbreiten und den Rasen mit einem Baldachin aus Blättern
überschatten. Am Rand des Hofes hat eine Nachbarin einen
kleinen Kräutergarten angelegt. Der intensive Duft von
Minze, Thymian und Rosmarin zieht bei geöffneten Fenstern
bis in meine Wohnung hinauf. Ein paar bunte Wimpelketten,
die offensichtlich von einem Sommerfest übrig geblieben
sind, hängen noch zwischen den Fenstern der Häuser. Wenigstens bei der Wohnungssuche habe ich Glück gehabt,
denke ich, gehe in den Flur und schaue die Treppe nach unten.

»Voll schön!«, ruft Jana.

Die letzten Treppenstufen stürmt sie nach oben. Und
dann zieht sie mich in eine feste Umarmung.

Ich lache und drücke sie zurück. Wenn ich Jana sehe, geht
es mir gleich besser. Dann entspannt sich mein Nervensys-
tem. Bei ihr fühle ich mich geborgen und kann einfach ich
sein.

Sie zieht sich zurück und hält eine Flasche hoch. »Nur das
Beste für uns. Unser Lieblings-Shiraz. Wie fühlt es sich an,
endlich in den eigenen vier Wänden zu sein? Wie hast du geschlafen?«

Ich lehne mich gegen den Türrahmen. »Wie es sich anfühlt? Unwirklich. Und ehrlich gesagt, ein bisschen beängstigend«, antworte ich, während ich sie hineinschiebe und die Tür hinter ihr schließe.

Ich nehme die Flasche und stelle sie auf die Anrichte, bevor ich mich mit einem tiefen Atemzug auf die Couch fallen lasse. »Ich habe nicht viel geschlafen«, gestehe ich und streiche mir eine Haarsträhne aus dem Gesicht. »Das Bett fühlt sich irgendwie fremd an, weißt du? Monatelang war ich bei dir, und davor habe ich gemeinsam mit Tom gewohnt. Jetzt ist alles so still. Kein Klappern in der Küche, keine Gespräche bis spät in die Nacht. Und meine Wohnung ... sie kommt mir immer noch leer vor, obwohl wir alles hierhergeschleppt haben.«

Jana setzt sich neben mich und legt einen Arm um meine Schultern. Ihre Wärme tut gut. »Das ist doch normal«, sagt sie mit ihrer ruhigen, festen Stimme. »Es ist der erste Schritt in deinem neuen Leben. Natürlich fühlt es sich komisch an. Aber das wird besser. Du musst dir Zeit geben.«

Ich nicke und schaue zum Fenster, hinter dem sich die Blätter des Kastanienbaumes im Wind bewegen. »Ich war die halbe Nacht wach und habe in den Hinterhof gestarrt. Da war eine Katze, die sich unter den Baum geschlichen hat, und ein Nachbar, der in der Nacht geraucht hat. Ich wollte mich freuen, weißt du? Endlich wieder ein eigenes Zuhause. Aber stattdessen ...«, ich zögere und suche nach den richtigen Worten, » ... hat es sich einfach nur einsam angefühlt.«

Jana drückt mich ein bisschen fester an sich. »Hey, das ist okay«, sagt sie leise. »Du bist von einem vollen Haus, einer Beziehung und dann von mir in diese Stille gezogen. Kein

Wunder, dass du Zeit brauchst, dich daran zu gewöhnen.« Sie grinst plötzlich, und ich kann nicht anders, als auch zu lächeln. »Und solange es noch ungewohnt ist, komme ich eben so oft vorbei, bis du keine Ruhe mehr hast. Das legt sich schon noch, Kat. Und bald kannst du es genießen, warte ab.«

Jana ist meine Lieferantin für gute Laune. Noch nie habe ich so einen positiven Menschen wie sie kennengelernt. »Ja, ich weiß«, sage ich.

Sie schaut sich um und nickt anerkennend. "Wir haben ganze Arbeit geleistet. Deine Wohnung sieht echt großartig aus.«

Jana hat recht. Wir haben die Wände weiß gestrichen, aber für eine im Wohnzimmer haben wir uns ein zartes Grau mit einem Hauch von Rosa ausgesucht. Das gibt dem Raum eine angenehme Wärme. Es ist keine aufdringliche Farbe, sondern eher wie ein Hauch von Dämmerung. Die Farbe war Janas Idee, und ich muss sagen, sie hat den Nagel auf den Kopf getroffen.

Die Möbel sind überschaubar, aber ich mag sie. Und vor allen Dingen gehören sie mir. Ich habe sie ganz nach meinem Geschmack ausgesucht, ohne Kompromisse eingehen zu müssen. Lieber wenige Dinge, die ich wirklich schätze, als ein Sammelsurium aus Beliebigem. Auf einmal kommt mir meine Wohnung doch nicht mehr leer vor. Der Tisch ist mein Lieblingsstück. Jana und ich haben ihn gemeinsam aufgebaut. Was haben wir gelacht, als er zuerst wackelte wie ein dreibeiniger Hund, und Jana meinte, wir könnten ihn als Kunstwerk verkaufen. Sie hat immer diesen trockenen Humor, der in den unmöglichsten Momenten aufblitzt und alles leichter macht.

Jetzt steht der Tisch hier, stabil und schlicht, mit seiner matten Holzoberfläche, die bei jedem Sonnenstrahl warm leuchtet. Er ist ein Symbol für mich geworden, dafür, dass etwas Schönes entstehen kann, selbst wenn der Anfang holprig ist.

Die Stühle drum herum sind ein Mix. Zwei davon habe ich von einem Flohmarkt mitgenommen, alt und aus Holz, mit einem charmant abgenutzten Look. Die anderen sind modern, mit hellgrauem Stoff bezogen und klaren Linien. Es ist ein Stilbruch, aber einer, der funktioniert.

An der Wand lehnt ein großes, leeres Regal, das darauf wartet, gefüllt zu werden. Noch stehen nur ein paar Bücher darin, eine Vase mit frischen Eukalyptuszweigen und eine alte Keramikschale, die ich von meiner Mutter bekommen habe. Neben dem Regal liegt ein eingerollter hellgrauer Teppich, den ich irgendwann ausbreiten möchte, vielleicht morgen, vielleicht nächste Woche. Noch ist alles ein bisschen provisorisch, aber es fühlt sich gut an, langsam alles entstehen zu lassen.

Die Wände sind noch kahl, aber nach und nach werden Bilder dazukommen und Fotos, vielleicht eine Collage aus Erinnerungsstücken – ohne Tom. Aber das hat Zeit. Ich will mich nicht hetzen. Diese Wohnung soll Stück für Stück mit mir mitwachsen, sich nach und nach füllen, wie ein Tagebuch, das ich langsam schreibe. Es ist noch nicht perfekt, aber genau das macht es aus. Es ist der Anfang.

»Die gefüllten Umzugskartons haben Charme, willst du

sie für immer da stehen lassen, oder soll ich dir jetzt beim Auspacken helfen?«, fragt Jana.

Ich muss schmunzeln. »Danke, aber das eilt nicht, das schaffe ich ganz allein. Heute wird nicht mehr gearbeitet.«

»Na gut, dann kommen wir mal zu den wichtigen Dingen im Leben: Kat, dieser Duft! Hast du etwa selbst gekocht?"

Ich werfe ihr einen empörten Blick zu. »Was denkst du denn von mir? Natürlich nicht. Pizza à la Katharina, mit extra viel Liebe, frisch aus dem *Solo*.«

Sie lacht wieder und legt ihre Jacke auf einem der Kartons ab. »Na dann, lass uns keine Zeit verlieren. Ich habe ein riesiges Loch im Bauch.«

Während Jana es sich im Wohnzimmer gemütlich macht, gehe ich in die Küche, um die Pizza zu holen, die ich im Ofen warm gehalten habe. Die kühlen grauen Einbauschränke sind zwar ganz und gar nicht nach meinem Geschmack, aber ich bin froh, dass sie schon vorhanden waren und ich keine neue Kücheneinrichtung kaufen musste. Da Tom in unserer Wohnung geblieben ist und ich fast alles dagelassen habe, hat er mir etwas Geld gegeben. Aber das hat bei Weitem nicht gereicht, um mich komplett neu einzurichten. Jetzt habe ich also nicht nur keinen Freund mehr, ich bin auch so gut wie pleite. Aber daran und dass ich etwas an meiner finanziellen Situation ändern könnte, wenn ich es schaffe, endlich wieder zu schreiben, will ich heute nicht denken.

»Wein?«, ruft Jana.

»Unbedingt!« Ich gehe zurück und setze mich neben meine Freundin vor den Couchtisch, die Pizza in unserer Mitte.

»Auf dein neues Zuhause und auf viele unvergessliche Abende hier drin«, sagt sie und hebt ihr Glas.

»Auf uns und unsere Freundschaft«, erwidere ich und stoße mit ihr an. Der Wein ist samtig und fruchtig, perfekt für diesen Anlass.

Wir nehmen die ersten Bissen der Pizza.

Prompt entfährt Jana ein Seufzer. »Okay, die hier ist himmlisch. Ich hätte nie gedacht, dass Kartoffeln mit Pistazienpesto darauf so gut schmecken.«

»Meine ist auch gut«, sage ich. Diesmal habe ich mich für eine Variante mit Büffelmozzarella und Rucola entschieden. »Wie immer!«

Eine Weile essen wir genüsslich, und ich seufze zufrieden.

Da zeigt Jana auf die Sachen, die ich schon aus einem der Umzugskartons geräumt und liegen lassen habe. »Ist das etwa das Fotoalbum von Tom und dir?«

Ich seufze. »Frag nicht.«

»Habe ich schon.«

»Ja!«, antworte ich und nippe am Wein.

»Du hast es doch aufgehoben?«, fragt sie streng.

»Ja, und es war natürlich zufällig eines der ersten Dinge, die ich ausgepackt habe. Ich dachte, dass ich das mit Tom im Griff habe. Habe ich anscheinend nicht«, sage ich und lächle schief.

Jana legt mir eine Hand auf mein Knie. »Das tut mir so leid, Kat. Aber du weißt ja, dass das ganz normal ist. Gib dir Zeit, die Trennung ist erst ein paar Monate her. Gemessen an der Zeit, die ihr miteinander verbracht habt, darf es ruhig noch wehtun.«

»Sieben Jahre … Schöne Jahre.«

»Ja, und die sieben schönen Jahre hat er einfach weggeschmissen, ohne dir je eine richtige Begründung zu nennen. Er hat dein großes Herz nicht verdient, aber das muss ich dir nicht sagen, oder?«

Ich schüttele den Kopf und beiße von der Pizza ab.

Sie mustert mich. Dann sagt sie: »Dir wird es bald besser gehen. Sofern du jetzt nicht vorhast, jeden Tag in dem ollen Fotoalbum zu blättern.«

Ich muss grinsen. »Ich gebe mir Mühe.«

»Soll ich es mit zu mir nehmen?«

Ich zögere kurz. Das Album ist das Einzige, was ich von Tom aufgehoben habe. Alles andere habe ich beim Kistenpacken rigoros aussortiert. »Ist vielleicht keine schlechte Idee.«

»Oder sollen wir es gleich im Altpapier versenken?« Sie runzelt die Stirn. »Dürfen Fotos eigentlich ins Altpapier, oder gehören die in den Restmüll?«

»Keine Ahnung, die sind doch beschichtet«, sage ich.

Jana grinst. »Vielleicht gehören sie ja auch in die gelbe Tonne, dann wird Tom recycelt.«

»Bloß nicht!« Ich lache, und zum ersten Mal an diesem Abend fühlt es sich ehrlich und leicht an. »Tom recycelt – stell dir vor, dann kommt er vielleicht als Plastikflasche zurück und hat noch weniger Charakter.«

Jana prustet los und hebt ihr Weinglas. »Darauf, dass wir am Ende immer noch uns haben.«

»Ja, auf uns!« Ich stoße mit ihr an, und für einen Moment

schwindet das Gewicht der letzten Monate von meinem Herzen.

»Weißt du was?«, sage ich, während ich das letzte Stück Pizza in meinen Mund schiebe. »Ich glaube, du solltest das Album wirklich mitnehmen. Nicht dass ich mich morgen doch wieder dabei erwische, wie ich darin blättere.«

Jana nickt, dann nimmt sie einen großen Schluck Wein. »Gut, so machen wir es.«

Wir essen weiter, tauschen Neuigkeiten aus und genießen die entspannte Atmosphäre. Es fühlt sich an wie in alten Zeiten, als wir noch gemeinsam zur Schule gegangen sind und uns nachmittags bei mir getroffen haben, um Hausaufgaben zu machen und über Jungs zu tratschen. Nur dass die Themen erwachsener sind.

»Also, wie läuft's mit dem Schreiben?«, fragt Jana. »Hast du was geschafft heute?«

»Nicht wirklich«, antworte ich. »Es ist ein ständiges Auf und Ab, du weißt schon. An manchen Tagen fließen die Worte nur so aus mir heraus. Aber im Moment starre ich die meiste Zeit stundenlang auf den Bildschirm und frage mich, ob ich überhaupt schreiben kann.«

»Das ist doch normal«, meint sie aufmunternd. »Kreative Prozesse sind eben wie Ebbe und Flut. Mal ziehst du dich zurück, sammelst deine Gedanken, und dann kommt die Flut, und alles bricht aus dir heraus. Du musst nur lernen, den Rhythmus zu akzeptieren.« Sie grinst. »Bevor du fragst, das habe ich letztens in irgendeinem Post bei Instagram gelesen, das sind nicht meine klugen Gedanken.«

Ich muss lachen. »Aber der Vergleich ist nicht schlecht. Nur dass die Ebbe diesmal verdammt lang anhält.«

»Du hast ja auch eine echt schwierige Zeit hinter dir. Aber ich bin mir sicher, dass dein Buch wieder großartig wird.« Jana sieht mich ernst an. »Du bist verdammt gut, Kat, vergiss das nicht.«

Ich lächle. »Danke.« Es bedeutet mir viel, das von ihr zu hören. »Aktuell läuft das Schreiben ungefähr genauso gut wie das Auspacken der Umzugskisten.«

Janas Gesichtsausdruck wird weicher, und sie legt ihre Hand auf meine. »Das wird!«

Ich atme tief ein und spiele mit meinem Weinglas. »Mein Kopf kommt nicht hinterher, ich verstehe oder will immer noch nicht verstehen, was passiert ist. Für mich waren die Dinge immer so klar. Und dann kommt Tom einfach so mit der Trennung um die Ecke.«

»Ich wette mit dir, da steckt doch eine andere Frau dahinter. Sollen wir nicht doch mal ein wenig recherchieren?« Jana hält mir das Weinglas hin. »Ich spiele gern mal wieder Detektivin. So wie früher.«

»Mich bei einem Ex vor dem Haus auf die Lauer legen?« Ich schüttle den Kopf, muss aber plötzlich grinsen. »Weißt du noch? Die Neue von deinem Jonah, die plötzlich an die Autoscheibe geklopft und uns zwei Tassen Kaffee gebracht hat? Wie hieß sie noch gleich? Den Namen vergesse ich jedes Mal wieder.«

»Evangeline«, antwortet Jana wie aus der Pistole geschossen. Dann nickt sie anerkennend. »Die Aktion von ihr war echt gut.«

»Stimmt.« Ich drehe das Weinglas und werde plötzlich nachdenklich. »Schon verrückt, oder? Man teilt jahrelang alles miteinander, kennt die Träume, die Sorgen, die Macken des anderen ... und dann, von einem Moment auf den anderen, ist es, als hätte es das alles nie gegeben. Einfach Stille. Keine Nachrichten, keine Anrufe. Als würde man nicht mehr existieren.«

»Wird uns beiden nie passieren!«, sagt Jana inbrünstig. »Komm, darauf stoßen wir jetzt noch mal an!«

Wieder lassen wir die Gläser aneinanderklingen. »Auf uns!«, prosten wir.

»Und auch, wenn ich mich jetzt wiederhole«, sagt Jana, und ich weiß, was jetzt kommt: »Tom hat nie wirklich zu dir gepasst."

»Das hast du schon immer gesagt.« Ich trinke einen kleinen Schluck.

»Und ich hatte schon immer recht. Sein Perfektionismus war einfach anstrengend.« Jana schüttelt den Kopf. »Er hat doch alles immer dreimal durchgeplant. Selbst einen Spaziergang musste er in eine To-do-Liste packen. Ich meine, es ist super, wenn jemand organisiert ist, aber bei ihm war es wie eine Obsession.«

Ich lache leise, weil ich genau weiß, was sie meint. »Das stimmt. Manchmal dachte ich, er würde mich am liebsten in seinen Kalender eintragen, zwischen ›Projekt-Update‹ und ›Fitnessstudio‹. Er hatte sogar eine Exceltabelle für seine weit über fünfhundert Bücher. Er hat genau festgehalten, an welchem Platz im Regal das Buch steht. Und wenn er es verliehen hat, wurde das Datum der vereinbarten Rückgabe eingetragen.«

Jana zieht die Augenbrauen hoch. »Muss ich dazu wirklich noch etwas sagen? Und Kat, das war nicht nur ›manchmal‹. Er hat dir doch tatsächlich mal einen Zeitplan geschickt, damit ihr eure Freizeitaktivitäten ›optimieren‹ könnt, damit alles reibungslos abläuft. Erinnerst du dich? Ich habe Tränen gelacht.«

Ich antworte trocken: »Ja, das war typisch Tom. Er wollte sicherstellen, dass wir unsere Wochenenden maximal effizient nutzen: ›11:00 Uhr Spaziergang, 12:30 Uhr Mittagessen, 13:00 Uhr freies Gespräch über die Woche‹. Und um 22:00 Uhr ins Bett, eine Stunde früher als üblich, Zeit für Sex.«

»Wie romantisch.« Jana nimmt einen weiteren Schluck Wein. »Aber genug von deinem Ex. Du weißt ja, andere Mütter haben auch schöne Söhne.« Sie runzelt die Stirn. »Sagt man doch so, oder?«

»Ja, oder waren das die netten Söhne?«

Jana hebt ihr Glas. »Wie auch immer. Also, auf den nächsten Mann, der statt eines Zeitplans eine spontane Überraschung vorsieht.«

Ich hebe abwehrend die Hand. »Bloß nicht, ich möchte erst mal alleine klarkommen und mich auf mich selbst konzentrieren.«

»Verständlich«, stimmt sie zu, aber ich sehe das Glitzern in ihren Augen. »Warte mal, irgendwann verliebst du dich doch wieder. Und dann fängt alles wieder von vorne an. Die Schmetterlinge im Bauch, die Sehnsucht …«

Ich seufze. »Ganz ehrlich, gegen einen guten Flirt hätte

ich echt nichts einzuwenden. Das bringt mich vielleicht auf andere Gedanken.«

»Dito!«, sagt Jana.

Der Abend schreitet voran, unsere Gespräche werden immer lebhafter. Wir reden über alles Mögliche: Janas chaotische Kollegen, den letzten pompösen Auftritt einer Bekannten auf einer Party und unsere Pläne für den kommenden Sommer.

»Ich denke darüber nach, einen Roadtrip durch Italien zu machen«, erzählt Jana begeistert und gestikuliert wild mit den Händen. "Also, natürlich mit dir, ist ja klar, oder? Stell dir mal vor: Wir fahren die Küste entlang, halten in kleinen Dörfern an, futtern uns durch die besten Pastagerichte, trinken italienischen Wein, flirten … La dolce vita! Wir lassen uns einfach treiben, genießen das Leben und vergessen all den Stress. Kein Drama, keine Verpflichtungen, nur du, ich und Lauto.«

»Ernsthaft?« Ich schüttle amüsiert den Kopf. »Wir brauchen mindestens einen Minivan. Du kennst doch dein Gepäck. Und meins.«

»Okay, dann mit Leihwagen«, sagt Jana. »Was meinst du?«

»Das klingt traumhaft.« Ich lehne mich zurück und stelle mir die malerischen Landschaften und das azurblaue Meer vor. »Und ein bisschen Inspiration kann definitiv auch nicht schaden. Vielleicht lasse ich meinen nächsten Roman in Italien spielen.« Ich räuspere mich. »Wenn ich es schaffe, den jetzigen zu beenden.«

»Schaffst du!«, sagt Jana und klatscht in die Hände. »Was hältst du von Anfang September? Da könnte ich mir zehn

Tage Urlaub nehmen. Thelma und Louise auf Italienisch, aber ohne das tragische Ende. Versteht sich von selbst, oder?«

»Abgemacht«, sage ich. »Auf unseren italienischen Spätsommer.«

Ich stoße mit ihr an und spüre eine angenehme Wärme in mir. Ob sie durch den Wein oder den schönen Moment mit meiner Freundin entstanden ist, kann ich nicht ausmachen. Aber das ist nicht wichtig, seit Langem fühlt sich alles wieder so richtig gut an. Pläne schmieden, sich auf etwas freuen, das hatte ich lange nicht mehr. Und noch vor ein paar Stunden habe ich mit allem gerechnet, aber nicht mit einem so schönen Abend.

Um halb elf sind die Pizzen bis auf ein paar Krümel verputzt, und die Weinflasche ist halb leer. Wir sitzen nebeneinander auf dem Sofa, die Beine ausgestreckt und genießen die Stille.

»Ich bin so froh, dass wir das heute gemacht haben«, sage ich leise und schaue zu Jana hinüber. »Jetzt fühlt es sich wirklich an wie ein Neuanfang.«

»Das ist es auch«, antwortet sie und legt ihren Kopf auf meine Schulter.

Ich lächle und genieße den Moment. Genau in diesem Augenblick vibriert mein Handy auf dem Couchtisch und reißt uns aus der Ruhe.

»Wer schreibt dir denn um diese Uhrzeit?«, fragt Jana neugierig, während ich mich vorbeuge und das Handy greife.

»Meine Mutter«, antworte ich überrascht und entsperre das Display. Mein Blick wandert über die Nachricht, und plötzlich zieht sich alles in mir zusammen.

Kapitel 3

Hallo, Katharina, Oma Enna ist heute Nachmittag beim Kirschenpflücken von der Leiter gefallen. Sie hat sich das Sprunggelenk gebrochen und ist operiert worden, weil der Bruch etwas komplizierter war. Ist aber alles gut gegangen. Sie ist im Krankenhaus in Emden. Ich schaffe es wegen der Schule leider erst am Wochenende hin. Kannst du vielleicht vorher zu ihr fahren? Sie würde sich sicher freuen.

Ich lese die Nachricht zweimal, um sicherzugehen, dass ich nichts falsch verstanden habe. Ein Kloß bildet sich in meinem Hals. Schon wieder. Erst vorhin habe ich daran gedacht, mich mal wieder bei meiner Oma zu melden, und jetzt erfahre ich, dass sie im Krankenhaus liegt. Schlagartig macht sich das schlechte Gewissen in mir breit.

»Was ist passiert?«, fragt Jana besorgt und sieht mich mit großen Augen an.

»Meine Oma liegt im Krankenhaus«, sage ich langsam. »Sie ist von der Leiter gefallen und hat sich das Sprunggelenk gebrochen. Nachmittags schon. Und meine Mutter teilt mir jetzt erst mit, dass sie sogar schon operiert wurde.«

»Oh nein.« Jana legt mir eine Hand auf den Arm. »Geht es ihr sonst gut?«

»Anscheinend ja, aber das ist übel. Das wird ein paar Wochen dauern, bis sie wieder richtig fit ist. Das weiß ich, weil Toms Tante vor ein paar Jahren etwas Ähnliches durchgemacht hat. Sie war ein paar Wochen lang eingeschränkt, konnte anfangs nur mit Krücken gehen und musste unzählige Stunden in der Physiotherapie verbringen. Oma Enna ist zwar zäh, aber keine zwanzig mehr. Allein der Gedanke, dass sie so lange ihrem geliebten Garten fernbleiben muss, tut mir weh.«

»Hauptsache, sie wird wieder!«, sagt Jana.

Ich seufze. Mein Puls wird wieder etwas langsamer, und ich fühle mich plötzlich müde. »Meine Mutter fragt, ob ich zu Oma fahren kann, weil sie es erst am Wochenende schafft.«

»Natürlich fahren wir hin«, sagt Jana bestimmt. »Deine Oma braucht dich jetzt. Ich komme mit.«

»Aber du musst doch morgen arbeiten. Hast du nicht gesagt, ihr bekommt einen neuen Mitbewohner in der Wohngruppe?«

»Ja, das stimmt«, antwortet Jana und runzelt leicht die Stirn. »Wir bekommen morgen jemanden Neues in die Gruppe, und ich wollte eigentlich dabei sein, um ihm den Einstieg zu erleichtern. Aber weißt du was? Ich kläre das mit meinen Kolleginnen. Das Team ist super, die schaffen das auch ohne mich. Deine Oma geht vor.«

Ich schüttle den Kopf. »Das ist lieb von dir, wirklich. Aber ich fahre allein. Ich weiß, wie wichtig dir deine Arbeit ist. Meine Oma hat sich das Sprunggelenk gebrochen, das ist nicht lebensgefährlich. Und außerdem fände ich es viel besser, wenn du dir mal einen Tag freinimmst, damit wir was Schönes unternehmen können.«

»Gutes Argument«, sagt Jana, und ich fange in Gedanken schon an, den nächsten Tag zu planen.

»Ich fahre morgen früh los. Immerhin sind es fast vierhundert Kilometer bis nach Emden. Vielleicht übernachte ich dort, dann kann ich am nächsten Tag noch mal meine Oma besuchen und komme dann zurück.«

Jana drückt meine Hand. »Aber wenn du etwas brauchst, sag mir Bescheid. Und grüß Oma Enna von mir. Sag ihr, sie soll schnell gesund werden.«

»Das werde ich«, verspreche ich und spüre, wie meine Anspannung ein wenig nachlässt. »Danke, dass du da bist.«

»Gern geschehen. Und jetzt sollten wir langsam Schluss machen, damit du morgen früh fit bist.« Sie schaut zur Weinflasche. »Den Rest trinken wir, wenn du zurück bist, damit du morgen früh direkt fahren kannst und keinen Restalkohol im Blut hast.«

Ich lächle sie an. »Habe ich dir schon gesagt, wie sehr ich deine fürsorgliche Art liebe?«

»Tausendmal«, sagt Jana, steht auf, hält mir die Hand hin und zieht mich hoch. »Komm!«

Sie hilft mir, die restlichen Sachen abzuräumen. Nachdem alles verstaut ist, begleite ich sie zur Tür.

»Fahr vorsichtig morgen«, sagt sie, bevor sie mich noch einmal fest umarmt.

»Klar!«

»Und halt mich auf dem Laufenden, okay?«

Nachdem Jana gegangen ist, schließe ich die Tür, lehne mich einen Moment dagegen und atme tief durch. Mit der Wendung des Abends habe ich wirklich nicht gerechnet, was für ein Tag! Das reinste Wechselbad der Gefühle. Aber ich bin froh, dass es nichts Lebensbedrohliches ist. Trotzdem mache ich mir Sorgen um Oma Enna. Sie ist immer so aktiv und unabhängig gewesen – dieser Unfall wird sie sicherlich einschränken.

Ich gehe ins Schlafzimmer und beginne, eine kleine Tasche zu packen. Ein paar Klamotten für zwei Tage, meinen Laptop, falls ich zwischendurch arbeiten kann, und ein Buch für die Wartezeiten im Krankenhaus.

Während ich die Sachen zusammensuche, denke ich an die vielen Sommer, die ich mit meinen Brüdern bei Oma Enna hatten. An die schöne Zeit, die wir bei ihr verbracht hatten. Ich sehe uns in Gedanken vor mir: Kai, Ole und mich, wie wir barfuß im Garten herumtollen, die Hände klebrig von Kirschsaft. Wir haben uns gegenseitig überboten, wer die meisten Kirschen pflücken oder die höchsten Marmeladentürme bauen kann. Oma stand oft lachend daneben, eine Schürze umgebunden, und schüttelte den Kopf über unsere Streitereien um die größten Früchte. Später saßen wir zusammen in ihrer gemütlichen Küche, füllten Marmelade in Gläser und beklebten sie mit selbst gemalten Etiketten. Der Duft von Zucker und Früchten erfüllte das ganze Haus. Aber das Beste war der Stuten, den Oma immer frisch gebacken und noch lauwarm mit Frischkäse und einer dicken Schicht Marmelade bestrichen hat.

Doch was ist eigentlich mit Kai und Ole? Ob ich einen

meiner Brüder morgen im Krankenhaus antreffen werde? Wohl eher nicht. Es ist immer dasselbe. Seit wir erwachsen sind, hat sich so viel verändert. Mama hat ihnen wahrscheinlich nicht einmal Bescheid gesagt. Wenn es ernst wird, bin ich immer diejenige, die einspringt, die Verantwortung übernimmt, während die beiden in ihren eigenen Welten verschwunden sind.

Vielleicht ist es naiv, vielleicht auch nicht meine Aufgabe, aber Oma würde sich freuen, sie zu sehen. Und vielleicht brauchen wir alle einen Anlass, um wieder zueinanderzufinden.

Ich greife nach meinem Handy und tippe eine Nachricht, die ich an meine beiden Brüder schicke.

> *He, wisst ihr schon, dass Oma Enna heute von der Leiter gefallen ist, als sie Kirschen gepflückt hat? Sie hat sich das Sprunggelenk gebrochen und musste operiert werden. Ich fahre morgen früh ins Krankenhaus nach Emden. Es wäre schön, wenn wir alle dort sein könnten. Oma würde sich bestimmt freuen.*

Nachdem ich die Nachricht an die beiden abgeschickt habe, schaue ich einen Moment auf das Display in der Hoffnung, dass wenigstens einer von beiden sofort antwortet. Doch nichts passiert. Es ist halb zwölf, vielleicht schlafen die beiden schon.

Also bleibt mir wohl nichts anderes übrig, als mich erst einmal wieder allein zu kümmern. Ich schicke meiner Mutter eine kurze Nachricht, dass ich morgen früh losfahre, und bitte sie, mir das Zimmer und die genaue Station zu senden, auf der Oma liegt.

Eine halbe Stunde später liege ich im Bett. Es ist nach zwölf Uhr, und weder Ole noch Kai haben sich gemeldet. Aber immerhin kommt noch eine Nachricht von meiner Mutter bei mir an.

Du bist die Beste! Hab dich lieb.

In einer weiteren Nachricht finde ich die Station und die Zimmernummer.

Und in einer dritten:

Melde dich bitte, sobald du da bist!

Was ist mit Ole und Kai?, frage ich.

Ach, du weißt doch, wie die sind …, kommt es postwendend.

Prompt trifft die Antwort von Ole bei mir ein.

Das schaff ich leider nicht, Kat. Aber bestell
Oma ganz liebe Grüße von mir. Und sag mal
Bescheid, wie es ihr geht, wenn du da warst.

»Trollo!«, sage ich laut und schreibe:

Wir haben alle viel um die Ohren, aber es wäre
wirklich schön, wenn wir Oma zusammen
besuchen könnten!

Vielleicht schaffe ich es am Wochenende. Liebe
Grüße von mir!

Dieses Mal lege ich das Handy bewusst beiseite und atme tief durch. Dann lausche ich dem leisen Summen der Stadt durch das auf Kipp stehende Fenster. Meine Gedanken wandern zurück zu den Sommernächten bei Oma, wenn wir unter dem Sternenhimmel lagen und sie uns Geschichten erzählte – von Abenteuern, von Zusammenhalt und davon, dass man niemals die Hoffnung verlieren sollte. Ganz egal, ob meine Brüder es schaffen, sich in ihre Richtung zu bewegen. Ich werde morgen für sie da sein, so wie sie früher für mich da war.

Immer, wenn ich aus Kassel wegfahre, bin ich überrascht, wie weit sich das Land öffnen kann, wenn keine Berge den Blick begrenzen. Hier, in Ostfriesland, scheint der Horizont endlos zu sein. Die grünen Felder, durchzogen von schmalen Wassergräben, dehnen sich bis zur Unendlichkeit aus, und selbst die wenigen Baumgruppen wirken wie winzige Inseln in einem großen Ozean.

Heute liegt jedoch eine trübe Stimmung über der Landschaft. Der Himmel ist in ein eintöniges Grau gehüllt, das sich schwer auf die Felder und Wiesen senkt. Es ist, als hätte sich das Wetter meiner inneren Unruhe angeschlossen. Der Regen hängt förmlich in der Luft, ein feiner Dunst, der die Sicht verwischt, als würde die Welt sich vor mir verbergen wollen.

Was mich wohl im Krankenhaus erwartet?

Mein Handy vibriert in der Mittelkonsole. Vielleicht Kai,

denke ich und halte bei der nächsten Möglichkeit in einer Einbuchtung an. Aber die Nachricht ist von meiner Cousine.

Bin schon bei Oma. Kommst du auch?

Typisch Imke, kurz und knapp. Dann bin ich also doch nicht allein. Aber das hätte mir eigentlich klar sein müssen. Seit ich denken kann, ist sie immer die, die alles im Griff hat – eine Mischung aus mütterlicher Stärke und nüchterner Pragmatik. Kein Wunder, dass sie mittlerweile einen eigenen Hof auf Juist zusammen mit ihrem Verlobten Jan schmeißt. Imke hat schon immer alles geschafft.

Ich antworte schnell: *Ja, bin gleich da,* und fahre weiter.

Als ich Emden erreiche, lenke ich das Auto durch die Stadt und finde dank Navi schnell das Krankenhaus. Es ist unverkennbar: kühle Wände, verglaste Türen und das unvermeidliche Gefühl von Sterilität, das mich schon von außen anspringt.

Vor der großen gläsernen Eingangshalle bleibe ich einen Moment stehen und atme tief durch. Vor Krankenhäusern liegen die unterschiedlichsten Emotionen in der Luft. Eine Frau sitzt auf einer Bank und raucht eine Zigarette. Sie sieht besorgt aus. Gleich neben ihr steht ein Mann, der nervös mit einem Bein auf und ab wippt. Hinter den beiden spielt ein vielleicht dreijähriges Mädchen mit einem Jo-Jo, sie sieht unbesorgt aus. Sie bekommt wohl gar nicht mit, was um sie herum geschieht.

Und dann bin da ich, der die Sorge wahrscheinlich ins Gesicht geschrieben steht. Und das, obwohl ich weiß, dass

Oma keine lebensbedrohlichen Verletzungen hat. Ich straffe die Schultern und gehe hinein. Es dauert einen Moment, bis ich mich im Krankenhausgebäude zurechtfinde. Warum sind Krankenhäuser eigentlich immer so unübersichtlich? Wäre es nicht gerade an Orten wie diesen sinnvoll, etwas Ruhe in das Ganze zu bringen?

Aber dann bin ich endlich da. Noch einmal atme ich tief durch, bevor ich anklopfe und die Tür zu Omas Zimmer öffne.

Sie liegt in ihrem Bett, das Kopfteil aufgestellt, ihr linkes Bein ist hochgelagert und von einem dicken Verband umgeben. Die Zehen ragen leicht geschwollen, aber frei heraus. An der Stelle, an der der Verband etwas lockerer ist, kann ich eine Schiene erkennen.

»He, Oma, was machst du denn für Sachen!«, sage ich und gehe zu ihr.

Oma ist blass, ihre grauen Haare stehen in alle Himmelsrichtungen ab, ihre Lippen sind zu einem dünnen Strich zusammengepresst. Imke steht mit vor der Brust verschränkten Armen am Fenster. Im Gegensatz zu Oma wirkt sie erstaunlich gelassen.

»Von der blöden alten Leiter gefallen«, sagt Oma Enna, als ich mich zu ihr runterbeuge und sie umarme. »Wie schön, dass du da bist, Katharina!«

»Ist doch selbstverständlich. Wie geht's dir?«

»Ach, wie soll's mir schon gehen?« Sie schnaubt. »Ich liege hier rum, nichts geht voran, und die Ärzte lassen sich Zeit. Aber die habe ich nicht, es muss jetzt mal etwas passieren. Bisher weiß ich immer noch nicht, wie die OP genau verlaufen ist und ob sie mir nicht doch noch das ganze Bein abnehmen.«

Am Fenster schnalzt Imke mit der Zunge. »Sag so was nicht. Außerdem haben sie dich gestern gleich operiert, und die Krankenschwester hat doch gesagt, dass so weit alles gut gegangen ist und der Arzt noch mal mit dir spricht.«

»He!« Ich gehe zu meiner Cousine und drücke auch sie.

»Wie spät ist es?«, fragt Oma.

»Gleich eins.« Ich unterdrücke ein Schmunzeln. Oma konnte sich noch nie gut in Geduld üben. »Da kommt doch bestimmt gleich noch jemand, um mit dir zu sprechen.«

»Ich weiß, ich weiß«, grummelt sie. »Aber muss das alles so lange dauern? Ich hab Gäste auf Norderney, die auf mich warten. Und wer kümmert sich um die Marmelade?«

Imke wirft mir einen Blick zu, der sagt: *Sie war die ganze Zeit so.* »Ich bin doch da, Oma. Ich hab gestern gleich nach dem Rechten gesehen.«

Ich erwidere ihren Blick mit einem verständnisvollen Nicken. »Mach dir keine Sorgen, Oma.«

»Ja, aber Imke hat doch auch ihre eigenen Angelegenheiten auf Juist«, kontert Oma, ihre Stimme schärfer als nötig. »Und außerdem heiratet sie bald. Die können mich hier nicht ewig festhalten!«

Ich schaue zu meiner Cousine. »Ihr heiratet? Wie schön! Das freut mich für euch.«

Imkes Gesicht ist ein einziges Lächeln. »Die Einladung habe ich dir mitgebracht. Es ist ziemlich spontan. Ich gebe sie dir gleich. Du musst mir nur rechtzeitig mitteilen, ob du allein kommst oder zu zweit, damit ich die Zimmer buchen kann.«

Ein kleiner Stich durchfährt mich, weil ich kurz an Tom denke, aber das lasse ich mir nicht anmerken. »Wann denn?«

»In drei Wochen.« Imke lächelt. »Ich würde mich freuen, wenn ihr kommt.«

»Ich auf jeden Fall«, sage ich. Dass Tom und ich kein Paar mehr sind, wissen die beiden noch nicht. Das wollte ich Oma irgendwann in Ruhe erzählen. Und zu Imke hatte ich in den letzten Monaten keinen Kontakt. Den haben wir immer mal wieder sporadisch. Obwohl ich sie mag, sind wir uns nie wirklich nahegekommen.

»Und ich wohl auf Krücken«, sagt Oma.

Ich setze mich auf den Stuhl am Fußende des Bettes und lenke meine Gedanken auf die wichtigen Dinge. »Lasst uns erst mal hören, was der Arzt zu sagen hat. Dann können wir über alles andere reden«, schlage ich vor.

»Ach, Ärzte. Die erzählen doch eh alle nur Quatsch«, murmelt Oma, bevor sie den Kopf abwendet und aus dem Fenster starrt.

Ich sehe zu Imke, die nur mit den Schultern zuckt. Sie ist es gewohnt, dass Oma manchmal anstrengend sein kann, schließlich verbringen die beiden viel mehr Zeit miteinander. Von Juist ist man mit der Fähre oder dem Schnellboot relativ fix auf Norderney.

In diesem Moment klopft es an der Tür, und ein junger Arzt in grünem Kittel betritt den Raum. Er sieht freundlich aus, auch wenn ihm ein wenig die Hektik ins Gesicht geschrieben steht.

»Wenn man vom Teufel spricht«, murmelt Oma.

»Guten Morgen, Enna, wie geht es Ihnen heute?«, fragt der Arzt.

»Wie soll es mir schon gehen? Ich will hier raus!«, schimpft Oma.

Er lächelt leicht und wirft uns einen kurzen Blick zu, bevor er sich an das Bett stellt und in seine Unterlagen sieht. »Nun, das wird leider noch ein bisschen dauern. Der Bruch war kompliziert, und außerdem hat sich auch ein Bänderriss dazugesellt. Das heißt, Sie müssen etwa sechs bis acht Tage hierbleiben. Danach dürfen Sie auf Krücken nach Hause und müssen regelmäßig zur Physiotherapie. Nach etwa zwei Monaten können Sie den Fuß wieder komplett belasten.«

»Wie lange dauert der Spaß?«, fragt Oma entsetzt, obwohl sie den Arzt ganz sicher genau verstanden hat.

»Mindestens acht Wochen, eher länger«, erklärt er ruhig und sieht zu mir. »Bis dahin wird sie sicherlich noch auf Hilfe angewiesen sein, zumindest für die alltäglichen Dinge.«

Oma schnaubt und wendet ihren Blick zur Seite, als wäre das alles ein großer Unsinn.

Der Arzt tätschelt Omas Hand. »Das wird schon. Wichtig ist, dass sie sich wirklich schonen.«

Kaum ist er zur Tür raus, fragt Oma: »Und was ist mit meiner Pension?« Sie sieht uns nacheinander an, erst Imke, dann mich, als müssten wir jetzt sofort eine Lösung präsentieren.

Imke kommt nun auch zu ihr ans Bett. »Die Gäste sind im Moment versorgt. Und ich kann ja immer mal wieder nachschauen, ob alles läuft.« Sie seufzt schwer. »Ich habe allerdings echt noch total viel auf Juist zu tun, vor allem jetzt vor der Hochzeit. Auf Dauer kann ich das nicht stemmen.«

Ich sehe zu Oma. Es ist klar, dass sie jemanden braucht, der sich während ihrer Genesung um die Pension kümmert – und auch um sie. Aber wer? Meine Mutter ist Lehrerin, sie könnte höchstens in den Ferien kommen, über meine Brüder brauche ich gar nicht nachzudenken, und Imke hat ihre eigenen Verpflichtungen auf Juist. Es bleiben also nicht mehr viele übrig. Genau genommen nur …

Plötzlich spüre ich, wie beide mich anschauen. »Was ist?«, frage ich unschuldig, obwohl ich genau weiß, worauf das hinausläuft.

»Katharina«, beginnt Imke vorsichtig, »du bist doch jetzt flexibel, oder? Ich meine, du kannst doch überall schreiben. Könntest du nicht zumindest für ein paar Tage auf Norderney bleiben? Nur bis wir eine dauerhafte Lösung gefunden haben.«

»Ja, schon, aber was ist denn mit Malte, er ist doch auch noch da, oder?«, frage ich.

»Aber nur zweimal in der Woche, er schafft das nicht allein«, erklärt Imke.

»Und kann er nicht häufiger kommen?«, hake ich nach. Früher war Malte ein guter Freund für mich, mein bester Inselfreund. Er hat mich immer zum Lachen gebracht, war bei jedem Familienfest dabei und hat Oma bei allem geholfen, was anstand. Jetzt kümmert er sich um die Vermietung von Ferienwohnungen, jobbt im Café und erledigt gefühlt alles, was sonst niemand machen würde.

Meine Oma schüttelt vehement den Kopf. »Malte hat genug zu tun, das geht nicht.«

Ich zögere. Bei dem Gedanken, auf die Insel zu gehen, schnürt sich alles in mir zusammen. Ich habe mein Leben in meiner Stadtwohnung gerade erst zurück. Ich sehe Oma an, die zwar nichts sagt, deren Augen mich aber fast schon anflehen. Sie würde nie direkt um Hilfe bitten, aber ich weiß, dass sie sie dringend braucht.

»In Ordnung, ich mach das«, sage ich schließlich, meine Stimme fest, auch wenn ich alles andere als gefestigt mit der Entscheidung bin. »Ich könnte für ein paar Tage auf die Insel fahren und mich um alles kümmern. Aber wir müssen dann wirklich nach einer langfristigen Lösung suchen.«

Oma Enna schüttelt den Kopf. »Ich brauch keine Hilfe. Ich bin doch bald wieder auf den Beinen.«

»Oma«, sage ich sanft und lege meine Hand auf ihre, »du wirst Zeit brauchen, um wieder fit zu werden. Und in der Zwischenzeit will ich, dass du dir keine Sorgen um die Pension machst. Ich werde alles in Ordnung bringen.«

Für einen Moment sehe ich Dankbarkeit in ihren Augen aufblitzen, bevor sie wieder ihre mürrische Fassade aufsetzt. »Na gut.«

»Musst du vorher noch mal zurück nach Kassel, Katharina?«, fragt meine Cousine.

Ich überlege einen Moment. Wirklich viel Gepäck habe ich nicht, ich hatte mit allem gerechnet, aber nicht damit, für unbestimmte Zeit nach Norderney überzusetzen. »Die ganze Strecke noch einmal zurückzufahren macht keinen

Sinn. Meine Freundin kann mir ein Paket mit den nötigsten Sachen schicken.«

Oma Enna nickt. »Das ist gut.«

»Danke, Katharina. Wenn du etwas brauchst, sag mir einfach Bescheid. Von Juist aus bin ich relativ schnell drüben bei dir, das weißt du ja«, sagt Imke.

»Ist gut. Ich mache mich dann später von hier aus auf den Weg.«

»Papperlapapp«, sagt Oma. »Fahr du mal gleich, Katharina, dann kriegst du die Fähre noch um halb vier und kannst dich gleich um die Pension kümmern. Die neuen Gäste kommen irgendwann morgen. Das Zimmer sollte dann spätestens ab vierzehn Uhr für sie fertig sein.«

»Das habe ich gestern schon vorbereitet«, sagt Imke. »Du musst ihnen nur die Schlüssel geben und alles erklären. Aber das weißt du ja, Kat.«

»Ja.« Früher habe ich in den Schulferien hin und wieder bei Oma gejobbt und kenne die Abläufe in der Pension. Schlüssel übergeben, Frühstück machen, die Zimmer herrichten – das ist mir nicht fremd. Trotzdem fühlt sich der Gedanke, plötzlich wieder auf Norderney einzuspringen, überwältigend an. Ich habe mein eigenes Leben gerade erst wieder ein bisschen geordnet, und jetzt soll ich zurück in einen Alltag, den ich längst hinter mir gelassen habe.

Ich schüttele unwillkürlich den Kopf, weil ich immer noch nicht ganz fassen kann, dass ich tatsächlich so spontan nach Norderney fahre.

»Du schaffst das«, sagt Imke mit einem ermutigenden Lächeln. »Und denk daran, die Gäste sind meistens ganz pflegeleicht. Oma hat sich immer gewünscht, dass es in der Pension wie zu Hause ist. Und genau das hat sie geschafft. Die meisten kommen seit Jahren, die wissen genau, wie der Hase läuft.«

»Ja, das hoffe ich«, murmele ich und sehe zu Oma, die immer noch mit verschränkten Armen im Bett liegt. Aber ihr Blick ist weicher geworden. Sie ist doch erleichtert, dass sich jemand um ihre Pension kümmert, auch wenn sie es nicht zugeben will.

»Gut, dann mach ich mich langsam auf den Weg«, sage ich schließlich, mehr zu mir selbst als zu den anderen.

»Vergiss nicht, den Briefkasten zu leeren«, ruft mir Oma hinterher, als ich gehe. »Und die Blumen auf der Terrasse müssen gegossen werden.«

»Mach ich«, sage ich. »Und du sei nett zum Krankenhauspersonal, Oma Enna!« Die Schreckliche, denke ich grinsend, als ich die Tür hinter mir zuziehe.

Zurück in meinem Auto, lasse ich mich in den Sitz sinken und atme tief ein und wieder aus. Ich fühle mich überrumpelt von der Verantwortung, die ich mir gerade selbst auferlegt habe, andererseits aber auch seltsam beflügelt. Schon oft hat mich mein schlechtes Gewissen geplagt, da ich so weit von Oma Enna entfernt wohne. Imke macht so viel. Sie fährt mit Oma zum Arzt aufs Festland, hilft ihr bei größeren Erledigungen und kümmert sich gemeinsam mit ihrem zukünftigen Mann Jan um die Instandhaltung der Pension. Ich möchte etwas zurückgeben, dazu habe ich jetzt die Chance. Und vielleicht ist es genau das, was ich gerade brauche – eine Aufgabe, eine Herausforderung, die mich für einen Moment von meinem eigenen Chaos ablenkt. Die Insel ruft, und das fühlt sich nun doch gut an.

Kapitel 4

Ich stelle mein Auto auf dem Parkplatz ab, nehme meine Tasche aus dem Kofferraum und gehe in Richtung Hafen. Hier ist es kühler als erwartet. Es weht eine frische Brise, der salzige Geruch des Meeres liegt in der Luft.

Immer wenn ich in Norddeich ankomme, ist es, als würde die Welt für einen Moment stillstehen. Doch heute bin ich unruhig, die letzten Monate liegen mir schwer im Magen. Mit jedem Schritt, den ich in Richtung Hafen gehe, wird das Rauschen des Wassers lauter, vermischt sich mit den gut gelaunten Stimmen der Menschen, die wie ich auf dem Weg zur Fähre sind. Vor mir sehe ich eine ältere Frau, die sich mit einem großen Koffer abmüht. Ihr langes weißes Haar hat sie zu einem Zopf geflochten. Um ihre Schultern liegt ein weinrotes Tuch, das ihr der Wind immer wieder ins Gesicht weht. Ihre kleinen Schritte wirken unsicher. Ich beobachte sie eine Weile. »Brauchen Sie Hilfe?«, frage ich schließlich und deute auf den Koffer, der offensichtlich viel zu schwer für sie ist.

Die Frau lächelt erleichtert. »Oh, das wäre sehr nett von Ihnen.«

Ich greife ihren Koffer. »Wohin geht es für Sie? Auch nach Norderney?«

»Ja«, sagt sie, während sie neben mir hergeht. »Meine Tochter und ihre Familie besuchen. Sie ist Lehrerin auf der Insel.«

»Das ist schön.« Ich hebe den Koffer ein Stück höher. »Der ist echt schwer. Haben Sie vor, länger zu bleiben?«

»Das meiste ist für die beiden Enkelkinder.« Sie lächelt sanft und zeigt auf meine Tasche. »Ihr Gepäck sieht hingegen eher spärlich aus.«

»Ja, da haben Sie recht«, sage ich. »Meine Reise ist auch eher spontan.«

»Oh, das klingt spannend, genießen Sie die Zeit.«

Ich nicke und lächle. Kurze Zeit später gehen wir den Deich hoch und erreichen den Hafenvorplatz. Vor dem Fährhaus stelle ich den Koffer der alten Dame ab. »Da wären wir.«

»Danke, das war sehr nett! Was hätte ich nur ohne Sie gemacht«, sagt sie und verschwindet im Getümmel.

Ich schaue ihr noch eine Weile nach, bis ich ihr rotes Tuch aus den Augen verliere. Etwas an ihr erinnert mich an Luise, die ich am Herkules-Denkmal getroffen habe. Wäre es nicht spannend, wenn sich am Ende herausstellte, dass die beiden sich kennen? Wäre deren Leben Teil meines Manuskripts, könnte ich eine passende Wiedersehensszene für sie schreiben. In Gedanken beginne ich bereits, die Szene auszumalen. Vielleicht würden sie sich nach Jahren auf einer Familienfeier oder bei einem zufälligen Spaziergang am Strand begegnen. Luise würde ihr weinrotes Tuch, das sie ihr damals geschenkt hat, sofort wiedererkennen und staunen, wie die Zeit vergangen ist.

»Luise? Bist du das wirklich?«, könnte die Frau sagen, ihre Stimme eine Mischung aus Freude und Ungläubigkeit.

Und Luise, mit ihrem typischen Lächeln, würde antworten: »Es ist lange her, nicht wahr? Aber ja, ich bin es.«

Ich stelle mir vor, wie sie über alte Zeiten sprechen, über die Wege, die sie auseinandergeführt haben, und vielleicht darüber, wie sich ihre Leben am Ende doch wieder kreuzen.

Jetzt muss ich es nur noch schaffen, meine Gedanken auch aufzuschreiben, denke ich und gehe weiter zum Schalter. Dort stelle ich mich hinter einer Gruppe junger Frauen an. Sie sind ganz in Schwarz gekleidet bis auf eine. Sie trägt einen weißen Overall und einen rosa Schal um die Taille. Sie lachen laut und stoßen mit rosafarbenen Plastiksektgläsern an. Ein Junggesellinnenabschied, das kann ja heiter werden. Nur gut, dass sie nicht in Omas Pension einziehen. Hoffe ich zumindest.

Nachdem sie ihre Karten gekauft haben, bin ich an der Reihe.

»He«, begrüßt mich die junge Frau und lächelt mich durch eine etwas zu milchige Plexiglasscheibe an.

»He, einmal Ney, nur hin bitte.«

Sie mustert mich, als sie mir das Ticket gibt. »Wir kennen uns doch, du bist …« Die Frau zieht die Stirn in Falten. »Sag nichts, ich komm gleich drauf.«

Während sie noch überlegt, erkenne ich sie. Das dunkelbraune Haar mit dem leichten Rotstich, die hohe Stirn und die grünen Augen, die immer ein wenig schelmisch wirken. »Du bist Fenja«, sage ich. »Barnes kleine Schwester.«

Ihre Augen weiten sich, und sie schlägt sich mit der flachen Hand gegen die Stirn. »Natürlich! Katharina, Kat!«

»Es ist lange her, nicht wahr? Aber ja, ich bin es«, sage ich und schüttle unwillkürlich den Kopf, weil ich den Dialog ähnlich gerade schon in Gedanken geführt habe.

»Du bist ja überhaupt nicht wiederzuerkennen.« Sie schüttelt leicht den Kopf. »Ich habe dich dunkelblond mit Pony und mit langem Zopf in Erinnerung.«

Nach der Trennung von Tom hatte ich das Bedürfnis, mich zu verändern. Es mag ein Klischee sein, aber ich fühle mich besser, seit ich den Friseursalon mit einer Mischung aus hellem Weizen und einigen honigblonden Akzenten verlassen habe. Meine Haare sind jetzt fast schulterlang und leicht durchgestuft. Und ein paar Zentimeter gewachsen bin ich seit dem letzten Treffen mit Fenja natürlich auch. Ich lächle. »Das kann ich nur zurückgeben. Dich habe ich mit Zöpfen und zwei verschiedenfarbigen Gummistiefeln in Erinnerung.«

»Oh Gott, daran habe ich ja Ewigkeiten nicht gedacht. Aber stimmt, ich hatte eine Zweifarbenphase. Wie alt war ich da? Acht, neun? Ist es tatsächlich schon so lange her? Wann haben wir uns das letzte Mal gesehen? Und was machen deine Brüder, kommen sie auch?« Fenja strahlt mich an. Im nächsten Moment huscht ein Schatten über ihr Gesicht. »Wie geht es Enna? Wir machen uns alle riesige Sorgen.«

Das waren viele Fragen auf einmal, ich entscheide mich vorerst für die wichtigste Antwort. »Die OP ist gut verlaufen,

Oma geht es ganz gut, zum Glück ist es nur ein Bruch. Allerdings wird es wohl noch ein bisschen dauern, bis sie wieder ganz fit ist«, antworte ich. »Fürs Erste halte ich auf Ney die Stellung. Ob Ole und Kai kommen, weiß ich nicht. Und wir beide, wir haben uns, glaube ich, das letzte Mal gesehen, als wir so um die vierzehn waren.«

Fenja nickt ein paarmal. »Stimmt, das war kurz bevor wir von Ney nach Oldenburg gezogen sind, weil meine Mutter dort eine gute Stelle angeboten bekommen hat.« Sie grinst. »Da war die Gummistiefelphase allerdings schon vorbei.«

»Und schon Jungs angesagt.« Ich grinse zurück. »Und du, wohnst du jetzt in Norddeich?«

Sie reißt die Augen auf. »Was? Wie könnte ich? Ich arbeite ein paar Stunden am Tag hier und kann den Rest meiner Zeit auf der Insel verbringen. Ich wohne bei meiner Oma, da habe ich ein Zimmer und im Schuppen hinter dem Haus eine kleine Töpferei. Damit verdiene ich nicht viel, aber es macht mich glücklich.«

»Das klingt wunderbar. Du warst schon immer kreativ. Wir haben Sandburgen gebaut, du hingegen riesige ganze Fantasiewelten.«

Sie lacht leise und schüttelt den Kopf. »Weißt du noch? Ich habe eine ganze Stadt aus Sand gebaut, mit Straßen und kleinen Häuschen. Und du hast Muscheln dazugelegt und behauptet, es wären magische Türen zu einer anderen Welt.«

»Waren sie auch.« Ich lächle, weil mir einfällt, was ich ihr dazu erzählt habe. »Sie führten nach Korallia, dem Reich der versunkenen Schätze und leuchtenden Korallen.« Ich lehne mich ein Stück vor. »Und wenn man die Muscheln ans Ohr gehalten hat, konnte man die Stimmen der Meerjungfrauen hören, die einem den Weg gewiesen haben.«

Ein Mann räuspert sich hinter mir, dezent, aber unüberhörbar. Ich werfe einen schnellen Blick über die Schulter. Er sieht nicht direkt genervt aus, aber sein Blick spricht Bände: *Vielleicht könntet ihr das später klären?*

»Oh«, murmelt Fenja und hebt entschuldigend die Hände. »Sorry, wir haben den Schalter blockiert.« Sie wirft mir ein entschlossenes Lächeln zu. »Wir reden einfach später weiter. Ich schau spontan bei dir vorbei, okay? Isst du immer noch so gern Butterkuchen?«

Der Mann räuspert sich wieder.

Ich trete zur Seite, um ihn an den Schalter zu lassen. »Fenja, es war wirklich schön, dich wiederzusehen. Ich freue mich auf dich. Und ja, ich liebe Butterkuchen.«

»Ich übrigens auch«, sagt nun der Mann, der bei Fenja sein Ticket kauft.

»Ach ja? Meine Oma hat mir das Rezept verraten …«

Schmunzelnd verlasse ich das kleine Gebäude. Dabei spüre ich eine unerwartete Wärme in meiner Brust. Die Insel ist immer wieder für eine Überraschung gut. Wer hätte gedacht, dass ich an einem Ticketschalter nicht nur ein Ticket, sondern auch ein Stück Vergangenheit und eine kleine Reise in eine vergessene Fantasiewelt bekommen würde?

Kurz darauf betrete ich die Fähre. Das Einsteigen ist wie immer ein hektisches Durcheinander. Der einzige Vorteil meiner Spontanreise ist wohl, dass ich mein Gepäck nicht zwischen den vielen Koffern und Taschen der anderen Reisenden im Gepäckraum verstauen muss. Dort herrscht das reinste Chaos. Jeder will der Erste sein. Das bleibt mir heute erspart. Ich folge den anderen Passagieren an Deck und suche mir einen Platz auf einer der Holzbänke. Die Luft hier draußen ist auch ohne Fahrtwind kühler als erwartet. Über uns kreischen die Möwen, ich blinzle in den Himmel und schließe die Augen.

Leider habe ich nur ein paar Sekunden für mich, denn plötzlich lässt sich jemand auf der Bank neben mir nieder, etwas zu dicht an mir, wie ich finde. Es ist ein Mann, wie ich nun sehe, als ich zu ihm rüberschaue.

Er lächelt mich an. »Sorry!«

Es war nicht er, sondern eine Gitarre, die mir zu nahe gekommen ist und die er nun nach unten zwischen seine Beine stellt. »Kein Problem«, antworte ich.

Ich schiele zu ihm rüber. Vermutlich ist er ein paar Jahre älter als ich, ich schätze ihn auf Mitte dreißig. Er hat dunkles, fast schwarzes Haar, das ihm in Wellen über die Stirn fällt. Sein Blick ist auf das Wasser gerichtet.

Ich kann nicht anders, als ihn unauffällig weiterzumustern. Etwas an ihm fasziniert mich, obwohl ich ihn heute zum ersten Mal sehe. Die Ruhe, die er ausstrahlt, während um uns herum Hektik herrscht. Das Lächeln und der gleichzeitig traurige Blick. Ambivalenz hat mich schon immer fasziniert, auch in meinen Geschichten habe ich oft Inspiration aus Kontrasten ziehen können.

Als die Motoren laut zu brummen beginnen, stehe ich auf und stelle mich an die Reling. Ich spüre das Vibrieren unter meinen Füßen, als sich die Fähre langsam in Bewegung setzt, und spüre, wie der Wind den Duft des Meeres und einen Hauch von Freiheit mit sich trägt. Ich lehne mich leicht über die Reling und beobachte, wie das Wasser schäumend auseinanderströmt. Am Bug brechen sich die Wellen, kleine weiße Gischtkronen tanzen auf dem grauen Meer. Langsam schiebt sich die Frisia durch die Nordsee.

Es dauert nicht lang, bis die Durchsage ertönt: »Liebe Gäste, hier spricht der Kapitän. Die See ist ruhig, Sie haben Glück. Die Überfahrt dauert etwa fünfzig Minuten. Plus minus zwei. Wenn Sie irgendwelche Wünsche haben, wenden Sie sich an unser Bordpersonal, ich verspreche Ihnen eine angenehme Überfahrt.«

Fünfzig Minuten, dann bin ich auf Norderney. Wie lange habe ich Omas Pension schon nicht mehr von innen gesehen? Sie hat in den letzten zwei Jahren viel im und am Haus machen lassen. Das weiß ich von meiner Mutter, ich selbst habe Oma das letzte Mal vor drei Jahren besucht. Immer kam irgendetwas dazwischen. Mal war es der Urlaub mit Tom, dann die Arbeit, die sich wie immer ungefragt in den Vordergrund drängte. Oder ich selbst, wenn ich ehrlich bin. Es gab immer einen Grund, nicht zu fahren, worüber sich Oma regelmäßig beschwert hat, zu Recht.

Ein leiser Ton reißt mich aus meinen Gedanken. Der Mann auf der Bank beginnt vorsichtig die Saiten seiner Gitarre anzuschlagen. Ich drehe mich und schaue ihm zu. Nach und nach stimmt er das Instrument, bevor die einzelnen Töne zu einer Melodie verschmelzen. Die ersten Akkorde sind sanft, fast melancholisch, mit geschlossenen Augen wiegt er sich leicht im Takt der Musik.

Es dauert nicht lange, bis er zu singen beginnt, mit warmer, tiefer Stimme, die sich mit dem Wind vermischt, der sie weit über das Deck trägt: »Sie war wie Luft, immer in Bewegung, nie zu fassen …«

Ich mag, wie er die Worte formt, als wären sie nicht nur Teil eines Liedes, sondern einer Geschichte, die ihm besonders wichtig ist. Er hat keine perfekte Stimme, eher rau und ungeschliffen, aber genau das lässt sie für mich so ehrlich klingen. Seine Finger gleiten über die Saiten, mühelos und präzise, als hätte er das schon tausendmal getan – und vielleicht hat er das auch.

»Sie tanzt durch mein Leben, lässt mich lachen, lässt mich schweigen. Nur mit ihr fühle ich mich ganz …«

Ich schlucke. Die Worte dringen in meine Gedanken, als hätte er ein verstecktes Fenster in mir aufgestoßen. Sein Lied handelt von einer Frau, das ist klar. Einer, die wie ein Windhauch in sein Leben gekommen ist. Es klingt nach Liebe, und es berührt etwas in mir, das ich zu vergessen versuche. Tom. Sofort schiebe ich den Gedanken weg. Nicht jetzt.

Er öffnet die Augen, und sein Blick streift kurz meinen, bevor er weitersingt.

»Ich halte dich fest, doch der Wind bleibt niemals stehen. Ich halte dich fest, doch ich kann dich nicht mehr sehen …« Seine Stimme wird leiser, fast traurig, und ich kann nicht anders, als ihn weiter anzusehen. Er bemerkt es, hält kurz inne und lächelt leicht. Ich fühle mich ertappt und spüre Hitze in mein Gesicht kriechen, schaffe es aber, zurückzulächeln.

Als das Lied endet, folgt ein kurzer Moment der Stille, bevor jemand zu klatschen beginnt. Bald darauf schließen sich andere Fahrgäste an, und der Mann bedankt sich mit einem knappen Nicken. Seine Augen leuchten, und ich frage mich, ob er oft auf diese Weise spielt – für ein Publikum, das er wahrscheinlich nie wiedersehen wird.

»Das war schön«, sage ich, als ich mich einen Moment später neben ihn auf meinen Platz setze.

Er sieht mich an. Erst jetzt fällt mir auf, dass seine Augen in einem tiefen Grün leuchten. »Danke«, antwortet er und neigt leicht den Kopf. »Es ist eine Weile her, dass ich es zuletzt gespielt habe.«

Ich nicke stumm, er schließt seine Augen und hält sein Gesicht der Sonne entgegen. Er möchte sich nicht unterhalten, also sitzen wir stumm nebeneinander. Nur das Geräusch der Wellen und der Wind füllen die Stille.

Kapitel 5

Mit einem Ruck legt die Fähre an.

»Tschüss«, sage ich zu dem Mann neben mir.

»Tschüss.«

Er bleibt noch sitzen, während ich aufstehe, mir meine Tasche über die Schulter hänge und zum Ausgang gehe. Der Song, den der Fremde gespielt hat, wirkt dabei immer noch in mir nach. Er fühlt sich an wie ein unsichtbarer Rucksack. Ich sehe mich noch einmal kurz nach ihm um, nach dem dunklen Haar und den strahlend grünen Augen. Hätte ich vielleicht noch etwas sagen sollen? Meine Augen suchen nach ihm, Menschen drängen sich aneinander vorbei, um von der Fähre zu kommen, Koffer rollen, und das Stimmengewirr schwillt mit jeder Sekunde lauter an. Von dem Mann mit Gitarre fehlt jede Spur. Ich schiebe mich mit den anderen Passagieren von der Fähre, gehe durch die Norderneyer Hafenhalle und stehe kurz darauf auf dem Hafenplatz. Ohne den Fahrtwind an Deck ist es heiß. Ich schäle mich aus meiner Jacke und binde sie mir um die Hüften.

»Dann schauen wir mal, wie ich zu Omas Pension komme«, sage ich leise zu mir selbst. Das Haus liegt im Damenpfad, unweit vom Weststrand. Um zu laufen, ist es zu weit, da wäre ich bestimmt eine gute Dreiviertelstunde unterwegs. Am Hafen herrscht reges Treiben. Etliche Busse und Taxis sammeln die Urlauber ein, um sie zu ihren Ferienunterkünften zu bringen. Und auch ich sollte am besten zusehen, dass ich einen der gelben Flitzer erwische. Ich beschließe, ein Stück zu gehen und mich etwas abseits der anderen wartenden Urlauber an die Straße zu stellen. Im Minutentakt kommen gestresst aussehende Taxifahrer in ihren Autos angerauscht. Die Anreisezeiten müssen unfassbar anstrengend für sie sein. Immer wenn sich ein Taxi nähert, werden die Menschen zusehends nervöser, sie stürzen sich regelrecht auf sie. Als hätten sie Angst, niemals an ihrem Zielort anzukommen. Ich beschließe, die Sache etwas entspannter anzugehen, und strecke meine Hand aus, sobald sich ein Fahrer nähert. Vier Taxen verpasse ich, bis ein älterer Herr, der bereits eine endlose Schlange von Menschen und Gepäck hinter sich gelassen hat, mit seinem Wagen direkt neben mir hält. Ich öffne die Tür, setze mich hinein und schnalle mich an.

»He, wo soll's denn hingehen?«, fragt er mich. Der Mann schaut im Rückspiegel zu mir. Er trägt eine zerschlissene Kappe. Sein Schnäuzer und der dichte graue Vollbart verdecken sein halbes Gesicht.

»He, zu Ennas Pension, bitte«, sage ich, und der Fahrer nickt. Er scheint nicht sehr gesprächig zu sein, doch das stört mich nicht, und ich bin von den Norderneyern auch nichts anderes gewohnt.

Die Fahrt dauert keine zehn Minuten, aber ich nutze jede davon, um durch das Fenster die vertraute Landschaft aufzusaugen. Die Straße windet sich den Deich entlang, bevor wir geradewegs ins Inselinnere Richtung Stadt fahren. Es ist ruhig, hin und wieder sehe ich leicht bekleidete gebräunte Menschen auf ihren Rädern durch die Gegend fahren. Gleich neben uns strampeln sich zwei ältere Damen auf einem Tandem ab. Sie sehen gut gelaunt aus, lachen und tragen weite im Wind flatternde Kleider. Wahrscheinlich konnten sie den Stress des Alltags schon für ein paar Tage hinter sich lassen. Die Insel hat sich kaum verändert. All das habe ich schon so oft gesehen.

Als wir an der Pension ankommen, stoppt das Taxi direkt an der kleinen Auffahrt vor dem Haus.

»Elf Euro zwanzig macht das«, sagt der Taxifahrer.

»Hier, bitte, das stimmt so.« Ich zahle, steige kurz darauf aus und bleibe einen Moment vor dem Haus stehen. Die Außenfassade hat Oma nicht verändert, es sieht aus wie in meinen Erinnerungen: weiß mit blauen Fensterläden, die Farbe ein wenig abgeblättert von Wind und Salz. Muschelketten baumeln an den Läden, wiegen sich im Wind. Eine davon habe ich gebastelt. Die Wiese des Vorgartens strahlt in einem satten Grün. Links und rechts neben dem Haus hat Oma Enna Wildblumen gesät, die in den verschiedensten Farben um die Wette leuchten. Ein Kribbeln macht sich in meiner Magengegend breit. Unzählige Sommer habe ich hier verbracht. Hier, bei Oma Enna, wo das Haus stets voller Leben war und es nach frisch gekochter Marmelade und Meer roch. Ich gehe die wenigen Stufen zur Eingangstür hinauf und drehe den Knauf herum. Kaum habe ich die Tür geöffnet, höre ich Schritte auf den Holzdielen – schnelle, gleichmäßige Schritte.

Es ist Malte. Er steht mitten im Flur, eine große Wanne voller Bettwäsche auf dem Arm, mustert mich kurz und sagt: »He.« Dann wendet er sich sofort von mir ab und geht weiter.

Was hat der denn? »He, Malte!«, rufe ich ihm nach.

»Moin, Katharina«, murmelt er über die Schulter, bevor er die Tür zum Wäscheraum aufstößt und darin verschwindet.

Ich bleibe stehen und schaue mehr als nur ein bisschen überrascht die geschlossene Tür an.

»Was war das denn?«, frage ich laut. Warum ist er so kühl? Wir haben als Kinder so viel Zeit miteinander verbracht, und als ich das letzte Mal hier war, haben wir uns lange unterhalten, über den Sommer, die Insel, meine Brüder und die Gäste. Vielleicht ist er einfach im Stress, weil er Omas Arbeit übernehmen musste, überlege ich und beschließe, mir erst einmal ein Bild von dem Haus zu machen und Malte ein wenig Zeit zu geben. Ich stelle meine Tasche an der Garderobe ab und sehe mich im Flur um. Die Decke ist niedrig, die Holzdielen knarren bei jedem Schritt, und die Wände sind in einem sanften hellen Ton gestrichen. Ich gehe langsam weiter, auf der rechten Seite steht ein hölzerner Tresen, der als Rezeption dient. Papiere stapeln sich auf dem Schreibtisch, wie immer ein wenig durcheinander. Imke hat bestimmt die Krise bekommen. Neben den Papieren liegt Omas Lesebrille, und dahinter steht eine Schale mit fruchtigen Kaubonbons, die fast leer ist. Die Sorte gibt es schon seit Jahren, und ich muss mich zurückhalten, keins davon zu naschen. Sie haben Suchtfaktor, wenn ich einmal anfange, kann ich nicht aufhören. In der Ecke steht ein alter Schaukelstuhl, und auf dem Regal darüber entdecke ich ein großes Glas mit Muscheln, die meine Brüder und ich im Laufe der Jahre gesammelt haben. Vorsichtig nehme ich es herunter. Ein Lächeln macht sich auf meinen Lippen breit, als ich sie mir genauer ansehe. Jede hat eine Geschichte. Ein Sommertag, eine Entdeckung am Strand, ein Moment mit Oma.

Ich stelle meinen Kindheitsfund zurück und gehe langsam weiter durch das Haus. Am Ende des Flurs befindet sich die große Küche. Omas alte Küchenzeile ist einer neuen modernen Küche gewichen. Bisher habe ich all das nur auf Fotos bewundert, die Oma immer mal mit dem Handy geschickt hat. Jetzt, wo ich hier stehe, sieht es noch schöner aus. Der Ofen ist groß, ein echter Blickfang in der Küche: ein cremefarbener Gasherd im nostalgischen Landhausstil, der auf den ersten Blick wie ein Erbstück wirkt. Die gusseisernen Kochplatten glänzen matt, und die schweren Drehknöpfe aus Messing haben diesen warmen, goldenen Ton, der perfekt zu den restlichen Details der Küche passt.

Unter den Kochplatten befinden sich zwei Backöfen, deren Türen kleine Fenster haben. Die Griffe sind ebenfalls aus Messing und fühlen sich angenehm kühl an, als ich kurz darüberstreiche.

Über dem Herd hängt eine massive Ablage aus dunklem Holz, auf der Kupfertöpfe und Pfannen in verschiedenen Größen ordentlich aufgereiht sind. Einige sehen aus, als hätten sie schon viele Jahre auf dem Buckel, und das haben sie auch. In dem großen Topf, der ganz links hängt, hat Oma früher schon immer Marmelade gekocht.

Auf der Arbeitsplatte daneben steht ein gusseiserner Wasserkessel, schwarz und schwer, der aussieht, als wäre er direkt einem alten Märchen entnommen. Daneben liegt ein gestreiftes Geschirrtuch, das so ordentlich gefaltet ist, dass es fast zu perfekt wirkt.

Ich trete einen Schritt zurück und betrachte das Bild. Der Herd scheint das Herzstück der Küche zu sein – funktional, aber mit Charakter. Genau wie Oma. Und genau wie dieses Haus.

Ich gehe weiter ins Wohnzimmer und sehe, dass die zerschlissenen dunkelbraunen Ledersessel gegen zwei beige Sofas aus Cord ausgetauscht wurden. Sie sind bequem, wie ich feststelle, als ich mich auf eines setze und in die weichen Polster zurücklehne. Dabei lasse ich den Blick umherschweifen. Oma hat wirklich ganze Arbeit geleistet. Der Raum wirkt so viel heller als früher. Die Wände sind in einem warmen Sandton gestrichen, der das Sonnenlicht einfängt und den Raum freundlich wirken lässt. Omas gerahmte Landschaftsbilder mit Dünen und Strandmotiven, die sie früher so geliebt hat, hängen jetzt in schlichten weißen Holzrahmen, die perfekt zum Rest der Einrichtung passen. Und anstelle der schweren, dunklen Vorhänge vor den Fenstern hat Oma sich für weiße Gardinen aus Leinen entschieden.

In der Ecke steht ein altes Regal aus weiß gestrichenem Holz, das vollgestopft ist mit Büchern, von denen viele abgenutzte Einbände haben. Dazwischen sehe ich kleine Erinnerungsstücke – Muscheln, Steine und ein Modell eines Segelschiffs, das wir als Kinder zusammengebaut haben. Auf dem Sofatisch liegt ein Stapel Zeitschriften, ordentlich sortiert, daneben ein Notizbuch mit Omas feiner Handschrift auf dem Deckel. »Noch erledigen« steht darauf. Natürlich führt sie immer noch Buch über alles.

Ich lächle, lehne mich zurück, schließe die Augen und spüre, dass der Raum eine beruhigende Wirkung auf mich ausübt. Es ist nicht mehr ganz so, wie ich es in Erinnerung hatte, aber trotzdem fühlt es sich vertraut an – wie nach Hause kommen.

Einen Moment bleibe ich sitzen, dann gehe ich durch die Terrassentür nach draußen und blinzle in die Nachmittagssonne. Tiefe Zufriedenheit erfüllt mich, als ich meinen alten Freund, den Walnussbaum, erblicke. Wie alle Bäume auf der Insel duckt er sich vor dem Wind. Er ist nicht sehr hoch gewachsen, aber er strahlt eine beeindruckende Ruhe und Beständigkeit aus. Bestimmt ist er schon vierzig Jahre alt, vielleicht sogar älter. Seine Äste breiten sich weit aus, als wolle er die ganze Wiese beschützen, und seine dichte, breite Krone wirft ein sanftes Muster aus Licht und Schatten auf das Gras.

Sein Stamm ist breit, knorrig und rau, mit Rissen in der Rinde, die Geschichten erzählen könnten: von Stürmen, salziger Luft, Familienfeiern und Sommern voller Kinderlachen.

Ich trete näher und lege die Hand auf den Stamm. Er fühlt sich warm an, auf eine beruhigende Art lebendig. Der Baum war immer ein stiller Beobachter, ein vertrauter Rückzugsort in meiner Kindheit. Früher habe ich unter seinen Ästen gesessen, Nüsse geknackt und dabei gelesen. Hier draußen, im Schatten des alten Walnussbaums, fühlte sich die Welt ein kleines bisschen langsamer an.

»He, du«, sage ich, setze mich hin, winkle die Beine an, lehne mich an seinen Stamm und blicke rüber zum Kirschbaum, der voller reifer Früchte hängt. Auf dem Boden liegt eine Leiter, wohl die, von der Oma runtergepurzelt ist. Ein mulmiges Gefühl breitet sich in meinem Bauch aus. Das hätte auch schlimmer ausgehen können.

»Ist ja noch mal gut gegangen«, sage ich leise, bleibe einen Moment sitzen und schaue hoch zum Dach, wo früher unser Kinderzimmer war, das jetzt zu einem Familienzimmer geworden ist. Oma vermietet es nicht, damit wir sie jederzeit besuchen können. Die vier anderen Gästezimmer befinden sich im oberen Stock und eins davon ebenfalls unter dem Dach. Ich würde sehr gern mal schauen, ob auch oben etwas passiert ist, aber dafür muss ich erst einmal herausfinden, wie es um die Belegung steht. Hatte Oma nicht gesagt, dass es morgen Neuankömmlinge geben würde?

Das Vibrieren meines Handys reißt mich aus meinen Gedanken. Ich ziehe es aus der Hosentasche und schaue auf das Display. Meine Mutter ruft an.

»Hallo, Mama!«, sage ich.

»Hi, Schatz, ich hab's schon gehört. Ist es wirklich okay für dich, auf der Insel zu sein?«

»Ja«, antworte ich. »Oma hat doch sonst niemanden, der sich kümmern kann.«

»Ich finde es wirklich sehr lieb von dir, dass du deiner Großmutter unter die Arme greifen willst. Aber wenn es dir zu viel wird, musst du was sagen, okay?«

»Mache ich, versprochen. Was ist eigentlich mit Ole und

Kai? Kannst du dich nicht mal mit ihnen in Verbindung setzen? Die können doch auch helfen.«

Ich höre ganz genau, dass Mama ein Lachen unterdrückt. »Ole ist mit seiner Praxis beschäftigt. Und Kai … Na ja, was er macht, weiß ich nicht so genau, jedenfalls hat er viel um die Ohren, meint er.«

»Ja, wie immer«, sage ich. Als hätten wir anderen nicht auch alle Hände voll zu tun, füge ich in Gedanken hinzu.

»Ich weiß, Kat«, sagt Mama mit sanfter Stimme. »Wie gesagt, wenn du Hilfe brauchst, melde dich. Ich fahre morgen doch schon zu Oma und bin dann ganz in der Nähe.«

»Mache ich, ist gut, Mama. Ich werde jetzt mal schauen, was hier der Stand der Dinge ist. Hab dich lieb, bis bald.«

»Hab dich auch lieb«, sagt meine Mutter, und dann legen wir auf.

Ich seufze und beschließe, mir einen Tee in der Küche zu machen. Gerade als ich die Tür öffne, sehe ich Malte erneut. Er steht mit dem Rücken zu mir und ist dabei, sich Kaffee in eine Tasse zu schütten. Ich räuspere mich, aber er reagiert nicht sofort. Erst nach einem Moment dreht er sich um, seine Miene ausdruckslos. »Willst du auch einen?«, fragt er. Seine Stimme klingt neutral, fast gelangweilt, sein Blick bleibt distanziert.

»Gern.« Der Tee kann warten. Ich lächle unsicher. »Ist alles gut mit dir?«, frage ich.

»Wieso?« Seine Stirn legt sich in Falten, als hätte ich etwas Unangebrachtes gesagt.

»Na ja, du wirkst irgendwie …« Ich zögere. »Anders.«

»Alles bestens«, sagt er knapp. »Und bei dir?«

»Bei mir auch«, flunkere ich. »Na ja, bis auf die Sache mit Oma. Danke, dass du ihr hier in der Pension hilfst.«

»Mhm.« Er nimmt einen Schluck Kaffee, ohne mich anzusehen.

»Ich meine das ernst«, füge ich hinzu. »Ich weiß, wie anstrengend Oma sein kann.«

Malte nickt nur vage, aber sein Blick bleibt kühl. Keine Spur von dem leichten Lächeln von früher, das er immer auf seinen Lippen hatte. Dann stellt er seine Tasse ab, greift nach einer zweiten und reicht sie mir. »Hier.«

»Danke«, sage ich leise, aber er hat sich bereits abgewandt.

»Ich muss los«, murmelt er und geht, ohne sich noch einmal umzusehen.

Ich bleibe zurück und spüre, wie sich ein leichter Knoten in meinem Bauch zusammenzieht. Etwas stimmt hier nicht. So eine merkwürdige unterkühlte Stimmung gab es noch nie zwischen uns.

»Kerle!«, schimpfe ich leise. Warum sagt er mir nicht einfach, was los ist?

Ich nehme einen großen Schluck Kaffee und gehe zurück zur Rezeption, um E-Mails zu checken. Für den Rest, der anfällt, muss ich vermutlich noch mal mit Imke sprechen, von Malte scheine ich gerade keine große Hilfe erwarten zu können. Und ich will auch erst mal vernünftig ankommen, mein Zimmer beziehen. Oma hat mir oft von ihrer kleinen Pension erzählt, den Gästen und den Geschichten, die sie mitbringen. Die meisten sind Stammgäste, die seit Jahren hier Urlaub machen. Mit einem Klick öffne ich das Mailpostfach. Über einhundert ungelesene Nachrichten, na, das kann ja

heiter werden. Plötzlich wird mir bewusst, wie viel Verantwortung tatsächlich auf den Schultern meiner Großmutter
liegt.

Kapitel 6

Ich öffne die Tür zum Familienzimmer und trete ein. Es ist noch genauso, wie ich es in Erinnerung habe: warm und einladend. Die weißen Holzmöbel sind schlicht, aber gepflegt. Ein Doppelbett mit einem blau-weiß gestreiften Überwurf steht an der Wand gegenüber dem Fenster. Direkt darüber hängt ein gerahmtes Bild, auf dem die Dünen und das Meer dahinter abgebildet sind. Rechts davon ein kleiner Schreibtisch, auf dem eine Vase mit frischen Wildblumen steht. Imke hat wirklich an alles gedacht, selbst in ihrer Abwesenheit. Als hätte sie gewusst, dass jemand an ihrer Stelle das Zimmer beziehen wird. Oder war das etwa Malte? Ich öffne das Fenster. Von hier aus kann ich genau auf den alten Walnussbaum schauen. Ich freue mich darauf, seine Blätter jeden Morgen im sanften Sommerwind rascheln zu hören. Das Licht fällt weich in das Zimmer, und ein paar Möwen kreischen in der Ferne. Es ist friedlich, ich verstehe, warum die meisten Gäste hier so ausgeglichen sind. Wenn so viel Ruhe von außen kommt, überträgt sie sich wahrscheinlich zwangsläufig irgendwann auf das Innere.

Angrenzend an mein Zimmer, liegt ein kleines Bad. Ich

werfe einen kurzen Blick hinein: weiße Kacheln, eine Dusch-
kabine, ein Waschbecken mit einem Spiegel darüber. Es ist
alles wie immer. Hier werde ich es auf jeden Fall aushalten
können. Aber was mache ich jetzt? Malte will ich erst einmal
in Ruhe lassen. Ich hole mein Handy aus der Tasche, suche
Imkes Kontakt heraus und rufe sie an. Es springt die Mailbox
an. Wahrscheinlich sitzt Imke gerade auf der Fähre nach Juist,
wenn sie nicht den Flieger genommen hat. Da schaltet sie ihr
Handy aus, das war schon immer so. Sie sagt, dass die Reise
über das Meer einer der wenigen Momente in ihrem Alltag
ist, den sie sich nur für sich nimmt. Ich stecke mein Handy
wieder weg und lasse mich auf das Bett fallen. Müdigkeit
macht sich in mir breit. Die lange Autofahrt, der Besuch bei
Oma, die Entscheidung, die ich so kurzfristig treffen musste.
Der Tag war anstrengend, das merke ich jetzt. Aber wenn ich
liegen bleibe, schlafe ich ein, und dann wache ich ganz sicher
mitten in der Nacht auf. Einen verschobenen Schlafrhyth-
mus kann ich mir jetzt absolut nicht leisten, also setze ich
mich wieder auf. Dabei fällt mein Blick auf den doppeltüri-
gen Holzschrank, in dem Oma früher unsere Inselkleidung
aufbewahrt hat, Sachen, die wir immer mal liegen ließen,
nicht mehr anziehen wollten, weil sie uns nicht mehr passten
oder gefielen.

Ich stehe auf, öffne die Schranktür, und im nächsten Moment grinse ich wie ein Honigkuchenpferd. Das Erste, was
mir auffällt, ist das blau-weiß gestreifte T-Shirt-Kleid, das auf
einem Kleiderbügel zwischen anderen Kleidungsstücken
hängt. Es muss mindestens zehn Jahre alt sein. Ich ziehe es
heraus und stehe kurz darauf damit vor dem Spiegel. Es

passt! Über die Jahre habe ich ein paar Kilo zugenommen, die ich durch den Trennungsschmerz innerhalb weniger Monate wieder verloren habe.

Gut gelaunt inspiziere ich die anderen Kleidungsstücke und finde ein selbst gebatiktes T-Shirt. Die Spirale in Blau, Grün und Gelb ist ein echtes Kunstwerk, wenn man bedenkt, dass ich es als Teenager mit Oma in einer der Ferienwochen gemacht habe. Die Farben wirken so lebendig, als hätte ich es erst gestern gefärbt. Der Stoff fühlt sich überraschend weich an, und als ich das Shirt überziehe, sitzt es wie angegossen, auch weil ich es früher wohl etwas oversized getragen habe.

Daneben finde ich eine Leinenhose, weit geschnitten und mit Kordelzug, in einem ausgewaschenen Beige. Ich schlüpfe hinein, und sie passt. So auch die bunt bestickte Weste mit kleinen Mustern von Blumen und Wellen, die perfekt mit der Leinenhose harmoniert. Ich ziehe sie über das Batik-Shirt und fühle mich augenblicklich wie die jugendliche Version meiner selbst. Schließlich, verborgen unter einer dünnen Decke, finde ich ein langes, fließendes Maxikleid im Patchworkstil. Die Stoffbahnen in Lila, Rosa und Weiß schwingen, als ich das Kleid vor mich halte. Es erinnert mich sofort an die Abende, an denen wir damals mit unseren Freunden barfuß am Strand saßen und Sangria getrunken haben, während die Sonne langsam im Meer versank. Auch ein paar Tops, in die ich noch passe, finde ich, und sogar ein paar alte Shorts von Ole und Kai, die ich gut tragen kann. Dazu ein Paar Flip-Flops und pinke Plastikbadelatschen.

Ich bin komplett ausgestattet für die nächsten Tage!

Zu meinem Glück entdecke ich im oberen Regal auch

noch meinen Schlapphut aus Stroh, den ich fast vergessen hatte. Der breite Rand ist leicht ausgefranst, und ein dünnes Band aus Holzperlen schlängelt sich um die Krone. Ich setze ihn auf und fühle mich augenblicklich wie die Strand-Hippie-Queen von früher.

Etwa eine halbe Stunde später betrachte ich die Auswahl, die ich auf dem Bett ausgebreitet habe, und muss lachen. Die Insel hat schon immer eine andere Version von mir hervorgebracht, eine freiere, verspieltere.

Mein Glück wird perfekt, als ich einer Kiste auf dem Schrankboden auch noch ein paar schlichte Baumwollslips mit aufgedruckten Wochentagen finde. Und dazu den leuchtend türkisfarbenen Bikini, der sofort ein breites Grinsen auf mein Gesicht zaubert. Das Oberteil ist übersät mit winzigen schimmernden Pailletten, die wie kleine Fischschuppen funkeln. In der Mitte prangt ein silberner Ring, der die beiden Dreiecke verbindet. Die Träger sind verstellbar, schmal, aber stabil.

Die Bikinihose glitzert an den Seiten, wo breite elastische Bänder mit kleinen silbernen Sternchen verziert sind. An den Schleifen hängen winzige perlmuttartige Anhänger, die beim Bewegen leise klimpern.

Ich kann nicht anders, als zu lachen, als ich ihn anprobiere. Die Hose sitzt wie angegossen. Das Oberteil ist, nun ja, etwas knapper, als ich es in Erinnerung hatte, aber es hält alles an Ort und Stelle – gerade noch so. Die Glitzerpailletten funkeln im Licht des Spiegels, und ich kann mir vorstellen, wie sie in der Sonne am Strand aufblitzen.

»Ein bisschen verrückt, aber absolut perfekt«, murmele

ich und betrachte mich. Dieser Bikini ist ein Statement, und wenn ich schon auf der Insel bin, warum nicht auch ein bisschen glitzern?

Und wo kann ich das am besten?

Am Meer, ich gehe ans Meer!

Die Luft ist warm, riecht nach Salz und Sommer. Die Sonne steht hoch am Himmel, mittlerweile ist es nach siebzehn Uhr. Der Weststrand liegt nur zwei Minuten von Omas Pension entfernt. Ich habe mich für das Batikshirt und die olivfarbene Shorts von Ole entschieden. Dazu trage ich den Strohhut. Meine Flip-Flops flippen und floppen auf dem Gehweg. Langsam laufe ich in Richtung der Strandpromenade den Deich hoch. Und da ist es, das Meer. Meine geliebte Nordsee. Ich bleibe einen Moment stehen, schließe die Augen und lausche. Die Wellen rollen in sanften Bewegungen auf das Ufer zu, Kinderlachen, leise Musik, klapperndes Geschirr. Die Außenbereiche der Cafés und Restaurants der Strandpromenade sind gut besucht, die ersten Gäste finden sich bereits zum Abendessen ein. Mein Magen knurrt auch, aber vorher will ich zumindest noch einmal kurz ins Wasser. Ich gehe die Stufen zum Weststrand hinunter. Auf der letzten Stufe bleibe ich stehen, ziehe meine Flip-Flops aus, um meine Zehen kurz danach tief in den warmen Sand zu graben. Vor mir glitzert die Wasseroberfläche, der Himmel strahlt in einem satten Blau. Ich hole mein Handy aus der Hosentasche.

Rate mal, wo ich gelandet bin, schreibe ich an Jana, schieße schnell ein Selfie und schicke es mit. Innerhalb von Sekunden kommt die Antwort:

Wie??? Ney???

Ja, Oma geht es so weit gut, aber ich habe
spontan entschieden, ihr ein wenig zu helfen.
Rufe nachher an, Kuss!

Bin ab 20 Uhr zu erreichen. Warte gespannt!
Kuss zurück.

Kurz darauf kommt noch eine Nachricht:

Ohne mich! Wie konntest du? Ich bin so was von
neidisch. Aber ich gönne es dir!!! PS: Megacooler
Schlapphut!

Ich schmunzele, stecke das Handy wieder weg und bahne
mir anschließend meinen Weg zwischen Handtüchern und
überdimensional großem Wasserspielzeug zu einer freien
Fläche etwas abseits der meisten anderen Urlauber.

Kaum habe ich mein Handtuch ausgebreitet, meine Klei-
dung ausgezogen und mich hingesetzt, höre ich hinter mir
eine freundliche Stimme. »Entschuldigung, könnten Sie vielleicht kurz helfen?«

Ich drehe mich um und sehe eine Frau, die sich mit einem
Sonnenschirm abmüht. Neben ihr wuseln zwei Kinder umher. Ein kleines Mädchen mit hellblondem Haar, matschver-
schmiertem Gesicht und einem quietschpinken Badeanzug
hält eine kleine Gießkanne in der Hand und verteilt großzügig Wasser auf dem Sand.

Das ältere Mädchen hockt mit ernstem Gesichtsausdruck daneben und versucht, eine Sandburg zu retten, die bereits von einem schief stehenden Turm bedroht wird. Sie hat braunes langes Haar und rehbraune Augen. »Mathilda, das ist zu viel Wasser!«, schimpft sie.

Mathilda lacht und kippt fröhlich weiter Wasser auf den Turm. »Gar nicht!«

»Natürlich«, sage ich, springe auf und gehe zu der Frau. Gemeinsam drücken wir den Schirm in den Sand, bis er stabil steht.

Die Frau lacht, wischt sich eine Haarsträhne aus dem Gesicht und sieht mich dankbar an. Sie dürfte ungefähr in meinem Alter sein. Ihr aschblondes langes Haar rahmt ihre weichen Gesichtszüge ein.

»Kein Problem. Ich kenne das – zumindest vom Zuschauen«, sage ich und deute auf die beiden Kinder. »Wie alt sind sie?«

»Mathilda ist drei und Helena neun«, antwortet sie mit einem müden, aber liebevollen Lächeln. »Und beide voller Energie. Ich bin Marie.«

»Katharina«, stelle ich mich vor.

Mathilda hat offenbar mitbekommen, dass wir über sie sprechen, und dreht sich mit großen, neugierigen Augen zu mir um. »Wer bist du?«, fragt sie und kommt auf mich zu, während sie immer noch ihre tropfende Gießkanne mitschleppt. »Du glitzerst so schön!«

»Ich bin Katharina«, sage ich. »Und wer bist du?«

»Mathilda!«, sagt sie stolz und deutet dann auf ihre

Schwester. »Und das ist Helena. Wir bauen eine riesengroße Burg!«

Helena schaut von ihrer Arbeit auf und wirft mir einen prüfenden Blick zu. »Eigentlich ist es eine Festung«, erklärt sie mit ernster Miene.

»Eine Festung, verstehe«, sage ich und gehe ein paar Schritte näher, um mir das Kunstwerk anzusehen. »Sieht beeindruckend aus. Braucht ihr noch Verstärkung?«

Mathilda hüpft begeistert auf und ab. »Ja! Du kannst die Brücke bauen!«

Ich lache und knie mich neben Helena in den Sand. »Okay, aber nur, wenn die Chefin einverstanden ist«, sage ich und schaue Helena an, die mich kurz abschätzt, bevor sie nickt.

»Die Brücke muss stabil sein, sonst fällt sie bei der nächsten Welle ein«, erklärt Helena und zeigt mit einer kleinen Schaufel auf die Stelle, wo ich tätig werden soll.

»Alles klar, ich gebe mein Bestes«, sage ich.

Gemeinsam graben wir im Sand und bauen an der Festung weiter. Mathilda übernimmt das Dekorieren. Sie drückt Muscheln überall verteilt in den nassen Sand. Kurz blitzt Fenja in mir auf und wie wir beide früher am Strand gespielt und gebuddelt haben. Ich nehme eine etwas größere Muschel und halte sie mir ans Ohr.

»Hörst du das Meer rauschen?«, fragt Helena.

»Ja«, antworte ich. »Aber da ist noch was …« Ich schaue dic Muschel gespielt skeptisch an, dann halte ich sie wieder an mein Ohr. »Irgendjemand singt ein leises Lied darin. Ich glaube, das ist eine Meerjungfrau.«

»Quatsch«, sagt Helena.

Mathilda fängt an zu kichern. »Helena glaubt nicht an Meerjungfrauen.« Sie streckt die Hand aus. »Aber ich schon.«

Kurz darauf huscht ein Lächeln über Mathildas Gesicht. »Ich kann das Lied auch hören!«, sagt sie mit feierlicher Stimme. »Aber das ist keine Meerjungfrau, das ist eine kleine Muschelelfe.«

Ich bin so überrascht, dass mir im ersten Moment keine Antwort darauf einfällt. Die Kleine ist erst drei und hat so viel Fantasie!

»Elfen gibt es aber auch nicht!«, sagt Helena und seufzt. »Die gibt es nur in Büchern.«

»Und in den Geschichten darin werden sie lebendig«, sage ich und hebe eine weitere Muschel in einer hübschen Herzform auf. »Unsere Muschelelfe heißt Penelopé Perlenglanz, und wenn wir Menschen alle am Abend nach Hause gehen, dann macht sie mit den vielen anderen kleinen Muschelelfen den Strand sauber.«

»Cool«, sagt Helena. »Vielleicht können wir eine einfangen und sie mit zu uns nach Hause nehmen. Dann kann sie auch unser Zimmer aufräumen.«

»Au ja!«, ruft Mathilda.

Helena seufzt. »Das war Spaß, die gibt es doch nur in Büchern, hat Katharina doch eben gesagt.«

»Und wenn es die doch gibt?«, fragt Mathilda und hält wieder die Muschel ans Ohr.

»Dann freuen sie sich, dass wir so eine tolle Elfenfestung für sie bauen.« Helena sieht mich auffordernd an. »Aber dafür brauchen wir eine Brücke.«

»Kriegen wir hin«, sage ich und versuche, eine halbwegs akzeptable Brücke zu formen.

Marie setzt sich währenddessen auf ihr Handtuch, atmet tief durch und beobachtet uns mit einem Lächeln. »Ich glaube, das ist das erste Mal heute, dass ich kurz durchatmen kann«, sagt sie. »Danke.«

»Nicht dafür«, erwidere ich. »Es macht Spaß, sich mal wieder wie ein Kind zu fühlen.«

Nach einer Weile ist die Festung fertig. Mathilda klatscht begeistert in die Hände.

Helena lächelt zufrieden. »Jetzt ist sie bereit für die Königin!«, verkündet sie.

»Und wer ist die Königin?«, frage ich und tue so, als hätte ich keine Ahnung.

Mathilda hebt sofort die Hand. »Ich! Ich bin die Königin!«

»Nein, Mama ist die Königin! Mamaaa!«, ruft Helena.

»Na dann, Eure Majestät«, sage ich und verbeuge mich spielerisch, als Marie sich zu uns gesellt.

Kurz darauf stolzieren Mathilda und Marie um die Festung herum, während Helena und ich lachen. Die beiden Mädchen scheinen völlig in ihrer Welt zu sein, und für einen Moment vergesse ich alles andere – den Grund, warum ich hier bin, die Verantwortung, die auf mich wartet –, Kinder bringen so viel Unbeschwertheit mit. Einen kurzen Augenblick denke ich an die Arbeit in der Förderschule, die mir viel Spaß gemacht hat, auch wenn ich den Job letztendlich für das Schreiben aufgegeben habe.

»So, ihr drei, ich gehe jetzt mal zurück zu meiner eigenen Festung«, sage ich und lächle.

»Musst du wirklich schon gehen?«, fragt Mathilda. »Wir können noch mit den Dinos spielen, die wollen auch in die Burg einziehen.«

»Leider ja«, sage ich. »Weil ich nämlich noch nicht im Wasser war, heute erst angekommen bin und mich schon mächtig darauf freue!«

»Wir haben ein Blick auf deine Sachen, während du badest«, sagt Marie.

»Oh, das ist lieb, danke!«

»Nicht dafür.«

Mathilda drückt mir noch eine Muschel in die Hand. »Damit du zu Hause auch ein Lied hören kannst.«

Helena schenkt mir ein schüchternes Lächeln. »Vielleicht sehen wir uns ja morgen wieder«, sagt sie.

»Ja, das wäre schön«, antworte ich und mache mich auf den Weg zurück zu meinem Handtuch.

Dort verstaue ich Mathildas Lieder-Muschel in meiner Strandtasche. Es ist ein ganz besonders hübsches Exemplar. Herzförmig, fast weiß mit vielen kleinen hellbraunen Sprenkeln, die ein bisschen wie kleine Sterne aussehen.

Und dann ruft das Meer. Gut gelaunt laufe ich über den warmen Sand. Dann stehe ich auch schon am Ufer und lasse meinen Blick über das Wasser schweifen. Die Wellen rollen sanft heran, brechen sachte am Strand und hinterlassen schäumende Gischt auf dem nassen Sand. Meine Füße sinken ein wenig ein, und ich spüre die erfrischende Kühle des Wassers, das über meine Zehen schwappt. Ein wohliger Schauer läuft mir über den Rücken. Ich atme tief ein und gehe weiter, bis das Wasser meine Knie umspült. Die Sonne scheint mir warm auf die Schultern, während ich mich langsam an die Kälte gewöhne. Ich wate tiefer ins Wasser, ganz sanft ziehen und drücken die Wellen an meinem Körper. Bald erreichen die Wellen meine Hüften. Ich zögere einen Moment. Dann atme ich tief ein, halte die Luft an und tauche in einem Satz unter. Kurz und schmerzlos. Die plötzliche Stille unter Wasser umhüllt mich wie eine weiche Decke. Für einen Augenblick bin ich ganz bei mir. Ich tauche wieder auf und atme erleichtert aus. Meine Haare kleben an meinem Gesicht, ich wische sie zurück und schmecke das Salz auf meinen Lippen. Wie sehr habe ich das vermisst. Ich schwimme ein paar Züge hinaus, drehe mich auf den Rücken und lasse mich treiben, spüre, wie das Wasser meinen Körper umschmeichelt. Der salzige Duft des Meeres mischt sich mit der warmen Brise, die sanft über die Oberfläche streicht. Es kommt mir vor, als würde die Nordsee mich umarmen, wie eine gute Freundin, die nichts erwartet, sondern einfach nur da ist. Die Wellen schaukeln mich sanft hin und her, wiegen mich in Leichtigkeit. Das Wasser trägt mich, und ich blicke in den unendlich weiten, strahlend blauen Himmel. Nur ein paar kleine bauschige weiße Wölkchen ziehen träge dahin, als hätten sie alle Zeit der Welt.

Mein Körper fühlt sich leicht an, fast schwerelos. Ich schließe die Augen und lasse mein Gesicht von der Sonne wärmen. Nach ein paar Minuten drehe ich mich wieder um und schwimme zurück zum Ufer. Das Wasser wird flacher, und ich spüre bald wieder den Sand unter meinen Füßen.

Die ersten Schritte sind ein bisschen wackelig. Das Wasser perlt in kleinen Tropfen von meiner Haut, und die kleinen

Anhänger an der Bikinihose klimpern, während ich zu meinem Strandtuch zurückgehe. Helena und Mathilda beobachten mich und winken mir zu.

»Du siehst jetzt aus wie eine Meerjungfrau«, ruft Helena. »Nur ohne Schwanzflosse.«

»Ha, also gibt es die doch!«, ruft Mathilda. »Siehst du, Helena, Katharina ist nämlich eine.«

Lachend winke ich zurück, wickele mich in mein Handtuch und lasse mich in den warmen Sand sinken. Ein zufriedenes Lächeln breitet sich auf meinem Gesicht aus. Ich lege mich auf den Rücken und schließe die Augen, spüre die immer noch angenehm warme Abendsonne auf meiner Haut. Wieso war ich in den letzten drei Jahren nicht hier, denke ich. Warum habe ich nicht öfter diese Auszeiten genommen? Hier am Strand, mit dem Rauschen der Wellen und dem Salz in der Luft, fühlt sich alles plötzlich so einfach an – so leicht. Als ob die Sorgen, die ich mitgebracht habe, mit jeder Welle ein Stück weiter aufs Meer hinausgetragen werden.

Ich höre, wie Helena und Mathilda kichern und sich weiter Geschichten über Meerjungfrauen ausdenken. Ihre Stimmen verschwimmen ein wenig mit dem Meeresrauschen, und für einen Moment lasse ich mich einfach treiben – zwischen Traum und Wirklichkeit.

Doch mein Handy holt mich schneller, als mir lieb ist, zurück in die Realität. Imke ruft an.

Kapitel 7

»Wie geht es Oma?«, frage ich.

»Bestens. Sie behauptet, dass sie überhaupt keine Schmerzen mehr hat und wieder nach Hause kann.«

»Aber sie bleibt doch wohl im Krankenhaus?«, frage ich erschrocken.

»Ja, alles, wie der Arzt gesagt hat, sechs bis acht Tage Vollpension in der Klinik, danach darf sie raus, muss Krankengymnastik machen und braucht etwa zwei Monate lang Schonung.«

Ich schaue zur Nordsee und sage, ohne weiter darüber nachzudenken: »Vielleicht kann ich ja so lang bleiben. Allerdings bräuchte ich dann ein bisschen Hilfe in der Pension, denn ich muss auf jeden Fall Zeit haben, um zu schreiben.«

»Schön! Ich wusste doch, dass du Oma nicht hängen lässt«, sagte Imke. »Auf uns Cousinen ist eben Verlass!«

»Über die Einzelheiten müssen wir aber noch in Ruhe reden.«

»Ja klar, aber jetzt erzähl mal. Wie ist der erste Tag als Pensionsinhaberin?«

»Den ersten Tag habe ich mir direkt frei genommen«, antworte ich. »Ich bin am Strand. Alles fühlt sich ein bisschen wie früher an.« Ich seufze. »Die Gäste habe ich noch nicht getroffen. Die lerne ich ja dann morgen kennen. Gibt es etwas, das ich unbedingt wissen muss?«

»Ja, einiges«, sagt Imke ernst. »Erstens: Oma Enna hat ein Gästebuch. Sie legt da großen Wert drauf. Frag die Gäste, ob sie reinschreiben möchten, aber dräng sie nicht. Zweitens: Das Frühstück ist einfach gehalten, aber immer mit frischen Zutaten. Denk daran, den Kühlschrank täglich zu checken. Drittens …«

Noch bevor Imke fortfahren kann, frage ich: »Sag mal, was ist eigentlich mit Malte los? Er ist irgendwie sehr reserviert.«

»Malte? Reserviert? In den letzten Tagen war er sehr redselig, wie immer. Aber er kann manchmal ein bisschen launisch sein. Lass dich nicht beeindrucken. Vielleicht hat er gerade Stress.«

»Ja, bestimmt hast du recht, wahrscheinlich mache ich mir einfach mal wieder zu viele Gedanken.« Das Gespräch wendet sich wieder der Pension zu, und als wir es beenden, habe ich eine Liste mit Aufgaben im Kopf, die mir definitiv für eine ganze Woche reicht. Ab morgen wird Malte nicht mehr der Einzige sein, den der Pensionsstress fest im Griff hat.

Ein köstlicher Duft erwartet mich, als ich die Tür zur Pension öffne. Ich stelle meine Tasche an der Garderobe ab und gehe in die Küche. Malte steht in einer Kochschürze am Herd und beugt sich über einen großen Topf. »Da bist du ja«, sagt er, ohne mich anzusehen. »Ich dachte, du könntest nach dem Tag heute etwas Gutes zu essen gebrauchen.«

Ich blinzle überrascht. War das gerade etwa Freundlichkeit? »Oh, danke. Das ist sehr nett. Ich habe tatsächlich großen Hunger.«

Er stellt den Topf auf den Tisch, wo bereits Teller und Besteck bereitliegen. »Gemüsecurry mit Jasminreis«, erklärt er und zuckt mit den Schultern. »Nichts Besonderes, aber es geht schnell.«

Ich setze mich. »Das sieht großartig aus, vielen Dank, Malte!«

Während wir essen, habe ich das Gefühl, dass sich die Atmosphäre ein wenig entspannt – aber nur ein wenig. »Mmh, das schmeckt sehr gut! Hast du etwas Besonderes an das Curry gegeben? Es hat so eine fruchtige Note. Vielleicht Ananas? Oder Mango?«

»Thailändisches Zitronenbasilikum«, antwortet Malte. »Das ist meine Spezialzutat. Eigentlich dachte ich, dass du es rausschmecken würdest.«

»Habe ich nicht, das kenne ich nämlich gar nicht, aber es ist wirklich gut!«

Malte nickt knapp, sein Blick bleibt dabei einen Moment an mir hängen. Dann nimmt er einen Schluck Wasser und lehnt sich zurück. »Du hast schon als Kind immer viel feinere Sinne gehabt als deine Brüder. Erinnerst du dich noch daran, als wir zu viert am Strand waren und du schon auf der Ecke zum Damenpfad behauptet hast, riechen zu können, dass Enna eine Lasagne im Ofen hat?«

Ich muss lachen. »Ja, und ich hatte recht!«

»Hattest du immer, was das angeht.«

»Ja, dafür konntest du richtig gut klettern, ich war immer total neidisch, wie schnell und mutig du auf den Walnussbaum hoch bist.«

»Weißt du noch«, sagt Malte und zieht eine Augenbraue hoch, »wie du einmal so hoch geklettert bist und dann nicht mehr runtergekommen bist? Dein Vater musste eine Leiter holen.«

Ich lache, obwohl mir das damals unglaublich peinlich war. »Und du hast unten gewartet und gelacht, weil es für dich so einfach war. Aber ich hatte wirklich große Angst. Hoch ging es für mich leichter als runter. Aber ich habe es immer wieder versucht.«

»Na ja, runterkommen war halt auch Teil des Plans«, meint er trocken, dann hebt Malte sein Glas. »Auf deine Hartnäckigkeit. Sie hat dich immerhin zur Schriftstellerin gemacht.«

Wow, was für ein Themenwechsel. Damit hat er meinen wunden Punkt getroffen. Es war wirklich nicht leicht. Wie viele Exposés und Leseproben habe ich angefertigt, bis ich endlich die Zusage eines Verlages erhalten habe! So fest habe ich an meinen Traum geglaubt und am Ende sogar meinen sicheren Job als Erzieherin in der Förderschule aufgegeben. Und jetzt denke ich insgeheim darüber nach, vielleicht doch wieder ein paar Stunden einem normalen Brotjob nachzugehen. So wie Fenja, die mir in diesem Moment wieder einfällt. Sie verkauft Fährtickets, um sich den Traum von der eigenen Töpferei zu finanzieren. Aber das behalte ich für mich. Über meinen Beruf will ich mit Malte jetzt nicht reden.

»Ja, auf die Hartnäckigkeit«, sage ich und stoße mit ihm an. Wobei Beharrlichkeit wohl das bessere Wort dafür wäre, wie ich denke, als ich trinke. Beharrlichkeit und der Glaube an mich selbst. Denn ohne beides hätte ich damals nicht die Selbstzweifel überwunden nach den gefühlten hundert Absagen. Es war die kleine Stimme in mir, die immer wieder flüsterte: *Du kannst das. Deine Geschichten verdienen es, erzählt zu werden.* Und genau da muss ich wieder hinkommen.

»Noch mal danke, dass du Oma aushilfst«, sage ich und lenke das Gespräch von mir weg.

»Wie gesagt, das mach ich gern. Davon mal ganz abgesehen …« Er zuckt mit den Schultern. »Es ist ja auch mein Job, Enna zahlt dafür.«

»Das weiß ich. Und auch, dass du oft Überstunden machst und so immer mal wieder was für Oma erledigst, ohne Extralohn.«

Er zuckt mit den Schultern. »Irgendwie ist sie ja auch ein bisschen meine Oma«, sagt Malte, schüttelt aber im nächsten Moment den Kopf. »Oder besser gesagt, ich mag sie einfach. Ich bin froh, dass sie die OP gut überstanden hat.« Er seufzt. »Sie hat mich gefragt, ob ich bei der Kirschenernte helfe, aber ich habe sie gefragt, ob das noch zwei Tage warten kann. Jetzt habe ich ein schlechtes Gewissen deswegen.«

»Musst du nicht«, sage ich. »Du weißt doch, wie Oma ist, wenn sie sich was in den Kopf gesetzt hat.«

»Ja. Wie du«, sagt Malte.

»Wie ich?«

»Ja, ihr seid euch ähnlich. Ihr habt beide diesen unerschütterlichen Willen, alles selbst in die Hand zu nehmen.

Wenn ihr euch etwas vornehmt, dann zieht ihr das auch durch – egal, was es kostet.«

Ich ziehe eine Augenbraue hoch. »Das ist doch wohl ein Kompliment, oder?«

»So und so.« Malte nimmt einen Schluck aus seinem Glas. »Manchmal macht ihr es euch damit auch schwer. Man muss nicht immer alles allein schaffen, weißt du?«

Ich sehe ihn einen Moment schweigend an. »Vielleicht hast du recht«, sage ich schließlich.

Malte lehnt sich zurück und verschränkt die Arme hinter dem Kopf. »Natürlich habe ich recht. Das habe ich doch immer.«

»Haha, jetzt übertreib mal nicht«, sage ich und lache, aber seine Worte hallen in mir nach.

»Aber im Ernst«, fährt er fort, »du musst dir nicht alles aufladen, Katharina. Die Pension, deine Schreiberei, deine Oma wird Hilfe brauchen, wenn sie wieder da ist …«

»Ja, genau!«, sage ich. »Aber es gibt ja genügend andere, die mich und auch Oma unterstützen. So wie du. Also, danke, Malte!«

»Das war jetzt schon das dritte Mal, dass du dich bedankst. Beim nächsten Mal solltest du es vielleicht einfach mit Kuchen oder einem Bier ausdrücken.« Malte grinst kurz, aber sein Blick bleibt dabei schwer zu deuten. »Die Kirschen müssen geerntet werden. Deine Oma verrät dir bestimmt das Rezept für ihren leckeren Streuselkuchen.«

Ich lache. »Deal. Aber dann musst du beim Kirschenpflücken helfen.«

»Abgemacht.« Er hebt sein Glas und nimmt einen weiteren Schluck. »Aber nur, wenn ich nicht auch noch die Kerne rauspulen muss.«

»Oh, genau das wollte ich eigentlich gern dir überlassen.«

Malte schüttelt gespielt entsetzt den Kopf. »Du bist wirklich unerschütterlich.«

Der Abend vergeht schneller, als ich gedacht hätte. Wir reden über dies und das, aber es bleibt dieses seltsame Gefühl. Obwohl wir zusammen lachen, obwohl wir Erinnerungen teilen, bleibt da eine Distanz, die früher nicht da war.

Irgendwann steht Malte auf. »Ich bin morgen früh hier, falls du irgendwas brauchst«, sagt er.

»Ist gut, schönen Abend noch, Malte!«, sage ich.

Er nickt nur und verschwindet im Flur. Ich bleibe sitzen und schaue ihm nach, bis die Tür ins Schloss fällt. Zwar haben wir doch einen netten Abend miteinander verbracht, aber in mir ist immer noch das Gefühl, dass irgendetwas zwischen uns nicht mehr stimmt. Ich nehme mir vor, ihn bei nächster Gelegenheit darauf anzusprechen, und gehe in mein Zimmer.

Dort packe ich meine wenigen Sachen aus und räume alles in den Schrank. Im Garten wiegen die Blätter des alten Walnussbaumes sanft im Wind. Es fühlt sich gut an, hier zu sein.

Nachdem ich ausgiebig geduscht habe, schlüpfe ich in meinen Schlafanzug und mache es mir im Bett bequem. »Deine Hartnäckigkeit hat dich immerhin zur Schriftstellerin gemacht.« Maltes Worte tanzen durch meinen Kopf. Ich habe schon lange nicht mehr geschrieben. Die Trennung und der Umzug haben meine volle Aufmerksamkeit gefordert. In den letzten Monaten habe ich mehr als einmal darüber nachgedacht, ob mir meine Kreativität vielleicht sogar abhandengekommen ist. Unzählige Male habe ich stundenlang vor einer leeren Datei am Laptop gesessen und am Ende des Tages nicht ein Wort zu Papier gebracht. Es ist mir nicht gelungen, meine Gedanken freizulassen. Die Worte fließen nicht, schon lange nicht mehr, und das macht mir große Angst. Denn das Schreiben war schon immer meine Leidenschaft. Das, was mich erfüllt, was mir immer so viel Kraft und Halt gegeben hat. Vielleicht ist jetzt genau der richtige Zeitpunkt, um dem Ganzen eine neue Chance zu geben, überlege ich und hole meinen Laptop aus der Tasche. Ja, es fühlt sich richtig an. Ich öffne ihn und schaue dabei zu, wie langsam die Programme starten. Ich könnte irgendwann mal ein neues, schnelleres Exemplar gebrauchen, schießt es mir dabei durch den Kopf. Vielleicht nach der nächsten Buchabgabe, wenn das Honorar auf meinem Konto eintrifft. Doch meine positiven Gedanken verfliegen schlagartig. Eine Mail meines Agenten ploppt als Push-Nachricht auf meinem Display auf. Er fragt nach dem Stand meines Manuskripts und erinnert mich daran, dass der Abgabetermin in nicht mal einem Monat ist.

Eben war ich noch so guter Dinge, jetzt steigt schlagartig Panik in mir auf. Mir wird heiß, Schweißperlen bilden sich auf meiner Stirn. Der Selbstzweifel, der seit Monaten in mir brennt, wächst sich in Sekundenschnelle zu einem Flächenbrand aus. Was, wenn ich meine Kreativität wirklich verloren habe? Ein Monat, das kann ich niemals schaffen.

Ich klappe den Laptop wieder zu, lege ihn zur Seite und

starre an die Decke. Was mache ich denn jetzt? Was antworte ich ihm? Dass ich das Buch nicht fertigstellen kann? Ich greife nach meinem Handy und rufe Jana an.

»Halb zehn! Katharina, endlich! Ich wollte dich auch gerade anrufen. Du bist auf Norderney? Wie genial ist das denn?«

»Ja, finde ich ja eigentlich auch«, sage ich.

»Eigentlich? Ist alles okay?«, fragt sie sofort. Jana kann ich nichts vormachen. Sie erkennt sofort, wenn etwas nicht stimmt.

»Nein«, antworte ich. »Ich sitze auf einer Insel, während meine Oma im Krankenhaus liegt, und ich weiß nicht, wie ich dieses Buch schreiben soll. Und dann ist da noch die Pension, um die ich mich kümmern soll, obwohl ich keine Ahnung davon habe. Oma wird eine Weile weg sein, ich verstehe auch nicht, wie ich da wieder reingeraten bin. Es ist ja schon ohne die Pension alles zu viel für mich.« Wie Malte es eben prophezeit hat …

»Aber Katharina, das ist doch perfekt«, sagt Jana und klingt mal wieder absolut positiv, obwohl ich es ganz anders sehe.

»Wie meinst du das?«, frage ich irritiert.

»Die Insel, das Meer, all die Erinnerungen an früher – das könnte genau das sein, was du brauchst. Lass dich von der Umgebung inspirieren.«

»Aber …«

»Kein aber«, unterbricht sie mich sanft. »Du bist Schriftstellerin, weil du Geschichten erzählen willst und kannst, Kat. Erzähl einfach, was du erlebst, beschreib, was du fühlst.

Und hör auf, dich selbst so sehr unter Druck zu setzen. Du bist großartig, die Menschen lieben deine Bücher. Aber du musst das Vertrauen in dich selbst wiederfinden, damit du es transportieren kannst. Das geht bestimmt jedem mal so. Ich habe letztens gelesen, dass auch Goethe mal eine Schreibblockade hatte.«

»Echt?«

»Keine Ahnung, aber irgend so ein Autor hat ein Buch darüber geschrieben, dass Goethe mal ein Gedicht für eine Herzogin schreiben musste und ihm absolut nichts einfiel. Da hat er wohl eine Schaffenskrise gehabt, der gute Goethe. Du siehst, du bist nicht allein.«

Einen Moment bin ich still, um über Janas Worte nachzudenken. Vielleicht hat sie recht, vielleicht ist der Tapetenwechsel, weit weg von Kassel zu sein, genau das, was ich brauche. Viele meiner Kolleginnen fahren zum Schreiben an abgelegene Orte. Vielleicht ist das, was ich gerade habe, auch ganz normal. Wenn sogar Goethe mal die Krise hatte? Bei dem Gedanken schleicht sich ein Lächeln auf mein Gesicht. In meinem Freundeskreis gibt es kaum kreativ arbeitende Menschen, ich war schon immer ganz allein mit meinen Problemen, konnte mich nie vernünftig darüber austauschen. Aber ich habe Jana!

»Du bist echt die Beste!«, sage ich.

»Wir beide, du und ich, wir sind die Besten!«

»Ja, da hast du recht, das sind wir.« Ich atme tief durch. »Weißt du was, ich versuche jetzt zu schlafen. Und morgen mache ich mir ganz in Ruhe Gedanken, wie es weitergeht.«

»Guter Plan!«

»Ja.«

Keine zehn Minuten später schlafe ich ein.

Mitten in der Nacht wache ich auf. Es ist halb vier, wie mir ein Blick auf mein Handy zeigt. Auf dem Nachttisch liegt die Muschel, die Mathilda mir geschenkt hat.

Ohne weiter darüber nachzudenken, hole ich meinen Laptop, setze mich im Schneidersitz auf das Bett, blicke einen Moment zum Fenster, lausche dem Wind und beginne zu schreiben.

Penelopé Perlenglanz und das Geheimnis der Muschelelfen

In einer geheimen Bucht, verborgen hinter Dünen und hohen Gräsern, lebte die kleine Muschelelfe Penelopé Perlenglanz mit ihren Freundinnen am Strand. Sie war nicht größer als eine Haselnuss und hatte durchsichtige Flügel, die in allen Farben des Regenbogens schimmerten. Ihr Zuhause war eine Herzmuschel, die im Sand glänzte, sobald der Mond auf das Meer schien. Jede Nacht, wenn die Menschen nach Hause gingen und der Strand still wurde, kamen die Muschelelfen aus ihren Verstecken. Sie fegten den Sand, sortierten Muscheln und polierten kleine Steine, damit der Strand am nächsten Morgen wieder wunderschön aussah. Penelopé war die Fleißigste von allen – und die Neugierigste.

Eines Abends, während die anderen Elfen arbeiteten, hörte Penelopé plötzlich ein leises Schluchzen. Es kam von einer kleinen Krabbe, die sich in einem Fischernetz verfangen hatte.

»Keine Sorge, ich helfe dir!«, rief Penelopé und flatterte sofort hinüber. Doch das Netz war schwer und fest.

»Was sollen wir tun?«, piepste die Krabbe ängstlich.

Penelopé dachte nach. »Ich hole Hilfe! Hab keine Angst.«

Sie flog zu ihren Freundinnen Stina Sternenglanz und Lizzy Lichterglanz. Gemeinsam suchten sie einen scharfen Muschelsplitter, schnitten das Netz auf und befreiten die Krabbe.

»Danke, danke!«, rief die Krabbe und tanzte vor Freude. »Ihr seid echte Heldinnen!«

Penelopé, Lizzy und Stina lächelten stolz, doch dann fiel ihr Blick auf den Himmel. Der Mond stand schon hoch, und sie mussten zurück zum Strand, um ihre Arbeit zu beenden.

Als sie an diesem Abend in ihre Herzmuschel kroch, fühlte Penelopé sich müde, aber glücklich. Denn sie wusste, dass auch die kleinsten Wesen große Helden sein können – besonders wenn sie zusammenhalten.

Und wenn du das nächste Mal am Strand bist und eine besonders schöne, glänzende Muschel findest, dann halte sie ans Ohr. Vielleicht hörst du das leise Summen von Penelopé Perlenglanz und ihren Freundinnen, die den Strand für dich sauber und magisch schön machen.

Eine gute Stunde später klappe ich das Notebook wieder zu.

»Na prima!«, schimpfe ich leise. Mein Verlag wartet auf einen Unterhaltungsroman, in dem meine Hauptfigur endlich lernt, loszulassen und sich selbst zu vertrauen – und ich schreibe stattdessen ein Märchen über Muschelelfen. Ich seufze und stelle meinen Laptop weg.

Doch als ich mich wieder in die Kissen sinken lasse,

denke ich über das nach, was ich gerade geschrieben habe. Zusammenhalten. An das Unmögliche glauben. Vielleicht hat diese kleine Geschichte mehr mit mir und meinem eigenen Roman zu tun, als ich zugeben will.

Meine Protagonistin – ich habe sie so oft vor mir gesehen, wie sie sich durchs Leben kämpft, immer alles alleine schaffen will, so wie ich. Vielleicht braucht sie genau das, was Penelopé und ihre Freundinnen gefunden haben: Hilfe annehmen, Vertrauen schenken, sich auf andere einlassen.

Ich schließe die Augen und lasse die Gedanken kreisen.

Es geht in meinem Roman doch genau darum, oder nicht? Darum, dass man nicht stark sein muss, um wertvoll zu sein. Dass man nicht perfekt sein muss, um geliebt zu werden. Und dass Veränderung oft in den kleinen Momenten beginnt – im Vertrauen auf andere und in der Bereitschaft loszulassen.

Ein leises Lächeln breitet sich auf meinem Gesicht aus. Vielleicht ist die Geschichte über Penelopé Perlenglanz ja genau das, was ich gebraucht habe: ein kleiner Funke, um auch meiner Protagonistin endlich Flügel zu verleihen.

Mit diesem Gedanken drehe ich mich um und schlafe ein – während auf dem Nachttisch die kleine Muschel in der Dunkelheit schimmert.

Kapitel 8

Der Wecker reißt mich aus dem Schlaf. Mein Handy trillert mir vom Nachttisch aus einen etwas zu übertrieben fröhlichen Song entgegen. Ich habe mich schon mehr als einmal gefragt, warum ich mich ausgerechnet für diesen Ton entschieden habe, wollte ihn schon häufig ändern, habe es aber doch jedes Mal wieder vergessen. Ich greife danach, schalte den Wecker aus und werfe einen Blick auf die Uhr. Sechs Uhr. Ich stöhne leise, aber länger liegen zu bleiben kommt nicht infrage, schließlich will ich heute etwas schaffen.

Nach einer schnellen Dusche und einem Becher Kaffee aus dem Vollautomaten in der Küche mache ich mich auf den Weg zur Rezeption, um mich einzuarbeiten. Ich setze mich an den Schreibtisch und schalte den Computer ein. Irgendwo hier muss doch ein Belegungsplan der Zimmer versteckt sein. Imke hat gesagt, dass ich mir hier unbedingt einen Überblick verschaffen soll. Gestern habe ich in den Mails schon eine sehr kurzfristige Stornierung entdeckt. Die Gäste, die sich für heute angemeldet haben, kommen nicht. Vielleicht kann ich dafür einen anderen Gast einbuchen. Ansonsten müsste ich den vollen Betrag für den entstandenen Verlust in Rechnung stellen.

Nach ein paar Klicks finde ich endlich den Plan und öffne ihn. Dabei fällt mir sofort auf, dass nur zwei der Zimmer belegt sind, jetzt nach der Stornierung. Kann das denn sein? Zumindest würde es die Stille im Haus erklären. Aber warum ist die Pension nicht ausgelastet? Es ist Sommer, die Insel ist rappelvoll. Ich öffne das E-Mail-Programm. »Ennas Pension« steht oben in der Leiste. Ich überfliege die Nachrichten: Buchungsbestätigungen, die besagte Stornierung, ein paar Werbemails – und dann eine Mahnung. Mein Magen zieht sich zusammen, als ich auf die Mail klicke. Es ist eine Erinnerung für eine offene Rechnung. Kein Drama, aber es hinterlässt einen bitteren Beigeschmack. Geldangelegenheiten machen mich nervös, was für meinen Beruf nicht gerade eine optimale Eigenschaft ist. Als Schriftstellerin habe ich kein regelmäßiges Einkommen. Mein Job ist mit vielen Unsicherheiten, dafür aber auch mit vielen Freiheiten verbunden. Während ich die Nachrichten sortiere, höre ich Schritte im Flur. Ich blicke auf und sehe Malte in der Tür stehen. Seine Haare sind zerzaust, er trägt ein ausgewaschenes T-Shirt und Jeans.

»Morgen«, murmelt er. »Mit dir habe ich nun wirklich noch nicht gerechnet.«

»Morgen«, antworte ich. »Ja, ich habe ehrlich gesagt auch nicht so früh mit mir gerechnet. Das ist eigentlich nicht wirklich meine Zeit.«

»Ich mach das Frühstück«, sagt er und verschwindet in die Küche.

Nachdem ich die wichtigsten Mails sortiert habe, beschließe ich, mir die freien Zimmer anzusehen. Ich nehme den Schlüsselbund vom Tresen, gehe rauf in den ersten Stock und klopfe vorsichtshalber an die erste Tür. Keine Antwort, also stecke ich den Schlüssel ein und öffne sie. Das Zimmer ist gemütlich, mit hellen Holzmöbeln, blau-weiß karierten Gardinen und kleinen maritimen Details. Es wirkt einladend, und ich frage mich erneut, warum so wenige Gäste kommen. Das ergibt für mich keinen Sinn, die Pension hat alles, was man braucht. Das andere Zimmer sieht ähnlich aus. Es gibt kleine feine Unterschiede, aber die Einrichtung ist gleich. Auf dem Weg zurück zur Rezeption sehe ich, wie Malte die Tische deckt. Auf den ersten Blick wirkt alles ordentlich: Brötchen, Butter, Marmelade, Käse, etwas Wurst. Doch es fehlt das gewisse Etwas. Kein Obst, keine hausgemachten Kleinigkeiten, nichts, was die Gäste begeistern könnte.

»Ist das immer so?«, frage ich und deute auf die Tische.

Malte schaut mich an, als hätte ich eine ihm unbekannte Sprache gesprochen. »Was meinst du?«

»Das Frühstück. Es ist … okay. Aber es fehlt etwas Besonderes.«

Er zuckt mit den Schultern. »Hat bisher niemanden gestört.«

Ich nicke, sage aber nichts mehr, Maltes Gleichgültigkeit ärgert mich. Was ist nur mit ihm los? Es wirkt fast so, als wolle er, dass alles so bleibt, wie es ist. Aber die Sache mit dem Frühstück ist definitiv ein Anfang, denke ich. Doch hier gibt es auf jeden Fall Verbesserungspotenzial. Nach dem Frühstück suche ich den Vorratsraum. Früher lag er im Keller, ich gehe die Treppe hinter der Rezeption hinunter. Bahne mir meinen Weg durch Handtücher und Spannbettlaken, die auf Leinen unter der Decke zum Trocknen hängen, und stehe plötzlich in einem Raum, der mich gleichzeitig lachen und die Stirn runzeln lässt: unzählige Jutesäcke, gefüllt mit Walnüssen. Ich muss grinsen. Oma Enna und ihre Walnüsse – das war schon früher ihr Markenzeichen. Ansonsten ist alles da, was ich oben schon auf den Frühstückstischen gesehen habe. Nicht mehr und nicht weniger.

Zurück an der Rezeption, fällt mir die Mahnung wieder ein. Irgendwo hier werden doch mit Sicherheit die passenden Unterlagen dazu liegen. Ich schaue in zwei Schubladen des Schreibtisches nach und öffne anschließend eine verschlossene Schranktür direkt daneben.

»Was ist das denn?«, murmle ich leise und ziehe eine Augenbraue hoch. Der Schrank ist voll mit ungeöffneten Briefen. »Das werden doch wohl nicht …« Ich hole die Briefe heraus und öffne sie. Von Brief zu Brief wird der Kloß in meinem Hals dicker und dicker. Es sind fast nur Mahnungen. Teilweise bereits dritte Mahnungen mit Androhung eines Vollstreckungsbescheides. Strom, Telefon, das sind wohl die größten Posten. Aber auch ganz kleine Rechnungen mit Kleckerbeträgen sind vertreten. Sofort greife ich zum Telefon und rufe Imke an. Sie hebt nach dem zweiten Klingeln ab.

»Unbezahlte Rechnungen?« Ihre Stimme klingt schockiert. »Das kann doch nicht sein. Oma war immer so gewissenhaft.«

»Du hast also auch noch nichts davon mitbekommen?«

»Nein, ich meine, klar, ich habe auch ein oder zwei Rechnungen bezahlt, zu denen Zahlungserinnerungen reinkamen, aber ich habe mir nichts dabei gedacht. Oma ist ja auch nicht mehr die Jüngste, da kann man schon mal etwas vergessen.«

»Ja, aber Oma ist mehr als fit im Kopf. Wenn ich so was vergesse, brauchst du dich nicht zu wundern. Aber Oma Enna … Die Sache stinkt gewaltig, wenn du mich fragst.«

»Hm«, macht Imke. »Da könnte etwas dran sein.«

»Ich brauche Zugang zu ihrem Konto«, sage ich. »Wir sollten dringend nachschauen, wie es wirklich um die Finanzen steht. Und ich muss die Rechnungen bezahlen.«

Nach kurzem Zögern gibt Imke mir die Zugangsdaten, dann sagt sie: »Ich hab ganz vergessen, dir zu sagen, dass ich gestern das Telefon in Omas Zimmer angemeldet habe. Du kannst sie also jetzt erreichen.«

»Oh, gute Idee.« Ich seufze. »Was meinst du, können wir sie nicht doch davon überzeugen, sich ein Handy zuzulegen?«

Imke lacht laut. »Oma? Niemals! Und weißt du was, irgendwie finde ich das auch gut. Mich nervt es, dass ich ständig und überall zu erreichen bin.«

»Da hast du auch wieder recht …«

Wir plauschen noch einen Moment, bevor wir uns verabschieden und ich die Kontodaten eingebe. Oma hat mich gebeten, mich um die Pension zu kümmern, da gehören Geldgeschäfte nun mal dazu, sage ich mir.

Ein Blick auf den Kontostand lässt mich aufatmen. Es scheint alles in Ordnung zu sein, sie ist nicht im Minus. Oma Enna hat finanziell vorgesorgt, doch die Pension scheint nicht viel abzuwerfen. Im Gegenteil, aktuell zahlt sie eher drauf, als dass sie Gewinn macht.

Ich sitze noch eine ganze Weile am Rechner, sortiere Akten, zahle Rechnungen, gehe Geldeingänge durch und schreibe Mails.

»Möchtest du auch einen Kaffee, Katharina?«, fragt Malte plötzlich.

Ich sehe auf die Uhr, es ist fast vier Uhr. Die Zeit ist nur so davongerast. »Ja gern, danke!«, sage ich und gehe rüber in die Küche. Während Malte an der Kaffeemaschine werkelt, setze ich mich an den Tisch. Ob ich mit ihm über die Pension sprechen soll? Vielleicht hat er eine Idee, wie wir wieder ein bisschen mehr Leben in die alten Mauern kriegen. Immerhin ist er vor Ort, kennt die Insulaner und auch die Gäste viel besser als ich. »Sag mal, Malte, können wir vielleicht mal über die Pension reden?«

Er zieht eine Augenbraue hoch. »Was ist damit?«

»Die schlechte Belegung der Zimmer bereitet mir große Sorgen. Ich habe vorhin mit Imke gesprochen, auf Dauer kann die Pension so nicht weiterlaufen.«

Malte lehnt sich zurück und mustert mich. »Okay, ich habe schon gemerkt, dass in letzter Zeit wenig los war, aber ist es wirklich so schlimm? Ich dachte, dass Enna das absichtlich macht, weil sie etwas kürzertreten will.«

»Oma macht momentan aber Verlust«, erkläre ich. »Und sie hat jede Menge Geld für die Renovierung und die neuen Möbel ausgegeben. Es wäre also gut, wenn wir die Vermietung etwas ankurbeln könnten.«

Malte schnaubt leise. »Das klingt ja supereinfach.«

Ich beschließe, seinen sarkastischen Unterton zu ignorieren. »Vielleicht können wir die Pension attraktiver machen«, sage ich. »Das Frühstück könnte vielfältiger werden, vielleicht mit selbst gemachten oder lokalen Produkten – Marmeladen, Kuchen, Brot mit frischen Walnüssen. Eier und Milch von Heino nebenan. Und wir könnten Werbung schalten oder uns Angebote für Familien überlegen. Über die sozialen Medien ist mittlerweile so viel möglich, und ich könnte wetten, dass Omas Pension dort noch nicht vertreten ist. Es gibt sicher eine ganze Menge Optionen.«

Malte nickt langsam und zieht eine Augenbraue hoch.

»Aha. Und du dachtest, ich hätte bestimmt gute Ideen, ja?« Seine Stimme klingt abwehrend.

»Du bist so nah an den Leuten dran«, erkläre ich schnell. »Du bekommst bestimmt mit, was Gäste sich wünschen.«

Er sieht mich an, dann nimmt er einen Schluck aus seinem Glas. »Hm. Klingt nach viel Arbeit.«

»Das weiß ich«, antworte ich. »Aber ich denke, wir können das schaffen. Zusammen.«

»Hast du schon mit Enna darüber gesprochen?«

»Nein, nur mit Imke. Oma ist aktuell nicht gerade bei bester Laune.«

Seine Miene bleibt regungslos, aber irgendetwas in seinem Blick wirkt kühl. »Tja, vielleicht solltest du das erst mal tun, bevor du hier alles umkrempeln willst. Immerhin ist es ihre Pension.«

»Ja, du hast recht«, sage ich und fühle mich ein bisschen schlecht, Oma Enna hätte die erste Person sein sollen, mit der ich über diese Dinge spreche.

Malte sagt nichts mehr. Stattdessen wendet er sich ab und stellt sein Glas etwas zu laut auf den Tisch.

Kapitel 9

Die Sonne sinkt langsam über der Nordsee. Der Wind weht sanft, und die Wellen rauschen in stetigem Rhythmus auf das Ufer zu. Der Feuerball taucht den Strand in warme Farben, lässt den Sand glitzern. Ich ziehe meine Schuhe aus und gehe ein paar Schritte in Richtung Spülsaum. Maltes Worte tanzen durch meine Gedanken. *Hast du schon mit Enna darüber gesprochen?* Ich atme tief ein und wähle die Nummer meiner Oma.

Es klingelt nur zweimal, ich begrüße sie, dann höre ich ihre vertraute Stimme. »Katharina, mein Mädchen!«, sagt sie gut gelaunt. Ihr scheint es also besser zu gehen. »Wie läuft es auf der Insel?«

»Hallo, Oma, es läuft ganz okay«, antworte ich ausweichend. »Aber erzähl erst mal, wie geht es dir?«

Oma Enna seufzt. »Gut!«, antwortet sie knapp.

»Gut?«, frage ich. Oma konnte noch nie zugeben, wenn etwas nicht in Ordnung war. Sie war immer stark, hat Probleme einfach unter den Teppich gekehrt. Nicht nur die Probleme körperlicher Natur. In meiner Familie väterlicherseits wurde nie viel geredet. Mama hat mal erzählt, dass es für sie und Papa ein hartes Stück Arbeit war, das Muster zu durchbrechen. Das scheint ein Generationending zu sein. Vielen meiner Freundinnen und Freunde geht es mit ihren Familien ganz ähnlich. Besonders mit den Vätern.

»Ja, gut so weit. Aber der Fuß macht mir doch zu schaffen.«

»Hast du schlimme Schmerzen?«

»Ach was, nur die Harten kommen in den Garten, Schatz. Das weißt du doch. Aber er juckt fürchterlich.«

Typisch, denke ich. Den Spruch habe ich schon unzählige Male aus Omas Mund gehört. Und Papa bestimmt auch, kein Wunder, dass es ihm schwergefallen ist, Emotionen zuzulassen. Wenn man mit solchen Glaubenssätzen groß wird …

»In spätestens zwei Wochen bin ich wieder fit. Wie ist es in der Pension? Hast du alles im Griff?«

Ich beschließe, den Teil mit der Genesung unkommentiert zu lassen. »Gut so weit, ich finde mich zurecht. Aber ich wollte über ein paar Sachen mit dir reden, Oma.«

»Oje, ist etwas passiert?«

»Nichts Schlimmes«, beruhige ich sie. »Aber ich habe hier ein bisschen Chaos vorgefunden. Einige Rechnungen sind noch offen, und die Belegung der Pension ist nicht gerade optimal. Ist dir das bekannt?«

»Ja«, antwortet Oma.

»Und ist das schon länger so? Weißt du, ich habe festgestellt, dass du für die Pension aktuell draufzahlst.«

»Ja, das stimmt wohl. Das liegt an den Renovierungskosten, das ist ganz normal. Aber die Pension, weißt du, sie ist alles, was ich auf der Insel habe. Sie hält mich jung und fit.«

Oma schweigt kurz. »Na ja, bis ich jetzt gestürzt bin. Aber meine Gäste sind mir schon seit vielen Jahren treu. Ich mag es, wenn ich weiß, wer da kommt. Deswegen buche ich auch nur Stammgäste ein.«

Aha, da liegt also das Problem. »Das verstehe ich, Oma. Aber so sollte es nicht weiterlaufen. Weißt du, seit wann du rote Zahlen schreibst? Wäre es für dich okay, wenn Malte und ich ein paar Dinge ändern würden? Vielleicht könnten wir die Pension im Internet bewerben«, frage ich und bin mir ziemlich sicher, dass Oma gleich entschlossen protestieren wird.

Aber zu meiner Überraschung sagt sie: »Aber natürlich, Katharina. Was meinst du denn, warum ich wollte, dass du auf die Insel gehst und die Pension für mich übernimmst?«

»Im Ernst?«

»Ja, du bist die Kreative in unserer Familie. Du bist die, die anders denkt. Bring frischen Wind in die alten Mauern, ich freue mich auf deine Ideen. Und mit Malte hast du tatkräftige Unterstützung an deiner Seite. Er ist manchmal ein bisschen verschroben und eigensinnig, aber er ist einer von den Guten.«

Ihre Worte berühren mich tief. »Danke, Oma. Das bedeutet mir viel. Aber ich kenne mich mit solchen Dingen nicht gut aus.«

»Mach dir keine Sorgen. Du wirst das schon machen. Du findest die alten Belegungsbücher von früher im Schrank in der Rezeption, vielleicht helfen sie dir in deiner Planung.« Ihre Stimme klingt plötzlich liebevoll, wie eine warme Umarmung. So wie früher, als ich noch klein war.

Wir plaudern noch ein wenig über die Pension, über die Insel und darüber, wie es ihr im Krankenhaus geht. Oma schimpft über das weich gekochte Essen und über die laute Zimmernachbarin, die seit heute bei ihr liegt. Als ich schließlich auflege, fühle ich mich leichter. Ich glaube, dass ich hier echt etwas bewegen kann.

Doch diese Euphorie hält nur wenige Sekunden an. Mein Handy vibriert, der Name auf dem Bildschirm lässt mein Herz einen Moment stillstehen: Tom.

Mein Magen zieht sich zusammen, während ich die Nachricht öffne. *Hi, Katharina. Der Vermieter hat sich bei mir gemeldet. Er will einen Teil der Kaution einbehalten, weil irgendwas mit den Wänden nicht stimmt. Hast du davon gewusst? Und wie geht es dir eigentlich?*

Die Worte ›Wie geht es dir?‹ treffen mich wie ein Schlag. Er war derjenige, der gegangen ist. Der, der entschieden hat, dass wir keine Zukunft mehr haben. Und trotzdem schafft er es, mit einem Satz wieder hochzuholen, was ich so mühsam versucht habe zu verdrängen. Erinnerungen schießen durch meinen Kopf: Tom und ich, wie wir die Wohnung einrichten. Tom und ich, wie wir lachen, wie wir uns streiten, wie wir uns lieben. Und dann das Ende. Das leere Gefühl, als ich meine Sachen packte. Ich fühle in mich hinein und stelle erleichtert fest, dass die Traurigkeit einem anderen Gefühl gewichen ist. Ich bin sauer. Soll ich antworten? Vielleicht nur auf die Sache mit dem Vermieter? Tom wollte damals unbedingt die Wohnung behalten, es ist nicht mein Problem, dass der Vermieter nun rumzickt. Ich war mehr als fair, als wir Kassensturz gemacht haben, Tom hat die meisten Möbel behalten, und ich war mit nur fünfhundert Euro einverstanden.

Ich schiebe das Handy in meine Tasche, ohne zu antworten, und atme tief durch. Der Wind kühlt meine erhitzte Haut. Ich gehe ein paar Schritte durch den Sand, näher ans Wasser, bis zur Meerschaumlinie, dann schließe ich meine Augen und lausche. Lasse mich auf die Melodie des Meeres ein. Rhythmisch, aber gleichzeitig ungleichmäßig. Ambivalenz, da ist sie wieder.

Der Strand erstreckt sich vor mir wie ein endloses Versprechen. Die Dünen leuchten golden im Licht der tief liegenden Sonne. Möwen kreisen laut rufend über dem Wasser. Der Sand unter meinen Füßen ist warm und weich. Ich gehe weiter, versuche meine Gedanken auf die Landschaft zu richten. Bis ich plötzlich etwas höre. Musik. Eine Gitarre, begleitet von einer warmen, tiefen Stimme, die mir seltsam vertraut vorkommt. Die Melodie ist zunächst leise. Ich folge dem Klang, der mich zu einer kleinen Lichtung zwischen den Dünen führt. Dort sitzt er, der Musiker, den ich auf der Fähre getroffen habe, lässig im Sand, die Gitarre locker in den Armen, und singt. Die Worte des Liedes sind voller Gefühl.

«Find my way beneath the stars,
Where the broken pieces heal.
I'll be whole again, I'll feel
Like the waves can carry me home.»

Diesmal singt er auf Englisch, was mir fast noch ein bisschen besser gefällt. Ich bleibe stehen, unfähig, mich zu rühren. Die Wärme seiner Stimme hüllt mich ein.

Er sieht auf und lächelt, als er mich erkennt. »Du schon wieder.«

»Du bist schwer zu überhören«, sage ich und versuche locker zu klingen.

»Phil«, stellt er sich vor.

»Katharina«, antworte ich. »Darf ich?«, frage ich und deute in den Sand neben ihm.

»Klar!«, sagt er und lächelt. Sein dunkles, vom Wind zerzaustes Haar fällt ihm locker über die Stirn. Ich entdecke ein Grübchen, das sich auf seiner linken Gesichtshälfte bildet. Und viele kleine Lachfalten rund um seine strahlend grünen Augen, die in der Abendsonne fast golden aussehen. »Gefällt dir die Musik?«, fragt er und legt die Gitarre zur Seite.

»Sehr. Es klingt … ehrlich.«

»Das versuche ich«, sagt er. »Musik sollte ehrlich sein, sonst lassen sich die Botschaften nicht transportieren.«

»Verstehe«, sage ich. »Arbeitest du als Musiker auf der Insel?«

»Ich wünschte, es wäre so«, sagt Phil. »Aber von der Musik zu leben ist nicht leicht. Ich schlage mich mit Auftritten durch, aber auf der Insel bin ich nur für die Saison. Als Koch, den Beruf habe ich gelernt.«

Noch jemand mit einem kreativen Beruf und einem Brotjob. »Kunstschaffende haben es oft schwer.«

Phil nickt. »Und was machst du hier, Katharina? Was führt dich auf dieses schöne Fleckchen Erde, ich vermute, du kommst nicht von hier, oder?«

Ich muss lachen. »Ist das so offensichtlich?«

»Na ja«, sagt er und schmunzelt. »Du siehst schon eher nach Stadt aus.«

»Ach komm, und wie sieht man da aus?«

»Man trägt ein lila-rosa Hippiekleid und einen Schlapphut.«

Ich schaue ihn kopfschüttelnd an. »Das meinst du nicht ernst!«

Er lacht. »Ich habe dich aus deinem Auto steigen sehen. Du kommst aus KS.«

»Kassel, aber mein Vater kommt von der Insel. Meine Oma betreibt eine Pension in der Nähe vom Weststrand, ich bin hier, um sie ein wenig zu unterstützen.«

»Das ist sehr nett von dir, du hast also einen richtigen Bezug zu Norderney. Opferst du deinen Urlaub für die Zeit hier?«

»Nein, ich bin Schriftstellerin und müsste mit meinem aktuellen Buchprojekt eigentlich schon viel weiter sein, als ich es bin.« Die Worte sind wie selbstverständlich über meine Lippen gekommen. Ein bisschen wundere ich mich über mich selbst, weil ich so offen bin.

»Du schreibst Bücher?«, fragt Phil.

»Ja, ich habe mich vor drei Jahren selbstständig gemacht. Ich kann deinen Job als Koch also wirklich gut nachvollziehen.«

»Ach!« Er zuckt mit den Schultern. »Das ist schon okay, ich steh ganz gern in der Küche. Es ist eine gute Kombi, beides sind kreative Berufe«, sagt Phil. »Worum geht es in deinem aktuellen Buch?«

»Um eine Frau, eine verlorene Liebe, die Reise zu sich selbst und einen Neuanfang«, erkläre ich. »Na ja, zumindest theoretisch.«

»Theoretisch?« Er mustert mich kurz. »Ist die Geschichte autobiografisch?«

Ich lache. »Nein, wenn das so wäre, wäre mein Leben auf jeden Fall sehr ereignisreich. Zu ereignisreich, wenn du mich fragst. Aber Erlebtes und eigene Gefühle spielen in meinen Büchern natürlich immer eine Rolle. Wie ist das mit deiner Musik? Singst du von erlebten Dingen?«

»Teilweise schon«, sagt Phil und streicht über seine Gitarre. »Aber nicht nur, ich schätze, es ist ganz ähnlich wie bei dir. Und wie läuft es mit deinem Buch? Kommt dir die Ruhe auf der Insel zugute?«

»Ehrlich gesagt, könnte es nicht miserabler laufen. Mein Manuskript umfasst sage und schreibe eine halbe Seite. Aber die Ruhe, ja, ich hoffe, dass sie bald bei mir Einzug hält.«

»Das geht von Zeit zu Zeit allen so. Ich versuche schon seit einem halben Jahr, einen neuen Song zu schreiben, komme aber auch nicht wirklich vorwärts und hoffe jeden Tag erneut, von der Muse geküsst zu werden.«

»Na, das macht mir eher weniger Mut«, gebe ich zu und grinse schief. »Ein halbes Jahr kann ich mit der Abgabe definitiv nicht mehr warten.«

»Tut mir leid!« Phil lacht. »Das lässt sich natürlich nicht auf dich übertragen, ich wollte dir damit nur sagen, dass deine Situation für kreative Menschen nicht unüblich ist.«

Kurz fällt mir Goethe ein. Ich nicke. »Danke. Das macht mir ein bisschen mehr Mut!« Die Unterhaltung mit Phil fühlt sich erschreckend vertraut an. Ich habe seit Langem mal wieder das Gefühl, richtig verstanden zu werden. Jana versteht mich auch oder gibt sich zumindest große Mühe. Aber mit jemandem zu sprechen, der Ähnliches erlebt, ist doch noch einmal etwas völlig anderes.

Das Bellen eines Hundes reißt uns aus unserem Gespräch.

»Guck mal!«, sagt Phil, schaut kurz nach links und rechts, springt auf und rennt los in Richtung Wasser.

Kapitel 10

Ein kleiner schwarzer Hund rennt hektisch am Spülsaum entlang. Er wird von zwei Möwen verfolgt, die abwechselnd auf ihn zufliegen und versuchen, nach ihm zu greifen.

Sofort springe auch ich auf und laufe hinterher.

Phil reißt die Arme in die Luft. »Hey, verschwindet!«, ruft er.

Ich tue es ihm gleich. »Macht, dass ihr wegkommt!«

Wenige Sekunden fühlen sich wie eine halbe Ewigkeit an. Endlich suchen die biestigen Möwen das Weite. Der kleine Hund sitzt erschöpft und zitternd im Sand. Sein Fell steht in alle Himmelsrichtungen ab. Ich knie mich zu ihm und strecke meine Hand aus. »Hey, Kleiner, sie sind weg, du bist in Sicherheit.«

Der Hund schaut mich mit großen Augen an, dann kommt er ganz langsam auf mich zu und versteckt sich zwischen meinen Beinen.

»Der Arme!«, sagt Phil. »Möwen können echt garstige Biester sein.«

»Absolut!«, sage ich und streichle dem Hund vorsichtig

über den Kopf. »Siehst du jemanden, der zu ihm gehört? Er kann doch nicht ganz allein hier sein.«

Phil schaut sich um, und auch ich lasse meinen Blick schweifen, aber es ist weit und breit niemand zu sehen.

»Ich gehe mal ein paar Schritte in die Richtung, aus der er gekommen ist«, sagt Phil und deutet mit dem Kopf den Strand entlang.

»Gute Idee, wir warten hier.«

Ich sitze eine ganze Weile mit dem Hund am Spülsaum, bis mir Phils Gitarre einfällt. Hoffentlich hat sie niemand mitgenommen, auf das, was hinter mir passiert, konnte ich bei der ganzen Aufregung nicht auch noch achten. »Kommst du mit, kleiner Mann?«, frage ich, stehe auf und gehe langsam in Richtung der Dünen. Der Hund folgt mir auf Schritt und Tritt, zittert aber immer noch und schmiegt sich sofort an mich, als ich mich neben der Gitarre in den Sand setze. Die Sonne verschwindet bereits langsam am Horizont, die Farben des Himmels werden dunkler. In der Ferne sehe ich vier Gestalten auf mich zukommen. Eine ist groß, die anderen drei deutlich kleiner. Das könnte Phil sein, überlege ich. Vielleicht hat er die Besitzer gefunden. Die vier Menschen kommen näher und näher, Phil ist ganz sicher darunter, aber erst, als sie fast vor mir stehen, wird mir bewusst, wen er an seiner Seite hat.

»He«, sagt eine alte Dame. Um ihre Schultern trägt sie ein rotes Tuch. Neben ihr stehen zwei Jungs. Sie haben hellblondes gelocktes Haar und dürften um die sechs Jahre alt sein. Zwillinge, wenn man mich fragen würde.

»He, wir kennen uns doch«, sage ich und lächle. »Haben Sie Ihren Koffer heil auf die Insel gebracht?«

»Was für ein Zufall, ja, danke, das sind meine Enkel Jonas und Timm«, sagt sie und zeigt auf die beiden Kinder, die mir verlegen zuwinken.

»Der kleine Muck hat mit Leib und Seele die Fischbrötchen von Jonas und Timm verteidigt«, erklärt Phil.

»Das scheint den Möwen nicht so gut gefallen zu haben«, sage ich und streiche Muck noch einmal durch sein zerzaustes Fell, bevor er schwanzwedelnd zu den beiden Jungs rennt.

»Danke, dass Sie ihn gerettet haben«, sagt die Dame. »Ich hätte nicht gedacht, dass ein Ausflug an den Strand zu so einer Tortur wird.«

»Damit kann aber auch niemand rechnen«, sagt Phil.

»Nein, damit kann niemand rechnen. Aber fast alles birgt auch etwas Schönes in sich. Ich freue mich sehr, dass wir uns wiederbegegnet sind …«

»Katharina«, sage ich.

Die Dame lächelt. »Katharina. Schöner Name! Nun, wir wollen Ihren romantischen Abend nicht stören. Haben Sie vielen Dank!«, sagt sie, nimmt ihre beiden Enkel an die Hand und geht den befestigten Dünenweg hinter uns rauf ins Inselinnere.

Phil lässt sich neben mir in den Sand fallen und schnaubt. »Na, das war ja eine Aktion.«

»Absolut, aber wir haben etwas Gutes getan!«

»Ja«, sagt er und grinst schief. »Danke, dass du auf meine Gitarre aufgepasst hast. Und natürlich auch auf den Hund.«

»Ach, Quatsch!«, sage ich und schaue ihn an.

Er erwidert meinen Blick, was mich unerwartet nervös werden lässt. Schnell wende ich meine Augen ab und schaue wieder zum Meer.

»Ich würde wirklich liebend gern noch länger mit dir hier sitzen und mich unterhalten, aber ich muss leider los«, sagt er. »Vielleicht können wir es ein anderes Mal wiederholen?«

»Das wäre schön«, sage ich spontan.

»Ich schreibe dir meine Nummer auf. Wenn du möchtest, melde dich, ich würde mich sehr darüber freuen!« Phil reißt einen Zettel aus einem Notizblock, schreibt seine Handynummer darauf und gibt sie mir. Dann steht er auf und hängt sich seine Gitarre über die Schulter. »Hoffentlich bis bald!«

Ich schaue ihm noch einen Moment lang nach. Dieser Mann, er macht irgendetwas mit mir. Zum ersten Mal seit der Trennung von Tom fühle ich mich wieder lebendig, als hätte jemand einen Schalter umgelegt, den ich längst vergessen hatte. Der Wind trägt Phils Duft nach einer Spur von Zitrus zu mir zurück, während er mit lockeren Schritten Richtung Promenade geht. Oder bilde ich mir das mit dem Duft nur ein? Unwillkürlich schüttele ich den Kopf, weil ich mich gerade wie eine meiner Hauptfiguren in meinen Büchern fühle.

Ich sehe ihm nach, wie er zwischen den Strandkörben verschwindet, und mein Herz schlägt einen Tick schneller, als ich den Zettel in meinen Händen betrachte. Die krakelige Handschrift passt perfekt zu ihm – unperfekt und doch irgendwie charmant.

Die Wellen tanzen im Licht der untergehenden Sonne, und ich atme tief ein. Es ist Zeit, einen neuen Anfang zu wagen.

In der Pension ist es still. Malte scheint schon weg zu sein, von den Gästen ist nichts zu sehen, geschweige denn zu hören. An der Rezeption brennt ein kleines Licht. Auf dem Tresen liegt ein Zettel mit Notfallnummern, an die die Gäste sich wenden können. Daneben ein weiterer.

Hi, Katharina, morgen habe ich frei, für das Frühstück ist schon alles vorbereitet, du musst dich nur um die Brötchen kümmern. Wenn was ist, ruf einfach an. Malte.

Ich gehe in die Küche und schaue in den Kühlschrank. Es ist alles da, Malte hat gut vorgearbeitet. Ich entdecke frische Butter und Käse. Auf der Arbeitsplatte liegt ein in ein Handtuch gewickelter Brotlaib, perfekt! Ich schneide mir zwei dicke Scheiben Graubrot ab, belege sie großzügig mit Butter und Käse, setze mich an den Küchentisch und beiße herzhaft hinein. Ich wollte eigentlich längst gegessen haben, aber das Treffen mit Phil hat mich um meine Pläne gebracht. In Windeseile verputze ich die beiden Brote und gehe zurück zur Rezeption. Dabei fällt mir ein, dass ich die alten Belegungsbücher raussuchen muss, damit ich morgen direkt starten kann. Vielleicht kann ich so herausfinden, wie die Pension sich über die Jahre entwickelt hat. Oma bewahrt sie in dem Schrank auf, der in der Ecke des kleinen Büros steht. Er ist aus dunklem Holz, massiv und schwer, mit kunstvoll verzierten Messinggriffen. Er riecht nach alten Zeiten, nach Papier und Möbelpolitur, nach Geschichten, die in den Seiten der Bücher verborgen liegen. Ich öffne die knarrenden Türen und seufze. Ich selbst bin auch nicht gerade die Ordentlichste, aber Oma toppt das Ganze. Der Schrank ist voll mit Krimskrams, irgendwelchen alten Zeitungen, Aktenordnern – und den unsortierten Belegungsbüchern, die alle verschieden aussehen und offensichtlich aus den Jahren stammen, bevor der Plan digital gemacht wurde. Ein paar sind in Leinen eingeschlagen, andere in abgewetzte Ledereinbände. Und auch ein paar Loseblattsammlungen, die von einem einfachen Gummiband zusammengehalten werden, finde ich. Darüber im Regal steht eine große blau-weiße Keksdose. Darin ist sicher kein Gebäck, das wäre bestimmt längst zu Staub zerfallen. Vorsichtshalber sehe ich nach. Ich öffne die Dose und finde darin mehrere alte Schlüssel, ein paar vergilbte Notizzettel, eine verbogene Brille mit einem goldenen Gestell – und eine kleine, abgenutzte Plastikfigur.

Ich ziehe sie heraus und halte sie ins Licht: eine grünliche Gestalt mit einem orangefarbenen Band um die Augen und zwei kleinen Nunchakus, die an seiner Seite baumeln. Ich blinzele. Das gibt es doch nicht.

»Michelangelo!«

Es ist eine Teenage-Mutant-Ninja-Turtles-Figur. Und nicht irgendeine! Die hat mal Kai gehört, da bin ich mir ganz sicher. Er war als Kind völlig verrückt nach den Turtles, hat stundenlang mit seinen Figuren gespielt und sie überallhin mitgenommen. Und Michelangelo war sein absoluter Favorit, »der Coolste von allen«, wie er immer sagte.

Ich kann mich noch genau erinnern, wie er ihn eines Tages verzweifelt gesucht hat. Er war sich sicher, dass er ihn irgendwo in Omas Haus verloren hatte, und hat mich sogar verdächtigt, ihn aus Spaß versteckt zu haben. Natürlich hatte ich das nicht, und ich habe stattdessen Ole verdächtigt. Aber er will es auch nicht gewesen sein, und so blieb Michelangelo verschwunden, und irgendwann gab Kai die Suche auf.

Und jetzt liegt er hier. In einer alten Keksdose in Omas Schrank.

Ich drehe die Figur zwischen den Fingern. Die Farbe ist an den Kanten abgerieben, das Gesicht ein bisschen blass, aber die coole Haltung und das freche Grinsen sind noch genau wie früher.

Ich zücke mein Handy, mache ein schnelles Foto und schicke es an Kai mit einer kurzen Nachricht:

Cowabunga, Bruder. Er lebt!

Keine drei Sekunden später sehe ich, dass Kai tippt.

Ich beobachte, wie die drei kleinen Punkte auf dem Bildschirm hüpfen. Natürlich antwortet er sofort. War ja klar. Wenn es um eine alte Actionfigur geht, ist er in Rekordzeit am Handy. Aber als ich ihm neulich geschrieben habe, dass Oma im Krankenhaus liegt und es ihr nicht gut geht, da hat er sich eine gefühlte Ewigkeit Zeit gelassen.

Ich merke, wie sich meine Finger um das Handy verkrampfen. Am liebsten würde ich ihm das genau jetzt vorhalten. Aber dann atme ich tief durch. Bringt ja doch nichts.

Stattdessen sehe ich es als Anfang. Immerhin habe ich ihn aus der Reserve gelockt. Vielleicht ist das der erste Schritt.

Das Handy vibriert, und seine Nachricht erscheint:

WAAAS? Wer hat ihn so lange gefangen
gehalten?! Das gibt Rache.

Ich grinse. Typisch Kai. Statt eine banale Antwort zu schicken, kommt gleich ein Drama. Ich lehne mich zurück, drehe Michelangelo noch einmal zwischen den Fingern, kann es doch nicht lassen und antworte:

>*In Omas Geheimversteck. Ich zeige es dir, wenn*
du hier bist.«

Ich schicke die Nachricht ab und stelle mir vor, wie er jetzt ratlos auf sein Display starrt, dann die Stirn runzelt, dann wahrscheinlich schnaubt. Und vielleicht, ganz vielleicht überlegt, ob er doch mal vorbeikommen sollte.

Andeutung verstanden, antwortet Kai. *Ich*
versuche es einzurichten.

Schön, schreibe ich. Aber ich denke, dass es nicht nur bei dem Versuch bleiben sollte.

Noch einmal schaue ich mir die Turtle-Figur an. »Und was machen wir jetzt mit dir?«

Kurzerhand lege ich ihn zurück in die Keksdose. Dort hat er anscheinend Jahre überlebt, da kommt es auf ein paar Tage, Wochen – oder Monate – auch nicht an.

Dann nehme ich die Belegungsbücher raus, packe sie in den großen leeren Karton, den ich neben dem Papierkorb finde, und gehe damit nach oben in mein Zimmer. Die Bücher will ich mir in Ruhe anschauen, und dafür darf es gemütlich sein.

In meinem Zimmer angekommen, mache ich es mir im Schneidersitz auf meinem Bett bequem und widme mich den Aufzeichnungen. Es dauert eine ganze Weile, bis ich sie entschlüsselt habe und den Verlauf nachvollziehen kann.

»Verdammt«, fluche ich leise. Die Pension schreibt seit zwei Jahren rote Zahlen. Und das liegt nicht nur an den Ausgaben, die Oma gemacht hat, sondern auch an den vielen Stornos und unübersichtlichen Verschiebungen.

»Ach, Oma …«

Ich muss mit Malte reden, das ist ganz klar, es muss ein Plan her. Aber für heute muss die Rettungsaktion warten. Ich bin mit etwa drei Viertel der Bücher durch, den Rest durchforste ich morgen.

Schnell gehe ich ins Bad, putze mir die Zähne und schlüpfe in meinen Schlafanzug. Als ich die Bücher von meinem Bett auf den Tisch lege, fällt mir auf, dass eines davon anders aussieht. Neugierig geworden, ziehe ich es aus dem Stapel. Der Einband ist aus dickem dunkelbraunem Leder gefertigt und mit feinen Ornamenten verziert. In der Mitte prangt ein Name in Goldschrift: *Henny Heller.* Mir ist, als hätte ich den Namen schon mal gehört. Aber wo?

Ich lege mich mit dem Buch ins Bett, schlage es auf und schaue auf ein mit Feder und Tinte geschriebenes Vorwort. Die Schrift ist filigran, als hätte sich jemand besonders viel Mühe gegeben.

Kapitel 11

Dieses Buch soll fortan der Platz für die Geschichten meines Lebens sein. Möge es mit Worten und Erinnerungen gefüllt werden, die das Herz erfreuen oder beschweren. Die die Seele wärmen und sie erkalten lassen. Was hier niedergeschrieben wird, ist nicht für den Staub der Zeit bestimmt. Es soll meine Gedanken beflügeln. Immer. Vom Inneren ins Außen. Vom Außen ins Innere. So wie die meinen. Henny Heller, Anno 1948.

Sanft streiche ich mit den Fingern über die Tinte. Die Worte klingen in mir nach wie eine leise Melodie, eine Einladung in eine andere Zeit. Eine andere Welt. Wer war diese Henny Heller? Und welche Geschichten mögen in diesem Buch verborgen sein?

Meine Neugier ist geweckt. Das Buch ist voll mit unzähligen handbeschriebenen Seiten. Es scheint eine Art Tagebuch oder Sammlung von Geschichten zu sein, vielleicht ja sogar von verschiedenen Personen? Langsam blättere ich weiter. Die Seiten sind vergilbt, manche leicht gewellt, als hätten sie Feuchtigkeit abbekommen – oder sind sie vielleicht am Meer gelesen worden? Zwischen den Zeilen tauchen kleine Zeichnungen auf: Muscheln, Wellen, Boote und winzige Sterne.

Das leise Rauschen des Windes vor dem Fenster vermischt sich mit meinem Atem. Ich möchte unbedingt wissen, was es mit dieser Frau auf sich hat. Eine Verbindung muss es geben, sonst hätte Oma das Buch nicht bei den wichtigen Unterlagen aufbewahrt. Ich hole mein Handy aus der Tasche und gebe den Namen der Frau in der Suchmaschine ein. Nichts, schade. Aber was habe ich auch erwartet? Ihre Zeilen hat sie Mitte des zwanzigsten Jahrhunderts geschrieben. »Henny Heller«, sage ich leise. Wer das wohl war?

Ein Blick auf die Uhr verrät mir, dass es bereits nach zehn ist. Definitiv zu spät, um Oma anzurufen, sie würde sich sicher fürchterlich erschrecken. Ich suche Mamas Kontakt heraus und schreibe ihr eine Nachricht.

Kennst du eine Henny Heller? Sind wir mit ihr
verwandt? Hat Oma mal etwas von ihr erzählt?

Die gleiche Nachricht schicke ich an Imke, dann widme ich mich wieder den geschriebenen Worten der Unbekannten. Ich beiße mir auf die Lippe. Sollte ich nicht warten, bis Oma mir etwas darüber erzählen kann? Was, wenn das hier etwas Persönliches ist, ein Tagebuch, das mich nichts angeht? Ein Teil von mir sagt, ich müsse es respektieren. Aber ein anderer Teil, der neugierige, der schon immer nach Antworten gesucht hat, flüstert, dass ich weiterlesen soll. Wenigstens die ersten Seiten …

Ich saß da, als du kamst. Meinen Blick auf das Meer gerichtet, vertieft in meine Gedanken, meine Geschichte, die ich schrieb. Wort für Wort füllte sich die Seite. Marienhöhe. Kein Ort bot mir mehr Inspiration als dieser. Mir war nicht bewusst, dass du dies merklich verändern würdest. Deiner Ankunft unbemerkt, verlor ich mich in den Tiefen meiner Welt. Doch ich spürte dich. Sah auf, meine Augen suchten nach dem Unbekannten. Du schautest mich an, nicktest mir zu, sanft lächelnd, unaufdringlich, aber direkt. Ich erwiderte es, senkte den Blick. Du berührtest mich, ohne ein Wort zu sagen. Du nahmst deinen Hut, legtest ihn vor dir auf den hölzernen Tisch, während du deine Bestellung aufgabst. Immer wieder musste ich zu dir rübersehen. Und du zu mir. Doch sowie ich deinen Blick spürte, schaute ich auf das Meer. Es war ein Spiel, ich wusste, dass du gern spielst. Katz und Maus. Jäger und Gejagte. Ich ließ mich darauf ein, wollte mich nicht fangen lassen. Noch nicht. Und schrieb. Schrieb immer weiter. Als ich aufsah, warst du weg. Und ich glaubte, das Spiel verloren zu haben. Aber es hatte gerade erst begonnen.

Eine leichte Gänsehaut breitet sich über meinen Körper aus. Die Zeilen ziehen mich tiefer hinein, als ich es erwartet hätte. Es ist, als könnte ich die Szene vor mir sehen: den hölzernen Tisch, das leise Rauschen des Meeres, das Spiel zwischen zwei Fremden, das mehr verspricht, als es auf den ersten Blick scheint.

Henny Heller … Wer bist du nur, und wie wunderschön sind die ersten Zeilen, die du in dein Buch geschrieben hast? Ich lese die Worte ein weiteres Mal. Und wieder ziehen sie mich in ihren Bann. Vielleicht ist es der Beginn einer Liebesgeschichte. Womöglich einer unerwiderten Liebe. Eine Frau, die in der Marienhöhe sitzt und schreibt. Ein Ort der Inspiration. Sollte ich es ihr gleichtun? Ich war schon lange nicht mehr in dem schmucken kleinen Café. Seit meiner Selbstständigkeit habe ich es nicht mehr von innen gesehen.

Da vibriert mein Handy. Ich lege das Buch auf meinen Nachttisch und schaue nach, wer mir geschrieben hat.

Imke hat mir geantwortet:

*Der Name kommt mir irgendwie bekannt vor,
ich frag morgen mal Mama und melde mich
wieder.*

Danke!

Vielleicht kann meine Tante morgen ein bisschen Licht ins Dunkle um diese mysteriöse Frau bringen.

Noch einmal schaue ich zu dem Buch und bekomme nun doch ein schlechtes Gewissen. Ich möchte auch nicht, dass irgendjemand meine privaten Aufzeichnungen liest. Morgen muss ich unbedingt Oma fragen, ob sie mir etwas über Henny Heller erzählen kann. Vielleicht kennt sie die Geschichte hinter diesem Buch – oder sie verrät mir, warum es überhaupt in ihrem Besitz ist.

Ich lege das Handy zur Seite und streiche noch einmal über den Ledereinband. Die goldenen Buchstaben schimmern im schwachen Licht der Nachttischlampe, und ich kann es mir nicht verkneifen, noch einmal die erste Seite aufzuschlagen.

»Deiner Ankunft unbemerkt, verlor ich mich in den Tiefen meiner Welt …«

Die Worte klingen immer noch nach, als hätten sie eine Art Echo in mir hinterlassen.

Ich knipse das Licht aus und lasse den Tag Revue passieren. Noch vor Kurzem saß ich unglücklich zwischen Umzugskartons in Kassel. Und jetzt liege ich hier auf Norderney, kümmere mich um eine Pension und habe einen netten Musiker kennengelernt. Ich überlege kurz, stehe auf und hole den Zettel mit seiner Nummer aus meinen Shorts.

He, Phil, hier ist Katharina. Danke für die schöne Begegnung!, tippe ich in mein Handy und drücke auf Senden.

Es ist halb sieben, als mein Wecker mich aus dem Schlaf reißt. Ohne auch nur ein einziges Mal die Schlummerfunktion zu bemühen, stehe ich auf und gehe in die Küche. Falls um sieben die ersten Gäste zum Frühstück erscheinen, soll alles da sein. Ich stelle also die Platten mit Käse und Aufschnitt auf die Anrichte im Speiseraum, lege den Brotlaib samt Messer und Brettchen daneben und schalte den Ofen ein, um Brötchen aufzubacken. Neben zwei Gläsern Marmelade und Honig kann ich im Kühlschrank ansonsten nichts mehr ausmachen, was nach Frühstück aussieht. »Das kann doch nicht alles sein«, überlege ich laut. Prompt fallen mir die Walnüsse im Keller ein. Ich gehe nach unten, hole mir einen der Säcke und setze mich an den Tisch. Ich weiß genau, was ich machen kann, um dem Frühstück zumindest heute eine ganz besondere Note zu verleihen. Jana und ich haben eine große Leidenschaft für Nussmuse. Da sie uns zu teuer sind, haben wir begonnen, sie selbst herzustellen. Und wenn mich nicht alles täuscht, habe ich in einem der Schränke eine gute Küchenmaschine entdeckt. Ich stehe auf und öffne nach und nach die Türen. Da bist du ja! Oma hat tatsächlich einen Hochleistungsmixer im Schrank, perfekt. Ich stelle den Mixer auf die Arbeitsplatte und setze mich anschließend, bewaffnet mit zwei Schalen, einer Waage und einem Nussknacker, zurück an den Tisch. Nuss für Nuss befreie ich aus ihrer Schale, bis die Wage dreihundert Gramm anzeigt. Anschließend lege ich die Nüsse auf das Backblech und schiebe sie in den vorgeheizten Ofen. Die Brötchen können warten. Während die Nüsse vor sich hin rösten, schneide ich ein wenig Obst und Gemüse und decke die Tische für die fünf Gäste ein, die sich aktuell im Haus befinden.

»Guten Morgen.« Eine ältere Dame betritt den Raum. Sie ist schick gekleidet in eine cremefarbene Bluse mit feiner Spitze am Kragen und einen dunkelblauen Rock, der perfekt zu ihren schimmernden Perlenohrringen passt. Ihre silbernen Haare hat sie zu einem ordentlichen Knoten hochgesteckt. Sie lächelt mich freundlich an.

»Oh, Moin! Setzen Sie sich doch. Möchten Sie einen Kaffee? Oder Tee?«, frage ich.

»Kaffee gern, vielen Dank!« Sie setzt sich. »Aber sagen Sie, was haben Sie denn da im Ofen? Das duftet himmlisch.«

»Walnüsse«, sage ich, stelle eine Tasse unter den Auslauf der Kaffeemaschine. »Mit Milch?«

»Schwarz«, antwortet sie.

Kurz darauf läuft wohlduftender Kaffee aus der Maschine.

»Sind Sie Ennas Enkelin?«, fragt die Frau.

»Oh, entschuldigen Sie, ich habe mich gar nicht vorgestellt. Ja, die bin ich. Mein Name ist Katharina, ich helfe meiner Oma, bis sie wieder richtig fit ist. Und Sie sind dann sicher Frau Kannenwischer?« Eine Alleinreisende, wie ich in den Unterlagen gesehen habe. Die anderen Zimmer hat Oma an Paare vermietet.

Sie nickt. »Die bin ich. Und Enna? Was macht sie denn, wie geht es ihr? Ich habe einen ganz schönen Schreck bekommen, als ich gesehen habe, wie sie von der Leiter gefallen ist. Nur gut, dass ich gerade im Garten saß ...«

Wir sprechen ein wenig über Oma, da fällt mir siedend heiß ein, was ich im Ofen habe.

»Die Walnüsse müssen jetzt raus, sonst verbrennen sie mir. Ich bin gleich zurück.« Schnell gehe ich in die Küche, öffne den Ofen, eine leichte Dampfwolke strömt mir entgegen. Ich stelle das Blech auf der Herdplatte ab und schütte die Nüsse in den Hochleistungsmixer. »Tut mir wirklich sehr leid, aber es wird jetzt kurz laut«, rufe ich und stelle den Mixer an. Die Nüsse pulverisieren unter den schnellen Drehungen der scharfen Klingen. Als Jana und ich uns das erste Mal an ein Mus gewagt haben, dachten wir, dass wir etwas falsch gemacht hätten. Doch dann passierte die Magie, genau wie jetzt. Das Öl der Nüsse beginnt sich freizusetzen. Ganz langsam. Ich sehe dabei zu, wie die Masse immer cremiger wird, schiebe sie zwischendurch von der Schüsselwand nach unten und gebe eine Prise Meersalz hinein. Fertig!

»Puh, das war ganz schön laut für meine müden Ohren«, sagt die Dame und schaut mich erleichtert an, als ich wieder in den Frühstücksraum gehe.

»Das tut mir leid«, sage ich. »Dafür dürfen Sie ganz exklusiv das frische Walnussmus probieren.«

»Walnussmus? Das hört sich großartig an!«

Ich lächle und reiche ihr einen kleinen Löffel, den ich in das Mus getaucht habe.

»Oh, das ist sehr gut!«, sagt sie.

»Am besten schmeckt es auf Stuten. Oder auf frischen Brötchen. Die bringe ich Ihnen sofort. Und darunter eine Schicht Frischkäse oder ein paar Scheiben Banane und etwas Honig.«

»Haben Sie schon mal etwas Zimt, Vanille oder Tonkabohne in das Mus gegeben?«, fragt Frau Kannenwischer.

»Nein, ich mag den puren Geschmack am liebsten. Aber ich werde es auf jeden Fall mal versuchen!«, antworte ich.

»Und vielleicht könnte man etwas Rohrzucker hinzugeben für die Süßschnäbel unter uns«, überlegt sie.

»Auch eine gute Idee«, sage ich. »Backen oder kochen Sie gern?«

»Beides«, sagt sie. »Als ich noch berufstätig war, habe ich Hauswirtschaft in der Schule unterrichtet.« Sie gibt mir den Löffel. »Solch leckere Nussmuse haben wir allerdings nicht zubereitet. Dafür aber war unser Sauerteigbrot bei meinen Kollegen sehr beliebt. Sie haben sich regelrecht gestritten, wenn es frisch aus dem Ofen kam und wir es scheibenweise verteilt haben, mit ordentlich Butter bestrichen.«

Wie auf Kommando piept die Zeituhr, die ich gestellt habe.

»Die Brötchen sind fertig«, sage ich und auf dem Weg in die Küche: »Brot habe ich noch nie selbst gebacken. Haben Sie ein einfaches Rezept für mich?«

»Eins? Etliche!«

»Und Sie würden mir ein paar davon verraten?«, frage ich, als ich mit den Brötchen zurückkomme. »Im Tausch gegen ein paar Gläschen Walnussmus in verschiedenen Variationen.«

»Das klingt nach einem sehr guten Geschäft«, sagt sie.

Und ich nehme mir fest vor, Malte morgen ein richtig gutes Frühstückskonzept für Oma Ennas Pension vorzustellen.

Kapitel 12

Es ist elf Uhr, als ich versuche, Oma anzurufen. Aber sie geht nicht ans Telefon. Also nehme ich meine Tasche, stecke Hennys Buch und mein Notizbuch ein und mache mich auf den Weg. Die Marienhöhe liegt nicht weit, der Gedanke, dort zu lesen und zu schreiben, gefällt mir. Vielleicht saß eine meiner Vorfahren genau an dem Ort. Verrückt. Es könnte sein, dass ich doch nicht die einzige Kreative in der Familie bin. Womöglich wurde mir die Leidenschaft zum geschriebenen Wort mitgegeben. Der Wind trägt den Duft des Meeres mit sich, während ich durch die Straßen der Insel laufe. Es ist einer dieser perfekten Sommertage, an denen die Welt sich ein bisschen langsamer zu drehen scheint. Besonders hier auf der Insel. Ich bahne mir meinen Weg durch den Damenpfad, auf der Terrasse eines Cafés wird gelacht und gegessen. Urlauber pilgern, bepackt mit Strandtaschen und Wasserspielzeug, in Richtung Strand. Mein Weg führt zum Deich. Hinter mir liegt die Milchbar, links von mir das Meer. Ich bleibe stehen, schließe die Augen und nehme einen tiefen Atemzug.

»Hey, aus dem Weg!«, ruft da jemand plötzlich.

Ich öffne die Augen und springe zur Seite. Ein Fahrradfahrer rast auf mich zu. »Idiot!«, murmle ich leise. Hier darf man nicht fahren! Ich gehe weiter, bis sie endlich vor mir liegt. Die Marienhöhe. Das weiße Oktogon mit den wunderschönen großen Glasfronten steht erhaben auf den Dünen und strahlt mit der Sonne um die Wette. Ihr grünes Kupferdach rundet das Bild ab. Langsam gehe ich die steinerne Treppe hinauf. Oben angekommen, befindet sich links von mir die hölzerne Sonnenterrasse, sie erstreckt sich um das halbe Gebäude. Die Plätze sind fast alle belegt, aber mich zieht es ohnehin nach innen. Wie Henny. Ich drücke die Tür auf. Es ist warm, aber nicht zu warm. Geschirr klappert, in der Luft liegt ein süßer Duft. Gleich im Eingangsbereich befindet sich eine gläserne Vitrine, aus der mich diverse Kuchen und Torten anlachen. Eine junge Frau begrüßt mich. Sie ist schick gekleidet in eine weiße Bluse und eine schwarze Hose. Ihr Haar trägt sie zu einem strengen Zopf zusammengebunden. Sehr adrett, aber ihr herzliches Lächeln lockert die Atmosphäre. »He«, sagt sie.

»He, darf ich mich setzen?«

»Aber natürlich, wo du willst!«

Ich wähle einen Platz am Fenster mit direktem Blick auf das Meer, lege meine Tasche auf dem Stuhl neben mir ab und schaue in die Karte. Lang suchen muss ich nicht, meine Entscheidung ist schnell getroffen.

»Hast du etwas gefunden?«

»Ich hätte gern ein Kännchen Ostfriesentee und den Milchreis mit Zimt und Zucker, bitte«, sage ich, obwohl der Kuchen auch verführerisch gut aussieht.

Die Kellnerin nickt lächelnd und verschwindet kurz darauf in der Küche.

In der Marienhöhe ist es ruhig. Kaum ein Gast hat sich ins Innere verirrt. Verständlich, bei dem Wetter bin ich auch lieber an der Luft, aber nicht heute. Ich lasse meinen Blick schweifen. Die Einrichtung ist klassisch, stilvoll. Tische und Stühle aus lackschwarzem Holz, bestückt mit grauen Polstern, stehen an den französischen Fenstern. Cremefarbene Kerzen zieren den Raum, es ist alles sehr hell und lichtdurchflutet, weiße Säulen stützen das Dach. In der Mitte befindet sich ein rundes Podest, auf dem mehrere Sessel mit kleinen Beistelltischen stehen. Für jede Stimmung gibt es den richtigen Ort. Eine Frau sitzt in einem der Sessel. Vertieft in ein Buch, schaut sie nicht einmal auf. Lediglich ihre Hand bewegt sich ab und an zu der Teetasse rechts neben ihr, die sie langsam zu ihrem Mund führt. Die Sonne wirft silberne Tupfen an die Wände. Hier drin spielt das Licht Theater. Zwei Tische vor mir sitzt eine Familie. Die beiden Kinder schauen stolz mit ihren großen runden Augen auf die riesigen Tortenstücke auf ihren Tellern. Genau wie der Vater. Die Mutter lächelt sanft und schießt ein Foto von den dreien. Ich atme tief ein. Wie es hier früher wohl ausgesehen hat? Sicher war die Einrichtung ein wenig einfacher. Anno 1948. Wenn mich nicht alles täuscht, dürfte die Insel zu der Zeit noch von den britischen Soldaten besetzt gewesen sein. Oma hat mal davon erzählt. Mein Blick wandert zur Tür, von dort aus muss der Unbekannte Henny zum ersten Mal wahrgenommen haben. Oder aber die Frau, um die es in dem Text ging.

»Ein Kännchen Ostfriesentee und der Milchreis, lassen

Sie es sich schmecken«, reißt mich die Kellnerin aus meinen Gedanken.

»Das sieht großartig aus, vielen Dank!«

Ich seufze, nachdem ich den ersten Löffel der Süßspeise verdrückt habe. Der Milchreis schmeckt genau so, wie er sein sollte: cremig, warm und ein kleines bisschen nach Zuhause. Die Körner sind weich, aber nicht zu weich, und die feine Süße von Vanille breitet sich auf meiner Zunge aus. Darüber ein Hauch von Zimt und Zucker.

Ich nehme mir noch einen Löffel, dieses Mal mit einem Stückchen von der leicht karamellisierten Kruste, die sich oben auf dem Milchreis gebildet hat. Sie knistert ein wenig, bevor sie im Mund zergeht, und ich schließe kurz die Augen, um den Moment voll auszukosten.

Der Duft des Ostfriesentees, der neben mir dampft, rundet das Bild ab. Kräftig und malzig, ein bisschen herb, aber genau richtig, um die Süße des Milchreises auszugleichen.

Ich lächle zufrieden und frage mich, ob Henny Heller wohl auch hier gesessen und sich einen Moment wie diesen gegönnt hat, einen, in dem die Zeit kurz stillzustehen scheint.

Der Tee dürfte mittlerweile ausreichend durchgezogen sein. Ich gebe einen großen Klumpen Kluntje in meine Tasse und gieße die heiße Flüssigkeit darüber. Als das Wasser den Zucker berührt, knackt es herrlich. Ich liebe das Geräusch, es hört sich nach Kindheit an. Für meine Brüder und mich war es immer das Highlight des Morgens, wenn wir zu Besuch bei unserer Oma waren. Wir haben uns nicht selten darum gestritten, wer die dicken Kluntjes in die Tasse legen durfte. Manchmal haben wir uns heimlich welche aus der Küche gemopst und sie ganz langsam im Mund zergehen lassen. Ich gebe noch einen ordentlichen Schluck Milch zu dem Tee, rühre um und nippe daran. »Mhm!«

Dann schauen wir mal, ob Hennys Ort mich genauso inspirieren kann wie sie. Ich hole mein Notizbuch und einen Stift aus meiner Tasche, daneben lege ich ihr Buch und schlage es auf. Doch anstatt zu schreiben, lasse ich zuerst einmal die Umgebung auf mich wirken. Das Meer ist von hier oben sehr präsent. Die Menschen liegen am Strand. Baden im Wasser, das heute sehr sanft und ruhig ist. Die Möwen ziehen ihre Kreise. Von der Marienhöhe aus kann man die Sonne sowohl auf- als auch untergehen sehen. Mein Vater ist früher mit seinen Eltern oft nur dafür hierhergekommen. Ich beobachte einen kleinen schwarzen Hund, der aufgeregt am Meersaum auf und ab rennt. Ob das Muck ist?

Nach einer Weile nehme ich einen älteren Mann wahr, der sich an den Tisch neben mir setzt. Er trägt einen abgewetzten Strohhut, eine beigefarbene Leinenhose und ein Hemd mit hochgekrempelten Ärmeln. Er hat längeres graues Haar, das er lässig zu einem Dutt zusammengebunden hat. Sein Gesicht ist von der Sonne gegerbt. Ich merke, dass er mich beobachtet, und schenke ihm ein höfliches Lächeln.

»Sie schreiben?«, fragt er schließlich mit einer tiefen, ruhigen Stimme und deutet auf den Ledereinband.

Ich schaue auf den Stift, den ich immer noch in der Hand halte und der bisher noch nicht das Papier berührt hat. »Ich habe es mir vorgenommen.«

»Wussten Sie, dass Heinrich Heine höchstpersönlich hier war?«

Ich schaue ihn überrascht an. »Heinrich Heine? Der Dichter?«

»Ja, genau der. Es heißt, er habe häufig zum Kuren auf Norderney verweilt und dabei hier oben gesessen. Einige seiner Gedichte sollen hier entstanden sein. Man nannte ihn den Hofdichter der Nordsee.«

»Das ist unglaublich. Nein, das wusste ich nicht«, sage ich leise.

»Na, woher auch?«, sagt er lachend. »Ich frage mich schon seit vielen Jahren, warum Heine nicht viel präsenter auf Norderney ist. Da hat die Kurverwaltung etwas verpasst.«

»Ja, sehr schade!«, stimme ich zu. Vielleicht schließt sich der Kreis, vielleicht musste alles so kommen, wie es gekommen ist. »Wissen Sie, welche Gedichte?«

Ein schelmisches Glitzern blitzt in seinen strahlend blauen Augen auf. Wahrscheinlich hat er gehofft, dass ich das frage. »Es gibt Legenden. Manche sagen, er wäre für *Meergruß* hier inspiriert worden, als er die Wellen beobachtete. Andere behaupten, er habe hier einfach nur gesessen, Tee getrunken und nachgedacht. Wieder andere sagen, dass er den Gedichte-Zyklus *Die Nordsee* auf Norderney verfasst hätte. Das war 1827. Zu der Zeit stand hier oben lediglich ein Holzpavillon.«

»Das ist wirklich sehr spannend.« Ich nehme einen Schluck von meinem Tee und lasse die Worte auf mich wirken.

Der Mann lehnt sich zurück und mustert mich. »Vielleicht haben Sie ja die gleiche Gabe wie er. Wer weiß, was Sie hier vollbringen könnten.«

Ich lache leise. »Das wäre schön, aber ich glaube, ich bin weit davon entfernt, ein neuer Heinrich Heine zu werden.«

»Jeder große Dichter hat klein angefangen«, sagt er »Vielleicht haben Sie mehr in sich, als Sie denken. Aber ich will Sie nicht von Ihrer Inspiration abhalten.« Er lächelt. »Wer weiß – vielleicht wird genau dieser Moment in Ihrem Notizbuch festgehalten.«

Ich erwidere sein Lächeln. »Vielleicht. Danke für das Gespräch.«

Als er einige Zeit später aufsteht, nickt er mir zu und kommt an meinen Tisch.

»Genießen Sie den Blick. Und vergessen Sie nicht – große Worte entstehen oft in stillen Momenten.«

Dann geht er, seine Hände locker in die Taschen seiner Leinenhose gesteckt. Ich sehe ihm nach, wie er aus der Tür geht, die Treppe nach unten und Richtung Wasser.

Seine Worte hallen noch lange in mir nach.

Ich bleibe eine Weile sitzen, den Blick auf das Meer gerichtet, und versuche meine Gedanken zu sortieren. Die Geschichte von Heinrich Heine lässt mich nicht los. Vielleicht ist es Schicksal, dass ich heute hierhergekommen bin, mit diesem alten Buch in meiner Tasche und dem Mann am Nachbartisch. Mein Blick wandert zu Hennys Buch. Und bevor auch ich aufbreche, beschließe ich, anstatt zu schreiben, doch noch ein weiteres Kapitel zu lesen.

Kapitel 13

Als die Sonne langsam hinter den Horizont sank und das Licht des Tages einem warmen Gold wich, starrte ich auf die leere Stelle, die du hinterlassen hattest. Dein Hut war weg, ebenso wie du. Nur eine halb gerauchte Zigarre blieb von dir zurück. Es hätte ein banaler Moment sein können, doch etwas in mir regte sich, ein leises Ziehen, das ich nicht ignorieren konnte. Ich senkte den Blick auf die Seite vor mir. Die Worte, die ich zuvor mit solcher Klarheit niedergeschrieben hatte, schienen plötzlich blass. Meine Geschichte hatte für einen Moment ihren Faden verloren, genau wie ich. Wegen dir. Doch gerade, als ich den Stift niederlegen wollte, fand ich eine Spur. Dort, an der Kante des Tisches, an dem ich saß, lag ein kleiner Zettel, der zuvor nicht da gewesen war – ein paar Worte, hastig gekritzelt, fast unscheinbar: Marienhöhe, morgen, in der Früh.

Meine Gedanken überschlugen sich. Hattest du sie geschrieben? Wann? War ich so versunken, dass ich nicht einmal bemerkt hatte, wie du dich meinem Tisch genähert hattest? Oder hatte der Wind diese Botschaft getragen, wie ein Geschenk des Zufalls? Es war gleichgültig. Denn ich war mir sicher, es mussten deine Worte gewesen sein.

Am nächsten Morgen war die Luft klar und frisch, das Meer ein schlafender Riese. Ich war früher da als gestern, zu früh vielleicht. Der Tisch, an dem ich gesessen hatte, war noch leer. Ich nahm Platz, schlug mein Notizbuch auf und tat so, als würde ich schreiben, doch meine Gedanken irrten umher. Suchten. Warteten. Die Minuten dehnten sich, immer wieder schaute ich zur Tür, und eine leise Enttäuschung breitete sich jedes Mal aufs Neue in mir aus, wenn nicht du es warst, der eintrat. Vielleicht war es ein Spiel gewesen, an dessen Regeln du dich nicht halten wolltest. Gerade als ich aufgeben wollte, spürte ich es wieder – dieses Gefühl. Die unsichtbare Berührung deiner Präsenz, noch bevor ich dich sah. Du warst da. Wieder. Diesmal standest du nicht weit entfernt, den Hut lässig in der Hand. Dein Blick traf meinen, direkt, fast fordernd. Du lächeltest nicht. Doch in deinen Augen lag etwas, das mich festhielt, stärker noch als dein Blick am Tag zuvor. Langsam tratst du an meinen Tisch heran, und diesmal war es keine stille Begrüßung.

»Es ist ungewöhnlich, jemanden so versunken zu sehen«, sagtest du. »In Worte. In Gedanken. Als hätte die Welt keinen Platz mehr, außer auf diesen Seiten.«

Deine Stimme war tief und rau, durchdringend. Ich wusste nicht, was ich darauf sagen sollte. Worte, sonst meine treuesten Begleiter, blieben mir fern. Ich nickte nur, unwissend, was dieses Gespräch von mir verlangte. Was du von mir verlangtest. Doch du wartetest nicht auf meine Antwort. Stattdessen legtest du eine kleine Karte vor mir auf den Tisch, geduldig, galant.

»Wenn du wissen willst, warum ich gestern gegangen bin, ohne das Spiel zu beenden, dann komm.«

Die Karte war einfach, fast schmucklos, darauf standen nur ein
Ort und eine Uhrzeit.

»Ich spiele nicht gern ohne einen guten Grund«, fügtest du hinzu,
dann verließest du den Raum. An der Tür drehtest du dich noch
einmal zu mir um. Du schenktest mir einen letzten Blick. Nicht
hastig, nicht flüchtig, sondern wie das Wasser, das sich
zurückzieht, um später wiederzukehren.

Und ich? Ich saß da, die Karte in der Hand, zerrissen zwischen
Neugier und Zweifel. Mein Daumen strich über das glatte
Papier, als könnte ich darin mehr lesen als nur den knappen
Hinweis, der darauf gedruckt war. Der Ort. Die Uhrzeit. Mehr
nicht. Keine Erklärung, kein Hinweis auf das, was mich erwarten
würde. Ein Teil von mir wollte es einfach weglegen, so tun, als
wäre es nicht passiert. Aber das war eine Lüge, und ich wusste es.
Mein Blick glitt zum Fenster, hinaus aufs Meer, das in der
Morgensonne glitzerte. Gestern war es ein Spiel gewesen – oder
nicht? Ich hatte es so empfunden. Doch jetzt? Jetzt fühlte es sich
an wie eine Entscheidung, von der ich noch nicht wusste, wohin
sie mich führen würde. Ein Schritt ins Ungewisse.

Was, wenn ich nicht ging? Würde ich dich jemals wiedersehen?
Würdest du auf mich warten, hoffen, dass ich erscheine? Oder war
dies nur eine letzte Geste, ein Abschied auf deine Art? Und wenn
ich ging – was erwartete mich dann?

Mein Kopf war ein Chaos aus Fragen, doch mein Körper wusste
längst die Antwort. Mein Herz schlug schneller, nicht vor Angst,
sondern vor Erwartung. Ein Funken, der sich in mir ausbreitete,
unaufhaltsam.

Trotz der Zweifel, trotz der Ungewissheit, trotz des kleinen,
vernünftigen Teils in mir, der mich warnte – ich wusste, dass ich

hingehen würde. Weil es kein Zufall war, dass ich dich
wiedergetroffen hatte. Weil deine Worte noch immer in mir
nachhallten. Weil ich längst Teil von etwas war, das ich nicht
verstand, aber unbedingt verstehen wollte.
Ich schloss die Finger fester um die Karte. Dann stand ich auf.

Ich klappe das Buch zu und seufze. Während des Lesens spielte sich ein filmischer Moment vor meinem inneren Auge ab, der einer Szene aus einem alten Schwarz-Weiß-Film glich. Nostalgisch, galant und simpel zugleich. Henny berührt mich viel mehr mit ihren Worten, als ich gedacht hätte. Ob sie das alles wirklich erlebt hat? Oder ist es Fiktion? Es wird Zeit, dass ich mit Oma darüber rede. Schnell schaue ich auf mein Handy. Es zeigt eine Nachricht an. Sie ist von Mama.

Das könnte die Tante deiner Großmutter sein,
sicher bin ich mir aber nicht.

Eine Verwandte also! Ein Kribbeln erfasst mich. Es gibt noch jemanden in der Familie, die geschrieben hat.

Gerade als ich mein Handy zurück in meine Tasche stecken möchte, ploppt eine weitere Nachricht auf dem Display auf. Prompt beginnt mein Herz einen Takt schneller zu schlagen. Die Nachricht ist von Phil.

Hi, Katharina, ich danke dir! Wie spontan bist
du? Hast du Lust auf Dinner am Strand? 19 Uhr
vorm Surfcafé?

Ich schaue auf das Display, und ein Lächeln schleicht sich auf mein Gesicht. Die Leichtigkeit in seiner Nachricht und die spontane Einladung machen mich neugierig. Ohne groß nachzudenken, tippe ich zurück:

Klingt super, ich bin dabei. Bis später!

Nachdem ich gezahlt habe, mache ich mich auf den Weg zurück in die Pension, um dort noch ein paar Arbeiten zu erledigen. Die Sonne steht hoch am Himmel, und ihr goldenes Licht taucht die Straßen in eine warme Atmosphäre. Langsam gehe ich den Damenpfad entlang, eigentlich kann ich die Zeit nutzen, um Jana auf den neusten Stand der Dinge zu bringen. Ich nehme mein Handy und rufe sie an. Es klingelt nur zweimal, ehe sie das Gespräch annimmt.

»Katharina!«

»Hey«, sage ich und lache. »Ich dachte, ich nehme dich mal ein bisschen mit.«

»Unbedingt. Wie geht's dir? Was gibt's Neues?«

»Es ist … aufregend. Ich habe so viel zu erzählen, dass ich gar nicht weiß, wo ich anfangen soll.«

»Das klingt vielversprechend! Also, fang einfach an. Und zwar von vorne.«

Ich erzähle ihr von dem alten Buch und Henny Heller. Während ich rede, höre ich, wie Jana an ihrem Tee nippt. Wahrscheinlich sitzt sie in ihrem Wohnzimmer auf dem orangefarbenen Sessel, den sie so liebt.

»Und das Buch? Was steht drin?« fragt sie.

»Bisher habe ich nur das Vorwort und den Anfang einer

vielversprechenden Liebesgeschichte gelesen. Aber es ist so schön geschrieben. Ich habe das Gefühl, es wurde mir quasi in die Hände gelegt, um wieder ins Schreiben zu kommen.«

»Das klingt ja fast schicksalhaft.« Janas Stimme wird ein bisschen leiser. »Ich meine, wie viele Zufälle kann es geben? Vielleicht wollte dir dieses Buch einfach sagen, dass es Zeit wird, wieder loszulegen.«

»Vielleicht«, murmele ich.

»Aber ich höre da noch was anderes raus.« Jana lacht. »Du bist nicht nur wegen eines Buches so aufgeregt, oder? Katharina, ich kenne dich viel zu gut, du kannst mir nichts vormachen.«

»Na ja, da gibt es noch Phil.« Ich zögere einen Moment.

»Phil? Wer ist Phil?« Ihre Stimme ist sofort hellwach und eine ganze Oktave höher.

Ich erzähle ihr von der Begegnung auf der Fähre, vom Lied, das er gespielt hat, und vom zufälligen Treffen am Strand.

»Ein Musiker?« Sie pfeift durch die Zähne. »Klingt spannend.«

»Eigentlich ist er Koch, oder vielmehr hat er zwei seiner Leidenschaften zum Beruf gemacht.«

»Ein kochender Musiker? Oder ein singender Koch, egal, klingt beides gut. Hauptsache, er ist heiß. Ist er doch, oder? Bisher hast du nur von seiner Stimme und der netten Art geschwärmt. Jetzt erzähl schon, wie sieht er aus?«

Ich muss lachen. »Etwa eins achtzig, dunkles Haar, grüne Augen.« Ich überlege einen Moment. »Er hat schöne Hände. Groß, aber nicht klobig. Irgendwie elegant. Er trägt einen

Ring am kleinen Finger seiner linken Hand. Ich vermute aus Silber.«

Jana kichert am anderen Ende der Leitung. »Du bist ja hin und weg, Katharina. Da lass ich dich einmal aus den Augen …«

»Er gefällt mir auch optisch. Aber das ist es nicht, was mich so fasziniert. Wenn er singt, wirkt er, als würde er ganz woanders sein, in einer Welt, zu der nur er Zugang hat.«

»Mysteriös also. Ein kochender Musiker mit einer geheimnisvollen Seite. Du solltest anfangen, das alles aufzuschreiben. Das ist schon fast Stoff für deinen nächsten Roman.«

Ich grinse. »Vielleicht ja.«

»Da habt ihr übrigens etwas gemeinsam, du und er. Wenn du schreibst, bist du auch in deiner eigenen Welt.« Jana schweigt einen Moment, und ich höre ein leises Klirren, als sie ihre Tasse absetzt. Dann sagt sie: »Weißt du, in gewisser Weise erinnert mich das, was du über ihn erzählst, ein bisschen an dich.«

»An mich?« Ich ziehe überrascht die Augenbrauen hoch.

»Ja, wenn du schreibst, bist du auch ganz woanders. Manchmal wirkt es fast so, als wärst du gar nicht mehr richtig hier. Und du singst dabei.«

Ich lache leise. »Du meinst meine Summerei?«

»Genau die.« Jana lacht mit.

Wenn ich schreibe, lese ich Worte in Gedanken mit, wenn mich meine Geschichte komplett gefangen hat. Dabei summe ich wohl manchmal leise, ohne es zu merken.

»Es klingt dann ein bisschen so, als würdest du dir selbst

eine Geschichte vorsingen. Ziemlich charmant übrigens, auch wenn es mich manchmal eher an eine summende Biene erinnert.«

Ich rolle die Augen, kann mir ein Grinsen aber nicht verkneifen. »Na toll, jetzt bin ich eine Biene?«

»Eine kreative Biene«, verbessert Jana und kichert. »Vielleicht versteht dein Musiker das Summen ja. Schließlich klingt er auch, als würde er durch seine Musik in eine andere Welt reisen.«

Ich lasse ihre Worte einen Moment auf mich wirken. Vielleicht hat sie recht, vielleicht ist das, was mich an ihm so fasziniert, genau diese Fähigkeit, sich zu verlieren. In einer Melodie. In einem Moment. So wie ich es beim Schreiben mache.

»Er hat mich zum Essen eingeladen.«

»Was?! Katharina, das klingt toll. Genieße es! Und danach erzähl mir alles, jede Kleinigkeit!«

Ich lache wieder. »Okay.«

»Und, Katharina?«

»Ja?«

»Lass es einfach auf dich zukommen. Denk nicht zu viel nach.«

Ich nicke, obwohl sie es nicht sehen kann. »Danke, Jana.«

Nachdem wir uns verabschiedet haben, rufe ich gut gelaunt im Krankenhaus an. Aber Oma geht schon wieder nicht ran. Also schreibe ich meiner Mutter eine kurze Nachricht:

Oma geht nicht ans Telefon. Kannst du bitte bei

*mir anrufen, wenn du sie besuchst. Ich möchte
gern mit ihr sprechen.*

Meine Mutter antwortet postwendend.

*Mach ich, ich fahr morgen gleich nach dem
Unterricht los und dürfte gegen Nachmittag bei
ihr sein. Sonst alles okay?*

Ja, schreibe ich und setze ein lachendes Emoji dahinter.

Als ich bei der Pension ankomme, checke ich zunächst die
Mails, schreibe ein paar Antworten und überweise noch einige Rechnungen. Neue Gäste haben sich bisher nicht ange-
kündigt. Danach gehe ich ins Badezimmer und springe unter
die Dusche. Ich seufze, als das lauwarme Wasser über meine
Schultern läuft. Die fünf Minuten nur für mich nehme ich
mir. Ich schließe die Augen und atme tief ein und wieder aus,
genieße die stille Auszeit. Während das Wasser über mein
Gesicht rinnt, greife ich nach der Shampooflasche auf der
Ablage. Der intensiv fruchtige Duft von Melone steigt mir sofort in die Nase. Der süße Geruch passt zu Imke, es muss ihres sein, sie übernachtet ja ab und zu hier, wenn sie Oma besucht.

Ich schäume das Shampoo in meinen Haaren auf und
muss unwillkürlich lächeln.

»Lecker«, murmele ich leise und spüle den Schaum aus
meinen Haaren.

Dann drehe ich das Wasser ab, wickle mich in ein dickes

Frotteetuch und inspiziere meine Kleidersammlung. Das Hippiekleid hatte ich gestern an. Kurz zögere ich und entscheide mich schließlich für die Leinenhose, das Batikshirt und die passende Weste dazu. Mein Haar trage ich offen. Perfekt!

Kapitel 14

Das Surfcafé ist etwa zehn Minuten mit dem Rad entfernt. Der Fahrtwind weht durch mein Haar, während ich den Deich zwischen Dünen und Wasser entlangfahre. Das Meer rauscht links von mir, der Himmel hat sich in ein rosa-orangefarbenes Kleid gehüllt. Von der Marienhöhe aus kann man jetzt bestimmt ein wunderschönes Lichtspektakel sehen. Kurz vor dem Surfcafé steige ich ab und schließe mein Rad an einem der Fahrradständer an. Unzählige Drahtesel stehen dicht an dicht. Das Restaurant wird wie immer voll sein.

Phil wartet bereits auf mich. Seine Gitarre hängt lässig über einer Schulter, auf dem Rücken trägt er einen Rucksack. Als er mich sieht, hebt er die Hand. »He, schön, dass du da bist!«

»Natürlich. Ich lasse mir ein Dinner im Surfcafé doch nicht einfach entgehen.«

»Gut so.« Er grinst und deutet mit dem Kopf in Richtung Meer. »Aber wir essen am Strand, wenn du magst? Ich habe alles vorbereitet.«

»Oh, wie schön! Ich dachte, weil du Surfcafé gesagt hast …«

Er lächelt. »Komm!«

Wir laufen ein Stück durch den Sand, bis wir zu einer kleinen Feuerstelle kommen, die er offensichtlich schon vor meiner Ankunft hergerichtet hat. Ein Feuer brennt bereits, daneben stehen ein Grillrost, eine Schüssel mit Gemüse, frisches Brot, verschiedene Dips, Weintrauben und eine Flasche Wein.

»Wow«, sage ich leise. »Das hast du alles gemacht?«, frage ich und werfe ihm einen erstaunten Blick zu.

Er zuckt mit den Schultern, als wäre es das Selbstverständlichste der Welt. »Es sollte ein bisschen gemütlich werden. Und, na ja, ich habe ja rausgehört, dass du hungrig sein könntest.«

Ich lache leise. »Stimmt.«

Wir setzen uns auf die Decke. Der Himmel ist inzwischen in ein tiefes Violett übergegangen, die ersten Sterne zeigen sich, die Mondsichel steht hoch am Himmel. Phil legt das Gemüse auf den Grill und reicht mir ein Glas Wein.

»Auf einen schönen Abend«, sagt er, und wir stoßen an.

»Ja, auf einen schönen Abend!«

»Ich hoffe, das Gemüse schmeckt«, murmelt er, während er eine Zucchinischeibe wendet.

»Ich bin sicher, dass es das wird.« Ich schiebe ein Stück Brot in meinen Mund und blicke aufs Feuer. »Du scheinst das öfter zu machen.«

»Nicht so oft, wie du vielleicht denkst«, sagt er. »Aber ich mag es sehr, Momente zu schaffen, die bleiben.«

»So wie einen Song?« frage ich.

Er hält kurz inne, bevor er antwortet. »Ja, so ähnlich. Aber

Songs, die bleiben, schreibe ich selten. Irgendwie fehlt mir manchmal, na ja, der Funke.«

»Der Funke?« Ich lege den Kopf schief.

»Ja, weißt du, dieser eine Moment, in dem es klickt. Wo plötzlich Worte und Melodie eins werden und du genau weißt: Das ist es. Aber meistens kommt es nicht so weit. Früher habe ich geschrieben, um den Kopf frei zu bekommen. Heute habe ich oft das Gefühl, dass mein Kopf zu voll ist, um zu schreiben.«

Ich nicke langsam. »Das kenne ich. Ich dachte, oder eigentlich denke ich auch immer noch, dass ich nur auf diesen einen Moment warten muss. Aber wenn die richtigen Worte einfach nicht kommen wollen, kann das schon ziemlich frustrierend sein. Vor allem, wenn du darauf angewiesen bist, dass sie es tun.«

»Was schreibst du denn?«, fragt er, während er mir eine gegrillte Paprikascheibe auf den Teller legt.

»In erster Linie Romane, aber angefangen habe ich mit Kurzgeschichten und Gedichten. Mittlerweile sind es zwei Bücher im Jahr, davon kann ich ganz gut leben, na ja, sofern ich sie auch abgebe … Im Moment fühlt es sich eher an, als sollte ich mich nach einem Job mit einem regelmäßigen Einkommen umschauen.«

»Warum?« Seine Stimme ist leise, fast vorsichtig.

»Ich weiß nicht.« Ich ziehe die Knie an meine Brust und starre ins Feuer. »Vielleicht bekomme ich nichts zu Papier, weil ich tief in mir schon immer das Gefühl hatte, dass es niemanden interessiert. Oder weil ich dachte, dass es nicht gut genug ist. Und dann kamen private Umstände dazwischen. Plötzlich war das Schreiben … nicht mehr so wichtig.«

»Das klingt vertraut«, sagt Phil. »Ich meine, ich mache Musik, klar. Aber der Gedanke, es ernsthaft zu verfolgen, macht mir Angst. Nicht falsch verstehen, ich möchte es unbedingt. Aber was, wenn es nicht reicht? Was, wenn ich versage?«

»Oder schlimmer: Was, wenn es niemand hört oder in meinem Fall liest?«, ergänze ich. »Es erfordert viel Mut, etwas zu erschaffen und es mit der Welt zu teilen.«

»Genau.«

Für einen Moment sagen wir beide nichts, während das Feuer knistert. Der Himmel hat sich verdunkelt, das leise Rauschen der Wellen füllt die Stille. Phil wirkt mir so vertraut, es ist fast ein bisschen unheimlich, dass ich mich ihm so gut öffnen kann. Es fühlt sich an, als würde er mich verstehen, nicht nur an der Oberfläche.

»Wie bist du überhaupt dazu gekommen, die Pension zu übernehmen?«, fragt er schließlich.

»Meine Großmutter hatte einen Unfall, sie liegt im Krankenhaus und wird noch einige Zeit ausfallen. Ich bin die Einzige aus der Familie, die spontan kommen konnte, alle anderen haben ihre Verpflichtungen.«

»Das klingt nach viel Verantwortung. Und du hast deine Verpflichtungen hinter die deiner Familie gestellt?«

Einen Moment lang schaue ich ihn einfach nur an. Phil hat genau ins Schwarze getroffen. Genau das habe ich gemacht, mein eigenes Leben für weniger wichtig als das der anderen genommen.

Phil mustert mich lange, sein Blick wirkt unerwartet ernst. »Du musst darauf nicht antworten. Aber vielleicht solltest du es trotzdem wieder versuchen. Mit dem Schreiben anfangen, meine ich.«

Ich muss schmunzeln. »Das Gleiche könnte ich dir über die Musik sagen.«

Er hebt seine Hände. »Touché.«

Nach dem Essen greift Phil zur Gitarre. »Ich spiele dir was vor, wenn du magst.«

»Gerne«, sage ich und lehne mich zurück.

Die Melodie ist sanft. Es ist nicht das Lied von der Fähre, es wirkt fast noch persönlicher, verletzlicher.

Als die letzten Akkorde ausklingen, treffen sich unsere Blicke, und für einen Augenblick scheint die Welt stillzustehen.

»Das war wunderschön«, sage ich leise.

»Danke.« Er lächelt. »Weißt du«, sagt er, »manchmal glaube ich, dass die größten Zweifel die besten Geschichten hervorbringen.«

Ich nicke und schaue hinaus auf das Meer. Der Wind hat sich gelegt, die Wellen rollen sanft an den Strand, und die Dunkelheit ist inzwischen fast vollständig hereingebrochen. Über dem Wasser glitzern die Sterne, der Himmel ist klar, nicht eine Wolke versperrt uns die Sicht.

»Ich hätte nie gedacht, dass ich jemanden treffe, der mich an einem Abend so zum Nachdenken bringt«, sage ich schließlich und wende meinen Blick wieder zu ihm.

»Geht mir ähnlich«, bestätigt er, und kurz fühlt es sich an, als würde die Luft zwischen uns schwerer werden, als ob sie uns gleichzeitig zueinanderzieht und auf Abstand halten will.

Mein Herz schlägt einen Takt schneller. Ein leiser Funke Romantik liegt in der Luft, aber noch bevor er sich richtig entzünden kann, blitzt das Bild von Tom in meinem Kopf auf. Ich sehe uns. Am Strand, als er mir den Heiratsantrag machte. Tom kniete im Sand, es war eine ähnlich schöne klare Nacht wie heute. Der Mond tauchte den Sand in ein silbriges Licht. Tom sah mir tief in die Augen, bevor er mich fragte. Unwillkürlich schüttle ich den Kopf, die Realität trifft mich mit einer Härte, die ich nicht erwartet habe.

»Ich glaube, ich sollte langsam zurückfahren«, sage ich.

Phil wirkt überrascht. »Schon?«

»Morgen ist ein langer Tag in der Pension.« Ich zwinge mich zu einem Lächeln. »Danke für den Abend. Es war wirklich schön. Aber ich brauche jetzt ein wenig Zeit für mich.«

»Verstehe ich, das geht mir auch oft so.« Er steht auf und hilft mir, meine Sachen zu packen. »Vielleicht wiederholen wir das irgendwann?«

»Das wäre schön.«

Als wir zurück zum Surfcafé laufen, herrscht in meinem Kopf das reinste Chaos. Tom, Phil, das Schreiben.

In der Pension schlüpfe ich in meinen Schlafanzug und lege mich ins Bett. Ein schlechtes Gewissen macht sich in mir breit. Es war nicht richtig, Phil einfach so am Strand stehen zu lassen. Warum nur spukt Tom immer noch in meinen Gedanken herum? Wie soll ich mich auf das Leben einlassen, wenn die Vergangenheit noch so viel Raum einnimmt? Die

Vergangenheit … Mein Blick wandert zu Hennys Buch auf dem Nachttisch. Aber ich bleibe tapfer. Erst will ich von Oma das Okay, ob ich weiterlesen darf. Stattdessen recherchiere ich im Internet nach Heinrich Heine und was er auf Norderney getrieben hat. Dabei erfahre ich, dass er in den Sommermonaten 1825 bis 1827 auf der Insel war und dass neben dem Kurtheater im Jahr 1983 sogar eine Bronzefigur des jungen Heine aufgestellt wurde. Sie ist mir noch nie aufgefallen. Beim Durchstöbern seiner Gedichte gefällt mir eins besonders gut.

Abenddämmerung – Heinrich Heine

Am blassen Meeresstrande
Saß ich gedankenbekümmert und einsam.
Die Sonne neigte sich tiefer, und warf
Glührote Streifen auf das Wasser,
Und die weißen, weiten Wellen,
Von der Flut gedrängt,
Schäumten und rauschten näher und näher –
Ein seltsam Geräusch, ein Flüstern und Pfeifen,
Ein Lachen und Murmeln, Seufzen und Sausen,
Dazwischen ein wiegenliedheimliches Singen –
Mir war als hört' ich verschollne Sagen,
Uralte, liebliche Märchen,
Die ich einst, als Knabe,
Von Nachbarskindern vernahm,
Wenn wir am Sommerabend,
Auf den Treppensteinen der Haustür,

Zum stillen Erzählen niederkauerten,
Mit kleinen, horchenden Herzen …

»Mit kleinen, horchenden Herzen«, sage ich leise und muss plötzlich an Kai und Ole denken. Beim Lesen spüre ich eine Sehnsucht in mir, die mich zu meiner Kindheit zurückbringt. Wie oft haben Ole und Kai mir in unserer Höhle, die wir genau hier in diesem Zimmer gebaut haben, Geschichten vorgelesen. Und manchmal haben wir auch selbst welche erfunden.

Fast kann ich uns sehen, wie wir auf dem Teppich hocken, umgeben von Kissen und Decken, über uns der Sternenhimmel, den Ole aus einer Lichterkette für uns gebastelt hat. Die Taschenlampe liegt zwischen uns und taucht unsere Gesichter in ein warmes, flackerndes Licht.

Ole hält ein Buch in der Hand, liest mit ernster Stimme vor, während Kai die Geräusche dazu macht: ein leises Rauschen für den Wind, ein Kratzen für ein geheimnisvolles Tier, das durch den Wald schleicht. Ich erinnere mich, wie ich manchmal so gebannt war, dass ich kaum atmen konnte vor Aufregung. Und aus Angst, das nächste Wort zu verpassen.

Wenn wir unsere eigenen Geschichten erfunden haben, war ich oft diejenige, die erzählt hat. Kai und Ole haben mir dann immer wieder neue Ideen zugerufen: von Prinzessinnen, die in Leuchttürmen leben, Piraten, die auf der Suche nach versunkenen Schätzen waren, und Rittern, die die die Welt retten mussten.

Ich lächle bei der Erinnerung und spüre gleichzeitig diesen leichten Stich im Herzen. Wann habe ich aufgehört, so frei und voller Fantasie zu sein?

Mein Blick fällt wieder auf das Buch von Henny Heller. Vielleicht ist es genau das, was mich so fasziniert – die Vorstellung, dass sie ihre Gedanken und Gefühle festgehalten hat, ohne sich zu fragen, ob jemand sie lesen würde.

Ich streiche über den Einband und frage mich, ob ich den Mut hätte, meine eigenen Gedanken aufzuschreiben, so offen, so verletzlich. In meinen Büchern erfinde ich Figuren, meine Geschichten sind nicht autobiografisch. Ob ich beginnen sollte, Tagebuch zu führen?

Mit einem tiefen Atemzug lege ich das Buch zurück auf den Nachttisch. Morgen, sage ich mir. Morgen werde ich Oma fragen, ob ich weiterlesen darf. Und dann vielleicht endlich Antworten finden – nicht nur über Henny, sondern auch über mich selbst.

Kapitel 15

Ein Klopfen an der Tür reißt mich aus dem Schlaf. Es dauert einen Moment, bis ich mich orientieren kann. Sanftes Licht fällt durch mein Fenster. Ich schiele auf die Uhr auf dem Nachttisch. Schon neun. Mist. Eigentlich wollte ich heute Morgen wieder eine Portion Nussmus für die Gäste vorbereiten.

»Katharina?«, höre ich Maltes Stimme durch die Tür. Er klopft noch einmal. »Die Gäste waren schon beim Frühstück. Wolltest du nicht helfen?«

Ich stöhne leise und schwinge die Beine aus dem Bett. »Ja, ich bin gleich da«, rufe ich zurück, während ich versuche, den leichten Schwindel loszuwerden. Ich bin zu schnell aufgestanden. Dass ich das mit einunddreißig Jahren immer noch nicht gelernt habe. Schnell streife ich ein frisches T-Shirt und Shorts über, binde mir die Haare zu einem lockeren Zopf und werfe einen Blick in den Spiegel. Die Müdigkeit steht mir ins Gesicht geschrieben, aber ich beschließe, sie einfach zu ignorieren.

Malte lehnt lässig am Türrahmen, die Arme vor der Brust verschränkt. »Muss ich dich jetzt jeden Morgen wecken?«

»Morgen«, murmle ich. »Tut mir leid, ich habe wohl verschlafen.«

»Ich dachte, du willst den Laden ein bisschen umkrempeln«, erwidert Malte unfreundlich. »Dann solltest du vielleicht auch beim Frühstück dabei sein.«

»Danke für die Erinnerung«, erwidere ich trocken und folge ihm in die Küche.

Malte steht vor der Arbeitsfläche und räumt die Reste des Frühstücks beiseite. Es riecht noch nach frischem Kaffee und gebratenem Speck, ein Duft, der meine halb verschlafenen Sinne sofort weckt.

»Wie wars denn gestern?« fragt er, während er die Spülmaschine belädt. »Bist du einigermaßen zurechtgekommen?«

Ich setze mich an den Tisch und lasse meinen Blick durch die Küche schweifen. »Ja, vielen Dank für deine Vorbereitung, ich musste mich ja um fast nichts mehr kümmern.«

Malte nickt, und zum ersten Mal an diesem Morgen lächelt er ein wenig.

»Ich habe aber über einiges nachgedacht. Vor allem das Frühstück. Es ist okay, aber …«

Malte unterbricht mich. »Aber du willst es besser machen. Das habe ich mittlerweile verstanden.«

»Richtig.« Ich verschränke die Arme und schaue ihn an. Aus Malte werde ich einfach nicht schlau. Seine wechselhaften Signale irritieren mich sehr. Mal ist er einigermaßen freundlich, und dann denke ich wieder, dass er ein Problem mit mir hat. »Ich habe überlegt, ob wir nicht selbst gemachte Leckereien anbieten könnten. Vielleicht verschiedene Nussmuse? Und eine größere Auswahl an Obst dazu. Das ist frisch, lecker, und die Gäste merken, dass es mit Liebe gemacht ist.«

»Nussmus«, wiederholt Malte skeptisch. »Du glaubst, die Leute wollen so was?«

»Warum nicht?« Ich zucke mit den Schultern. »Oma Enna hat doch auch immer diese kleinen Extras gemacht, erinnerst du dich? Ihr selbst gebackener Stuten. Den habe ich als Kind geliebt. Die frische Kirschmarmelade. Und wenn wir hinbekommen, dass sich das erst einmal herumspricht …«

Malte hält inne und nickt langsam. »Ja, der Stuten. Der war allerdings wirklich gut. Weißt du, wie sie den gemacht hat?«

»Ich glaube, meine Mutter hat ein Rezept, das Oma mal in einem ihrer alten Kochbücher notiert hat. Wenn wir den anbieten, zusammen mit den Nussmusen und vielleicht ein paar anderen frischen Sachen, könnten wir das Frühstück richtig aufwerten.«

Malte grinst und lehnt sich gegen die Theke. »Okay, du hast mich überzeugt. Aber nur, wenn du den Stuten backst. Ich bin mehr der Typ fürs Grobe.«

Ich muss lachen. »Deal. Aber du hilfst mir bei den Nüssen. Wir haben doch genug davon im Keller. Und die müssen alle geknackt werden.«

Er hebt die Hände in Verteidigungsposition. »Alles klar, Chefin.«

»Super, ich kümmere mich um die Rezepte und die Zutaten«, sage ich und gehe zurück in mein Zimmer. Dort lasse ich mich auf mein Bett fallen und greife nach dem Handy, um meiner Mutter eine Nachricht zu schreiben.

Hast du Omas Stutenrezept für mich, oder
kannst du Oma danach fragen, wenn du heute
bei ihr bist?

Nur Sekunden später klingelt das Handy, meine Mutter ruft an.

»Hi, Schatz!«, begrüßt sie mich. »Ich habe nicht viel Zeit, es ist gerade Pause, gleich muss ich zurück in die Klasse. Das Rezept schick ich dir, das habe ich mal abfotografiert.«

»Das ist lieb von dir, danke.«

»Doch nicht dafür. Ich hätte dich sowieso noch angerufen«, sagt sie. »Papa hat nachgeforscht. Er hat rausgefunden, wer Henny Heller ist.« Sie legt eine kleine geheimnisvolle Pause ein. »Rate.«

»Dann ist sie wahrscheinlich nicht die Tante«, überlege ich laut. »Sonst hättest du jetzt gesagt, dass du recht gehabt hast.«

»Die ist es nicht. Aber eine Verwandte von dir.«

»Die Frau von Omas Bruder?«, frage ich und korrigiere mich im nächsten Moment selbst: »Nein, die heißt Henriette.«

»Geboren 1926, gestorben 1992, also vor deiner Geburt. Du hast sie nie kennengelernt. Und ich sie übrigens auch nicht, weil sie sich irgendwann von der Familie abgesetzt hat. Aber das lässt du dir besser mal von deiner Oma erzählen.«

»Mama!«, schimpfe ich. »Jetzt rück schon raus mit der Sprache.«

»Henny Heller ist der Mädchenname deiner Urgroßmutter Hinrike Heller, väterlicherseits versteht sich.«

»Ach was!«, entfährt es mir. »Das müsste ja dann Omas Mutter sein.«

»Du hast es erfasst«, sagt Mama.

Ich schüttele den Kopf. »Oma hat nie viel von ihr erzählt. Ich bin wegen des Nachnamens und der ungewohnten Abkürzung des Vornamens nicht darauf gekommen, Uroma Rieke ist Henny Heller. Das ist ja ein Ding.«

»Hast du schon darin gelesen?«, fragt Mama.

»Nur die ersten Seiten«, antworte ich. »Aber dann habe ich ein schlechtes Gewissen bekommen. Ich wollte erst Oma fragen.«

»Besser ist es«, sagt Mama. »Dein Vater weiß auch nicht so genau, was damals passiert ist. Aber irgendwas scheint deine Uroma angestellt zu haben. Und ich könnte mir vorstellen, dass es deiner Oma nicht recht ist, wenn du darin rumschnüffelst.«

»Ich schnüffele nicht. Wie gesagt, ich habe nur kurz reingelesen. Deswegen habe ich dir ja auch geschrieben, dass Oma mich anrufen soll. Ich erreich sie einfach nicht.«

»So gegen vier bin ich da, dann klingeln wir durch«, sagt meine Mutter. »Soll ich sie auf das Thema vorbereiten, oder willst du sie danach fragen?«

»Ich bin einunddreißig, das schaff ich selbst, Mama.«

»Gut, dann geh ich gleich mal wieder in meine Klasse und strieze meine Kinder mit dem großen Einmaleins. Was ist siebzehn mal siebzehn, Katharina?«

»289«, sage ich wie aus der Pistole geschossen und grinse. »Aber jetzt sag mir nicht, dass ich das schriftlich erklären soll, Frau Lehrerin!«

Mama lacht. »Keine Sorge, ich lasse dich heute ausnahmsweise ohne Rechenweg davonkommen. Und das Rezept schicke ich dir auch gleich noch.«

»Super, ich versuche nämlich, etwas frischen Wind in die Pension zu bringen, und wollte Omas Stuten für die Gäste backen.«

»Das ist eine tolle Idee, Schatz. Weißt du noch, wie verrückt ihr damals danach wart?«

»Ja, daran erinnere ich mich sehr gut«, sage ich und habe sofort Bilder im Kopf. Wie Oma mit mehlbestäubter Schürze in der Küche stand. Wie meine Brüder und ich vor dem Ofen gehockt haben, um dem Teig beim Hochbacken zuzusehen.

Im Hintergrund höre ich die Pausenglocke läuten. »Bis später«, sagt Mama und legt auf.

»Meine Uroma Henny Heller«, sage ich und versuche, jetzt schon meine Oma telefonisch zu erreichen. Aber wieder habe ich kein Glück. Es ist wie verhext. Es bleibt mir wohl nichts anders übrig, als zu warten, dass sie sich später meldet.

Zehn Minuten später bin ich unterwegs zu einem kleinen Supermarkt in der Nähe der Pension, um die Zutaten zu besorgen. Die Straßen sind belebt, Urlauber mit Sonnenhüten und übergroßen Sonnenbrillen auf ihren Nasen schlendern durch die Gassen. Ein leichter Wind trägt die verschiedensten Gerüche mit sich. Kaffee, Fischbrötchen, Salz, Waffeln, eine wilde Mischung.

»He«, begrüße ich den Mann an der Kasse, als ich den Supermarkt betrete. Es ist ein kleiner Laden, aber das, was ich brauche, werde ich hier auf jeden Fall bekommen. Auf meiner Liste stehen Butter, Mehl, Milch, Hefe, Zucker, Salz, Vanille, Kakaopulver, Honig und Zimt. Während ich durch die Gänge gehe, summt leise Musik aus den Lautsprechern, ich fühle mich fast wieder wie früher, wenn ich mit Oma Enna hier einkaufen war. Als kleines Mädchen war der Besuch hier im Inselmarkt immer ein besonderes Highlight. Wahrscheinlich weil ich an der Käsetheke jedes Mal eine riesige Scheibe frischen Gouda in die Hand gedrückt bekommen habe. Aber das werde ich heute wohl nicht mehr erleben. Nach und nach lege ich die Zutaten auf das Kassenband und mache mich gleich wieder auf den Weg zurück zur Pension.

Malte sitzt in der Küche. Vor ihm stehen drei große Schüsseln. Eine ist gefüllt mit den ganzen Nüssen, eine mit ihren Schalen und eine mit Walnusskernen. »Du warst ja schnell«, sagt er, als ich die Einkaufstüten auf den Tisch stelle.

»Ich war nur um die Ecke im Inselmarkt«, sage ich, setze mich ihm schräg gegenüber an den Tisch und hole mein Handy raus, um das Rezept noch einmal zu studieren. Es kostet mich ein wenig Mühe, Mamas Handschrift ist furchtbar, da erfüllt sie jedes Lehrerklischee.

Malte knackt konzentriert Walnüsse. In einer Porzellanschüssel türmt sich bereits ein kleiner Berg von Kernen, während die Schalen in einer alten Blechschüssel landen. Sein rhythmisches Knacken ist das einzige Geräusch im Raum, abgesehen vom gelegentlichen Schreien einer Möwe, das uns durch die geöffnete Balkontür erreicht.

Ich schaue auf das Rezept, das Mama mir aus dem Rezeptbuch abfotografiert hat. *Einfacher Stuten*, lese ich.

»Weißt du noch, wie wir uns früher darum gestritten haben, wer die erste Scheibe bekommt?«, frage ich und lache leise bei der Erinnerung.

Malte sieht von seiner Arbeit auf. »Ich war nicht so oft dabei, aber ich meine zu wissen, dass du meistens gewonnen hast. Mit deinem Hundeblick hast du alle um den Finger gewickelt.«

Ich grinse und binde mir Omas Schürze um die Hüften. »Irgendwie musste ich mich ja durchsetzen. Das war mit zwei älteren Brüdern nicht immer so leicht, da entwickelt man Strategien.«

Er lacht kurz, ehe er sich wieder den Nüssen widmet. Ich nehme eine Schüssel, wiege die Zutaten ab, schütte Milch in einen Topf, erwärme sie etwas und gebe Zucker und Hefe dazu. Das Mehl häufe ich auf die Arbeitsfläche, drücke eine Mulde hinein und gebe in Stücke geschnittene Butter darauf.

»Wird das Ennas Stuten?«, fragt Malte, ohne von seinen Walnüssen aufzusehen.

»Ja«, antworte ich.

»Hast du Enna schon davon erzählt?«

Ich schnaube und streue ein wenig Mehl auf die Arbeitsfläche. »Irgendwie erreiche ich sie nicht, sie geht nie ans Telefon. Aber Oma war insgesamt sehr angetan von der Idee, hier ein bisschen frischen Wind reinzubringen.«

Er hebt die Augenbrauen, sagt aber nichts weiter.

Ich knete den Teig, lasse mich ganz auf die Bewegung ein. Die Butter ist jetzt weich, schmiegt sich beim Kneten in die Masse, während meine Hände immer wieder durch den Teig gleiten, ihn dehnen und falten, bis er glatt und elastisch wird. Es fühlt sich gut an, etwas zu schaffen, das so greifbar ist. Ein

Ergebnis, das man nicht anzweifeln muss. Dann nehme ich die erste Fuhre Nüsse, verteile sie auf einem Backblech und stelle sie zum Rösten in den Ofen. Direkt danach knete ich den Teig beherzt weiter.

»Wenn du so weitermachst, machst du mich arbeitslos«, sagt Malte trocken, ohne den Kopf zu heben.

»Keine Sorge«, sage ich mit einem Seitenblick. »Deine Walnüsse bleiben unverzichtbar. Der Stuten ist nur die halbe Miete.«

Er nickt nur und knackt weiter.

Als der Teig endlich geschmeidig genug ist, streue ich noch eine Prise Mehl auf die Arbeitsfläche und forme ihn zu einer Kugel. Die Oberfläche ist seidig und glänzt leicht. Ich lege ihn vorsichtig in die Schüssel und streiche mit der flachen Hand einmal darüber, als wollte ich ihm gut zureden.

Und das mache ich nun auch. »Jetzt kannst du ruhen«, sage ich leise, während ich das Küchentuch darüberlege. Ich stelle die Schüssel auf die Fensterbank, wo die Sonnenstrahlen den Stoff leicht aufleuchten lassen. »Ein kleines Nest aus Wärme und Ruhe, genau das, was ein guter Teig braucht, das hat Oma immer gesagt.«

Zufrieden wische ich mir die Hände am Geschirrtuch ab, nehme einen Apfel aus der Obstschale, schneide ihn in Scheiben und setze mich zu Malte an den Tisch. Langsam breitet sich der Duft von gerösteten Nüssen in der Küche aus, warm und würzig mischt er sich mit der feinen Süße des Hefeteigs.

Malte blickt kurz auf. »Du siehst zufrieden aus.«

Ich beiße in das Apfelstück, das Knacken schwingt durch die stille Küche. »Vielleicht bin ich das auch gerade.«

Er nickt und schiebt eine Handvoll Walnusskerne in die Schale. »Gut. Das solltest du genießen.«

Ich lache leise, lehne mich zurück und lasse meinen Blick durch den Raum schweifen. Vielleicht hat Malte recht. Vielleicht ist Zufriedenheit etwas, das man nicht auf später verschieben sollte.

»Danke für deine Hilfe«, sage ich.

»Jemand muss ja dafür sorgen, dass wir genug Nüsse haben. Du willst doch deine Muse verkaufen, oder nicht?«

»Verkaufen?«

»Ja, ich dachte, das sei das Ziel der ganzen Aktion hier.«

»Darüber habe ich noch gar nicht nachgedacht.«

»Überleg es dir. Ich meine, wenn wir die Sachen hier zum Verzehr anbieten, wollen die Gäste sie bestimmt auch mit nach Hause nehmen. So läuft es doch immer.«

»Gute Idee!«, sage ich.

»Aber vielleicht kannst du mir gleich erst mal ein bisschen beim Knacken helfen. Ich verliere langsam das Gefühl in den Fingern.«

»Träum weiter.«

Wir beide lachen, und für einen Moment fühlt es sich leicht an. Doch kurz darauf bildet sich wieder eine tiefe Falte auf Maltes Stirn.

»Was ist los?«, frage ich.

»Nichts«, antwortet er. »Was soll sein?«

»Ach, komm schon, Malte!« Ich sehe ihn streng an. »Wie lang kennen wir uns jetzt? Irgendwas ist doch. Du bist anders als sonst.«

»Wie willst du das denn beurteilen? Du warst in den letzten drei Jahren kein einziges Mal hier. Und davor auch nicht oft. Wann haben wir beide uns denn das letzte Mal gesehen, geschweige denn eine längere Unterhaltung geführt?«

Ich horche überrascht auf. Daher weht also der Wind? Ich lege den Apfel zur Seite und sehe ihn an. »Malte, das ist nicht fair.«

Er schüttelt den Kopf, schaut aber weiter auf die Walnüsse in seiner Hand, als wären sie plötzlich unglaublich faszinierend. »Ist es nicht so? Du kommst hierher, als wäre alles wie früher, aber das ist es nicht.«

Seine Worte treffen mich unerwartet. Ich spüre, wie meine Wangen heiß werden, aber ich zwinge mich, ruhig zu bleiben. »Du hast recht. Ich war nicht hier. Und ich weiß, ich habe vieles verpasst. Aber das heißt nicht, dass mir das hier nichts mehr bedeutet.«

Endlich blickt er auf und sieht mich an. »Es fühlt sich aber so an.«

Ich schlucke. Die Verärgerung, die ich kurz gespürt habe, weicht plötzlich einem Knoten in meiner Brust. »Malte, ich habe mich nicht absichtlich abgekapselt. Das Leben war einfach … kompliziert.«

»Das ist es immer.« Seine Stimme klingt jetzt ruhiger, aber die Falte auf seiner Stirn ist geblieben. »Du hättest dich doch melden können. Oder hierherkommen. Deine Großmutter hätte sich gefreut. Und ehrlich gesagt – ich auch.«

Ich beiße mir auf die Lippe und schaue auf die Schale mit den Nüssen. Plötzlich kommen sie mir vor wie ein Berg, den ich erklimmen muss. »Ich weiß, ich hätte mich mehr kümmern sollen.« Mir fallen die Nüsse im Ofen ein. Ich stelle ihn aus, und als ich die Tür öffne, strömt mir eine Welle aus Hitze entgegen, begleitet von dem intensiven, leicht süßlichen Duft der gerösteten Walnüsse. Der warme, nussige Geruch füllt sofort die kleine Küche, und für einen Moment vergesse ich Malte, schließe die Augen, dann ziehe ich das Backblech raus.

»Perfekt!«, sage ich. »Und jetzt bin ich ja hier.«

Malte schaut mich einen Moment an, dann zuckt er mit den Schultern. »Ja, das bist du.«

Aber er sagt es so neutral, fast abwehrend, dass es sich wie ein Stich anfühlt. Als hätte meine Anwesenheit zwar eine Tatsache geschaffen, aber keine Bedeutung.

Ich versuche, seine Reaktion zu deuten. Ist Malte enttäuscht, dass ich so lange weg war? Oder steckt mehr dahinter? Etwas, das ich nicht sehe?

»Malte?« Ich lehne mich ein wenig vor. »Was ist wirklich los?«

Er schüttelt den Kopf, zuckt mit den Schultern und weicht meinem Blick aus. »Nichts. Ich bin nur müde. Viel zu tun in letzter Zeit.«

Seine Worte klingen in meinem Kopf nach, und plötzlich ist da dieses Gefühl – ein Ziehen in der Brust, als hätte jemand eine alte Wunde aufgerissen. Malte erinnert mich in diesem Moment an Tom.

Die Art, wie er ausweicht, aber gleichzeitig hofft, dass ich es trotzdem merke. Genau so war es damals mit Tom. Wochenlang diese leisen Ausflüchte, das müde Lächeln, wenn ich fragte, ob alles in Ordnung sei. Und dann, ohne Vorwarnung – das Ende: »Ich kann das nicht mehr, Katharina.«

Ein Satz, der sich eingebrannt hat. Ohne Erklärung. Ohne Chance für mich, zu verstehen, was passiert war.

Ich schlucke und schiebe die Erinnerung beiseite. Malte ist nicht Tom. Und ich bin nicht mehr die Frau, die es stillschweigend hinnimmt, wenn sich jemand aus ihrem Leben schleicht.

Ich verschränke die Arme vor der Brust und lehne mich ein wenig zurück. »Weißt du was, Malte? Wenn du nicht reden willst, ist das deine Sache.«

Er hebt den Kopf, überrascht von meinem Ton, aber ich lasse ihn nicht zu Wort kommen. »Ich bin hier, Malte. Und ich versuche, dieses Haus wieder auf die Beine zu bringen – und vielleicht auch mich selbst. Aber wenn du der Meinung bist, dass du mich weiter auf Distanz halten musst, dann tu das ruhig. Ich kann auch ohne deine Erklärungen weitermachen.«

Malte öffnet den Mund, als wolle er etwas sagen, schließt ihn dann aber wieder. Und das bringt mich erst recht auf die Palme. »Nein, vergiss es. Sag nichts. Ich habe genug davon, dass Leute mir die halbe Wahrheit oder gar nichts sagen. Wenn du dich entscheiden kannst, ehrlich zu sein, dann komm zu mir. Bis dahin hast du deine Ruhe. Der Teig muss jetzt gehen.« Ich gehe hinaus und lasse ihn mit seinen Gedanken allein.

Kaum gehe ich die Treppe nach oben, bekomme ich ein schlechtes Gewissen. Ich habe überreagiert. Und ich weiß auch, warum. Malte hat recht, ich habe mich zu wenig um meine Oma gekümmert. »Aber dieses Nichtsagen, was los ist, geht trotzdem nicht«, schimpfe ich leise.

Kapitel 16

Als ich eine gute Stunde später wieder in die Küche komme, ist Malte nicht mehr da. Ich nehme vorsichtig das Tuch von der Schüssel, freue mich über den aufgegangenen Teig und fülle ihn in zwei vorbereitete Backformen.

Während die Stuten im Ofen backen und der Duft die Küche erfüllt, lehne ich mich an die Arbeitsplatte und mache mir Gedanken über Omas Pension.

Ein gutes Frühstück allein wird sie nicht retten. Wir brauchen mehr Gäste, regelmäßige Buchungen, klare Stornierungsregeln und vor allem mehr Sichtbarkeit.

Vielleicht eine Instagram-Seite? Oder ein Profil bei Booking.com und Airbnb? Mit Fotos von selbst gebackenem Stuten, liebevoll gedeckten Frühstückstischen und den gemütlichen Zimmern – das könnte Gäste ansprechen. Aber habe ich wirklich die Zeit und die Lust dafür? Und wer würde das weiterführen, wenn ich wieder weg bin. Oma ganz sicher nicht. Und Malte …

Ich greife nach meinem Handy, scrolle durch Profile von Reisebloggerinnen und -bloggern und von Ferienpensionen und sehe perfekte Bilder von Blumensträußen auf Fensterbänken, Frühstückstabletts mit kunstvoll drapierten Marmeladengläsern und dampfenden Kaffeetassen. Die Zimmer wirken, als hätte nie jemand darin geschlafen, in Bettwäsche, die aussieht, als wäre sie gerade frisch gebügelt. Ich seufze. So ein Auftritt wirkt professionell, aber auch aufwendig. »Das kannst du vergessen«, sage ich leise zu mir selbst. Ich bekomme es ja noch nicht mal hin, mich regelmäßig um meinen Social-Media-Account zu kümmern. Als Autorin sollte ich ihn regelmäßig pflegen: Geschichten erzählen, Bilder einfangen, Emotionen wecken. Aber die Realität? Ein paar halbherzige Posts, dann Funkstille. Keine Zeit, keine Lust.

Das wird hier nicht anders sein. Jeden Tag perfekte Bilder zu posten, nette Texte zu schreiben und dann auch noch auf Kommentare zu antworten, da sehe ich mich schon, wie ich nach zwei Wochen aufgebe.

Seufzend hocke ich mich im Schneidersitz vor den Ofen und schaue dabei zu, wie die Stuten eine goldbraune Kruste bekommen. Es duftet himmlisch!

Da klingelt plötzlich mein Handy. Es ist eine unbekannte Mobilfunknummer.

»Katharina Kristiansen.«

»Hier ist Oma«, ertönt eine forsche Stimme.

Ich bin so überrascht, dass ich einen Moment brauche, bis ich begreife, dass es tatsächlich meine Oma ist.

»Hallo, Oma«, sage ich. »Das ist ja schön, dass du anrufst.«

Sie brummt irgendetwas Unverständliches, dann sagt sie: »Ich habe jetzt doch so ein Mobilfunktelefon. Imke ist hier, sie sagt, du sollst die Nummer abspeichern.«

»Hallo, Kat«, ruft meine Cousine.

»Hallo, Imke«, sage ich laut.

»Katharina grüßt dich, Imke«, erklärt Oma.

»Beim nächsten Mal machen wir eine Dreierkonferenz«, schlägt Imke vor, und Oma schnaubt.

Ich muss lachen. »Finde ich gut, Oma, dass du jetzt ein eigenes Handy hast.«

»Jaja«, sagt Oma. »Schauen wir mal. Ich wollte auch nur mal kurz fragen, wie es in der Pension läuft.«

»Gut«, antworte ich und erzähle vom Stuten und vom Nussmus. Dass ich mir Sorgen mache, erwähne ich nicht. Darüber will ich in Ruhe mit Oma sprechen, wenn sie wieder auf Norderney ist.

»Du verwöhnst meine Gäste«, sagt sie.

»Mach ich gern«, erwidere ich. Da fällt mir ein, was ich in dem Schrank gefunden habe und dass ich Oma beichten wollte, was ich gemacht habe. »Sag mal, Oma, ich habe nach den alten Büchern gesucht, um mir mal in Ruhe ein Bild über die Vermietung zu machen, dabei habe ich das Tagebuch von deiner Mutter gefunden. Und ehrlich gesagt, habe ich mir keine Gedanken gemacht und reingelesen. Da wusste ich aber noch nicht, dass Henny Heller der Mädchenname deiner Mutter ist. Ich hoffe, du bist nicht böse deswegen, weil die Neugierde mit mir durchgegangen ist.«

»Lies es ruhig«, sagt Oma, und ich atme erleichtert auf. »Ich habe lange nicht mehr daran gedacht, dass es überhaupt da ist.«

»Danke, Oma. Ich weiß gar nicht, was ich sagen soll. Die ersten Seiten waren so unbeschreiblich schön geschrieben. Ich bin schon gespannt, wie es weitergeht.«

»Das Ende wüsste ich auch gern«, sagt Oma und seufzt.

»Du hast es gar nicht gelesen?«

»Doch, habe ich. So habe ich das nicht gemeint. Aber darüber lass uns ein anderes Mal in Ruhe sprechen. Nicht hier am Telefon und wenn ich dieses hässliche Nachthemd trage.«

Ich spüre, wie die Enttäuschung in mir aufsteigt, heiß und drängend, doch ich schlucke sie hinunter. Ich bin so neugierig, so gespannt darauf, mehr zu erfahren, doch Omas Ton macht mir klar, dass sie jetzt nicht darüber sprechen will. Ihre Worte klingen noch in mir nach – *Das Ende wüsste ich auch gern* –, als ob darin etwas Unausgesprochenes steckt, etwas, das schwer auf ihrer Seele liegt.

Ich will nachhaken, will rausfinden, was sie damit meint, aber ich halte mich zurück. Ich kenne Oma gut genug, um zu wissen, dass ich sie nicht drängen darf. Wenn sie bereit ist, wird sie es mir erzählen. Und vielleicht ist es auch besser so. Vielleicht ist es schöner, das Tagebuch allein zu entdecken, Seite für Seite, so wie es damals geschrieben wurde.

»Na gut«, sage ich schließlich und bemühe mich, meine Enttäuschung nicht zu zeigen. »Dann sprechen wir ein anderes Mal darüber. Aber versprich mir, dass du es mir irgendwann erzählst.«

»Versprochen.«

Danke, Oma. »Dann zu den wirklich wichtigen Dingen. Wie geht es dir denn?«

»Das Bein ist noch dran«, antwortet Oma trocken. »Und sobald ich hier raus bin, geht es mir wieder gut.«

»Das dauert ja zum Glück nicht mehr lang«, sage ich. Da piept der Timer. »Die Stuten sind fertig.«

»Hol sie raus, wenn sie zu lang drinbleiben, werden sie zu trocken«, erklärt Oma. »Und wir sprechen später noch mal.«

»Machen wir. Bis dann. Und liebe Grüße noch mal an Imke.«

»Heb mir was auf«, ruft Imke.

Gut gelaunt ziehe ich das Blech aus dem Ofen. Der warme Duft von Stuten füllt die Küche. Sie sehen perfekt aus.

Ich hole sie aus der Form und stelle sie zum Auskühlen auf ein Gitter. Während ich das mache, hallen Omas Worte noch in meinem Kopf nach. »Das Ende wüsste ich auch gern.«

Was meinte sie damit?

Ich denke an das Tagebuch, das oben auf meinem Nachttisch ist, an die leise Melancholie zwischen den Zeilen. Gibt es ein Geheimnis, das in diesem Buch verborgen liegt?

Später werde ich weiterlesen. Aber erst muss ich mich um die Pension kümmern – und um das Frühstücksangebot, das mehr Gäste anlocken soll.

Ich rücke das Gitter mit den beiden goldbraunen Stuten ein wenig zurecht und halte mein Handy so, dass der Hintergrund mit ins Bild kommt. Durch das Fenster fällt weiches Nachmittagslicht auf die dunkle Arbeitsplatte und bringt die glänzende Kruste der Brote zum Leuchten. Dahinter erstreckt sich der Garten wie eine kleine, grüne Oase, die perfekt in Szene gesetzt ist.

Der alte Kirschbaum steht im Mittelpunkt, seine Äste biegen sich unter dem Gewicht der reifen, roten Früchte. Einige hängen so tief, dass man sie vom Boden aus pflücken könnte, andere schimmern wie kleine Juwelen hoch oben im Sonnenlicht.

Neben dem Baum steht eine gemütliche, taubenblau gestrichene Holzbank mit geschwungenen Armlehnen. Die Farbe ist durch Wind und Wetter leicht verblasst, aber gerade das verleiht ihr diesen verwunschenen Look. Neben der Bank blühen bunte Blumen – Lavendel, Margeriten und zarte Glockenblumen, die in den leichten Windstößen sanft wippen.

Die Szene wirkt fast wie ein Bild aus einem Landhausmagazin.

Ich zoome leicht heran, damit die Brote im Vordergrund scharf bleiben, und drücke auf den Auslöser. Das Foto fängt genau das ein, was ich mir erhofft habe: Wärme, Gemütlichkeit und ein Gefühl von Zuhause.

Vielleicht wird das ja doch was mit Instagram, denke ich und lade das Bild hoch – in meinem eigenen Profil. Bevor ich michs versehe, tippe ich: *Frisch gebackener Stuten – nach Omas Rezept. Duftet nicht nur himmlisch, sondern schmeckt auch so. #Frühstücksliebe #EnnasPension #HausKristiansen #Pension #Norderney #SelbstgemachtMitLiebe #UnsereFrühstückspension-amMeer*

Dann halte ich es nicht mehr aus, nehme ein Messer und schneide eine dicke Scheibe von einem der Stuten ab. Der Duft steigt mir in die Nase, und ich kann nicht widerstehen. Dick mit Butter bestrichen und selbst gemachter Kirschmarmelade aus Omas Vorratsschrank, schmeckt er sicher genauso gut, wie er aussieht. Aber bevor ich probiere, mache ich auch davon ein Foto und lade es bei meinem Instagramprofil hoch. Dazu schreibe ich: *Noch warm, dick mit Butter bestrichen und getoppt mit selbst gemachter Kirschmarmelade aus Omas Vorratsschrank – so schmeckt Kindheitserinnerung. #Früh-*

stücksliebe #EnnasPension #HausKristiansen #Pension #Norder-
ney #SelbstgemachtMitLiebe #OmasRezepte

Ich drücke auf »Posten« und starre einen Moment lang auf den Bildschirm. Vielleicht ist es verrückt, sich einzubilden, dass ein paar Bilder von Brot und Marmelade den großen Unterschied machen könnten. Aber wer liebt nicht den Duft von frisch Gebackenem und den Geschmack von hausgemachter Marmelade?

Während ich den ersten Bissen nehme, schließe ich kurz die Augen. Der Stuten ist weich und saftig, die Marmelade süß und fruchtig, und für einen Moment fühlt es sich wirklich an wie früher, als wir bei Oma in der Küche saßen und sie uns noch warme Scheiben Stuten mit dicker Butter in die Hand drückte.

Im nächsten Moment greife ich wieder zum Handy und mache etwas, was ich sonst gar nicht gern mag, wenn es jemand mit mir macht. Ich erstelle eine WhatsApp-Gruppe, nenne sie spontan Oma Ennas Enkelkinder, füge meine beiden Brüder und auch Imke hinzu und stelle beide Fotos rein. Weder von Ole noch Kai habe ich was gehört. Beide haben sich bisher nicht wieder gemeldet. Vielleicht kann ich sie damit wachrütteln.

Dazu schreibe ich: *Wisst ihr noch, wie das geheime Passwort hieß, das wir erraten mussten, damit Oma uns in die Küche lässt?*

Gerade als ich die Butter zurück in den Kühlschrank stelle, trifft eine Nachricht von Ole ein.

Sternenglanz!, schreibt er. *Alles klar bei dir auf der Insel? Hab gestern mit Oma gesprochen. Wenn sie zurück auf Ney ist, komme ich* zumindest für ein verlängertes Wochenende. Bin stolz auf dich, kleine Schwester. Der Stuten sieht mega aus!

Nur kurz darauf meldet sich Imke:

> Wie? Ihr hattet ein Passwort? Und ja, Kai und
> Ole, bewegt eure Hintern nach Ney und
> kümmert euch um unsere Oma.

Grinsend tippe ich:

> Sternenglanz hieß das Passwort für unsere
> Höhle. Und ich freue mich, wenn du kommst,
> Ole.

Kai???, fragt nun Imke. Was ist mit dir?

Ich grinse, als ich Imkes Nachricht lese. Typisch sie – immer direkt und ohne Umschweife.

Aber von Kai kommt keine Reaktion. Stattdessen sehe ich, dass er die Nachrichten zwar gelesen hat, aber nichts schreibt.

Das lässt mich einen Moment zögern. Kai war schon immer der Ruhige von uns dreien, einer, der nicht viel redet, sondern einfach macht. Aber seit ein paar Monaten wirkt er irgendwie noch verschlossener. Vielleicht täusche ich mich, aber irgendetwas scheint ihn zu beschäftigen.

Ich beiße mir auf die Lippe und tippe schließlich:

> Kai? Alles okay bei dir? Ich weiß, du hast viel um
> die Ohren, aber wir vermissen dich hier.

Nur Sekunden später bekomme ich eine Nachricht von Ole außerhalb des Gruppenchats.

Kai und Nina haben sich getrennt. Er hat gerade wirklich viel um die Ohren.

Oh, das tut mir leid für ihn, schreibe ich. *Leidet er sehr?*
Die Antwort, die kurz darauf bei mir eintrifft, überrascht mich allerdings.

Er hat eine andere. Ihm geht es gut. Aber das erzählt er dir besser mal selbst in Ruhe.

Ich seufze. Kai war doch so glücklich mit Nina. Diesmal, so hat er gesagt, sei es für die Ewigkeit. Aber das hat er schon oft gedacht. Während Ole und ich in unseren Beziehungen beständiger waren und sie länger hielten, hatte Kai immer schon eine gewisse Rastlosigkeit. Er ist jemand, der sich schnell begeistern lässt und genauso schnell wieder das Interesse verliert. Trotzdem hatte ich gehofft, dass es mit Nina anders wäre. Ich mochte sie.

Während ich noch überlege, wie ich reagieren soll, vibriert mein Handy erneut. Eine Nachricht von Kai. Diesmal in der Gruppe.

He, alle! Süße Idee mit der Gruppe. Und gut, dass du die Stellung hältst, Kat. Bin auch stolz auf dich. Wenn du nach Ney fährst, komme ich auch, Ole. Kiffen am Strand? Dahinter lachen drei breit grinsende Emojis mit schwarzen Sonnenbrillen. *Wisst ihr noch? Die Hanfpflanze auf Omas Fensterbrett?*

Ich muss lachen.

Oma hat gekifft?, fragt Imke prompt.

Du bist im Krankenhaus bei ihr, frag sie selbst, antworte ich.

Es dauert nicht lang, da trifft eine Sprachnachricht von Imke in unserem Gruppenchat ein. Aber sie ist von Oma, wie ich feststelle, als ich sie abhöre:

»Das war palmblättriger Ahorn«, schimpft sie. »Wie ihr ja selbst rausgefunden habt!«

Ich pruste los, als ich die Nachricht höre. Typisch Oma. Ihre Stimme klingt leicht empört, aber gleichzeitig auch amüsiert. Ich stelle mir ihr Gesicht dabei genau vor: die hochgezogenen Augenbrauen und das leichte Schmunzeln, das sie nie ganz unterdrücken kann, wenn sie uns auf den Arm nimmt.

Kai schreibt sofort zurück: »Palmblättriger Ahorn? Klar, Oma. Und der stand da rein zufällig in einem Tontopf mit Batikmustern und bunten Perlenketten drum herum.«

Ich lache erneut und kann mir schon vorstellen, wie Oma darauf reagieren wird.

Imke schreibt unterdessen: *Ich frag sie gleich noch mal. Aber sie grinst. Und sie sagt, wir sollen nicht so albern sein.*

Ole meldet sich als Nächster: *Dass wir dachten, Oma züchtet Gras, ist eine der besten Geschichten unserer Kindheit.*

Ich tippe: *Vor allem, weil du einen Ableger für einen Schulforscherwettbewerb eingetopft und als »seltene Heilpflanze« präsentiert hast.*

Die Reaktionen lassen nicht lange auf sich warten: Lach-Emojis, Erinnerungen an Ole, der damals mit seiner Pflanze stolz vor der Klasse stand, bis der Lehrer skeptisch wurde und die Schuldirektorin einschaltete. Letztlich hat Oma alles aufgelöst, aber wir haben wochenlang darüber gelacht.

Während ich die Nachrichten lese und grinse, merke ich, wie mir warm ums Herz wird. Diese Gruppe fühlt sich jetzt schon an wie ein Anker – ein kleines Stück Heimat, das wir uns zurückholen, obwohl wir längst in alle Richtungen verstreut sind. Vielleicht ist es genau das, was wir alle gebraucht haben: ein bisschen Stuten, ein bisschen Nostalgie und eine Menge Lachen, das sich anfühlt wie früher.

Kapitel 17

Wir haben drei verschiedene Muse zubereitet. Klassisch, Vanille und eines mit süßer Schokonote. Dazu der Stuten. Ich freue mich schon auf die Gesichter der Gäste. Morgen werde ich ganz sicher früh genug wach sein. Aber für heute habe ich genug getan. Ich schaue aus dem Fenster, die Sonne steht hoch am Himmel. Der perfekte Zeitpunkt, um an den Strand zu gehen. Ich schlüpfe in meinen Meerjungfrauen-Glitzerbikini, setze meinen Schlapphut auf, stecke ein großes Handtuch und das Tagebuch meiner Uroma in meine Strandtasche.

Die Sonne gibt ihr Bestes, als ich mich auf den Weg zum Weststrand mache. Der Wind trägt den salzigen Duft des Meeres und das Kichern spielender Kinder zu mir. Möwen kreisen über mir, ihre Schreie mischen sich mit dem entfernten Rauschen der Wellen. Ich nehme die kleine Treppe am Deich runter zum Strand und suche mir einen Platz etwas abseits. Ich will zwar die Geräusche um mich herum, aber keine Menschenmassen. Kurz lasse ich meinen Blick schweifen, halte Ausschau nach Marie, Helena und Mathilda. Vielleicht kommen sie noch, beim letzten Mal war es auch etwas später, die Sonne ist gerade sicher noch zu intensiv für die beiden Mäuse. Ob sie nach unserer Begegnung bereits nach den Elfen gesucht haben? Ein Lächeln umspielt meine Lippen. Ich muss häufiger an die Geschichte denken als an meinen Roman.

Ich entscheide mich für eine Stelle unweit der vom letzten Mal. Nur für den Fall der Fälle. Der Sand ist warm und fein, die Düne hinter mir bietet etwas Schutz vor dem Wind. Ich breite mein großes Handtuch aus und lasse mich darauf sinken. Für einen Moment schließe ich die Augen und lausche.

Ein kleiner Junge ruft etwas von der Wasserkante aus, seine Stimme überschlägt sich vor Begeisterung. »Mama, guck mal, ich hab eine riesige Muschel gefunden!«

Ich öffne die Augen und entdecke ihn mit einem knallroten Eimer in der Hand. Seine Mutter kniet im Sand, lacht und zeigt auf einen Haufen anderer Muscheln, die er bereits gesammelt hat.

Neben mir, ein paar Meter weiter, sitzt ein junges Paar auf einer Decke. Sie haben eine kleine Box dabei, aus der leise Musik dringt. Der Mann zieht ein Buch aus seiner Tasche, während die Frau ihn mit einer Sonnencremeflasche in der Hand verträumt anschaut.

Etwas weiter hinten, am Rand der Düne, spielen zwei Teenager mit einem Frisbee. Der eine wirft es zu hoch, der andere läuft lachend und kopfschüttelnd hinterher. Fast hätten die beiden eine Möwe erwischt. Sie schlägt einen Haken in der Luft, kann sich gerade noch so retten.

Ich ziehe mein Buch aus der Tasche, aber die Umgebung

ist zu lebendig, es gibt zu viel zu entdecken, um mich in den Seiten zu verlieren. Stattdessen lehne ich mich zurück und beobachte weiter. Ein älterer Herr mit Strohhut und kurzer Hose führt einen kleinen Hund spazieren, der neugierig an einer verlassenen Sandburg schnüffelt.

Eine Familie mit einem großen Sonnenschirm und Kühltaschen hat sich etwas weiter rechts von mir niedergelassen. Die Eltern unterhalten sich aufgeregt, während zwei kleine Mädchen, vielleicht fünf oder sechs Jahre alt, in bunten Badeanzügen um den Schirm herumtollen. Das ältere der beiden springt plötzlich in die Arme ihres Vaters, der sie lachend in die Luft wirbelt.

Der Wind trägt den Duft von Sonnencreme zu mir. Ein Mann mit einem Surfbrett unter dem Arm läuft in Richtung Wasser. Seine Bewegungen sind ruhig und kontrolliert, und ich kann nicht anders, als ihn für einen Moment zu beobachten, wie er ins Meer watet, bevor er sich elegant auf sein Brett schwingt und auf das offene Meer gleitet.

Ich greife nach meiner Wasserflasche, nehme einen Schluck und öffne Uromas Buch wieder, während ich mich in mein Handtuch sinken lasse.

Wie aufgeregt ich war, als ich am Treffpunkt stand, den du auf den Zettel geschrieben hattest. Es war ein gewöhnliches Wohnhaus, so unscheinbar, so nichtssagend, dass es mir fast wie eine Falle vorkam. War ich hier richtig? Oder war das alles nur ein weiteres Spiel? Ein Irrtum, dem ich aufgesessen war? Dass es mir fast erschien, als sei ich dort nicht richtig. Ich hatte gezögert. Und war dennoch gekommen und sah mich jetzt immer wieder um, doch es fehlte jede Spur von dir. Aber dann der Schatten in einem der Fenster, eine Gestalt, die sich langsam bewegte. Und ich war mir plötzlich sicher, beobachtet zu werden. Vielleicht erkannt. Eine kalte Welle lief mir den Rücken hinab. War es Wahnsinn gewesen, herzukommen? Sollte ich umkehren, der Unsicherheit entfliehen, die mich wie ein zu enger Mantel umschloss?

Doch plötzlich warst du da. Elegant, wie aus einer anderen Zeit sahst du aus.

Dein Anzug saß makellos, ein dunkles Versprechen, der Hut locker in deiner Hand, während eine Zigarre träge zwischen deinen Fingern glomm. Rauch stieg auf, kräuselte sich in der Kälte der Nacht, und du sahst mich an, als wüsstest du längst, was in mir vorging.

Es war dieser Blick, der mich hielt. Kein Zweifel, keine Fragen. Ein leises, unerbittliches Wissen. Ich war hier, weil ich es sein sollte. Weil es nie eine andere Möglichkeit gegeben hatte.

Du botest mir deinen Arm an, ich hakte mich ein, um mich von dir in das Gebäude führen zu lassen. Was sich mir dort zeigte, raubte mir den Atem. Es war ein Theater, doch kein gewöhnliches. Die Räume waren eng, die Atmosphäre intim. Dunkles Holz und der Geruch von etwas Vergangenem – Parfüm vielleicht von der schweren Süße vergangener Nächte – hüllten alles ein. Als wäre die Zeit hier stehen geblieben, als gäbe es keine Außenwelt mehr, nur das gedämpfte Licht und das leise Wispern der Stimmen, die sich in den Schatten verloren. Wir nahmen Platz in einem kleinen Saal, dessen Stuhlreihen eine winzige Bühne umgaben. Es fühlte sich an, als sei ich in einer anderen

Welt, die ich nie gesucht hatte. Sie nahm mich gefangen, du
nahmst mich gefangen.
Ich spürte die Blicke. Waren es wirklich nur die Schatten, die mich
beobachteten? Oder war es mehr?
Mein Atem ging flach, mein Herz schlug unruhig. Ich wollte
fragen, doch du legtest eine Hand auf meinen Arm, sacht,
federleicht. Eine Berührung, die keine Fragen duldete.
Es war zu spät. Ich war hier.
Und der Vorhang hob sich.

Sofort ist dieses Gefühl eines gelebten Schwarz-Weiß-Filmes wieder da. Wie gern würde ich mich jetzt mit meiner Uroma über ihre Zeilen unterhalten. Das Lesen fühlt sich an wie eine Geschichte in der Geschichte. Ihre Geschichte in meiner, ein sehr interessantes Stilmittel. Nur dass meine eigene Geschichte gerade in Sachen Romanze nicht so viel zu bieten hat wie die aufregende Begegnung mit dem Zigarre rauchenden Hutträger. Nicht zu wissen, ob diese Geschichte Wahrheit oder vielleicht doch Fiktion ist, macht es für mich umso interessanter. Ich beschließe, noch ein Stück zu lesen, blättere um und stelle überrascht fest, dass es ein Gedicht ist, und zwar eines, das meine Uroma nicht selbst verfasst hat, sondern Heinrich Heine, der mir hier überraschend begegnet:

Das Fräulein stand am Meere
Und seufzte lang und bang,
Es rührte sie so sehre
Der Sonnenuntergang.
Mein Fräulein! sein Sie munter,

Das ist ein altes Stück;
Hier vorne geht sie unter
Und kehrt von hinten zurück.

Ich lese das Gedicht noch einmal, dann ein drittes Mal, während mir ein Lächeln übers Gesicht huscht. Witzig und charmant mit einem Hauch von Melancholie, die mit einem Augenzwinkern in Leichtigkeit aufgelöst wird.

Das Bild, das Heine malt, die junge Frau, die sehnsuchtsvoll den Sonnenuntergang betrachtet, versunken in romantischer Schwermut, und dann dieser unerwartete Twist am Ende, so herrlich nüchtern und pragmatisch. *Hier vorne geht sie unter / Und kehrt von hinten zurück.*

Ich stelle mir vor, wie Uroma das Gedicht gelesen hat. Vielleicht hat es sie zum Schmunzeln gebracht wie mich, während sie in ihrem Tagebuch schrieb.

Ich lasse das Buch auf meinem Schoß liegen und schaue auf das Meer. Der Surfer gleitet gerade elegant eine Welle entlang, während die Sonne glitzernde Lichtmuster auf die Wasseroberfläche wirft.

Die Sonne verschwindet nicht wirklich, wenn sie untergeht. Sie ist verlässlich und beständig. Vielleicht war das die Botschaft, die Uroma mit diesem Gedicht hinterlassen wollte. Ein sanfter Hinweis darauf, dass nichts endgültig ist. Dass alles wiederkehrt, auch wenn es im ersten Moment nach Abschied aussieht.

Schreiben, Gedichte, plötzlich fällt mir auf, dass Uroma und ich vielleicht etwas gemeinsam haben.

Ich streiche mit den Fingerspitzen über die Seiten des Tagebuchs, als könnte ich darüber eine Verbindung zu ihr herstellen. Sie hat ihre Gedanken, Gefühle und Erinnerungen festgehalten, so wie ich es auch tue – nur auf eine andere Art. Ihre Worte klingen wie kleine Türen in eine Zeit, die längst vergangen ist, und doch fühle ich mich ihr beim Lesen so nah.

Zu wissen, dass ich doch kein Außenseiter bin, dass es noch jemanden in meiner Familie gab, tut gut. Der Hutträger … Wie es wohl mit ihm weitergeht? Am liebsten würde ich noch weiter in Uromas Seiten stöbern, aber ich möchte die Spannung noch ein bisschen aufrechterhalten und lege das Buch zurück in meine Tasche.

Der Duft von gegrilltem Gemüse erfüllt plötzlich die Luft. Meine Gedanken wandern zu Phil. Der Abend am Strand tanzt durch meinen Kopf. Die Wärme des Feuers, das Schimmern seiner Augen im Licht der Flammen. Wie viel Mühe er sich gegeben hat. Das Gespräch mit ihm hat sich so leicht angefühlt, obwohl die Themen es nicht unbedingt waren. Musik, Bücher und das Leben. Dinge, die uns beide bewegen. Ein Lächeln umspielt meine Lippen, doch es wird schnell von einem Anflug von Unsicherheit abgelöst. Was denkt Phil nur von mir, nachdem ich so plötzlich abgerauscht bin. Tom hat es sogar geschafft, mir einen Abend zu vermiesen, obwohl ein ganzes Meer zwischen uns liegt. Das will ich nicht mehr. Vielleicht muss ich mich aktiv dazu entscheiden, ihn aus meinen Gedanken zu verbannen, ihn meine Gefühle nicht mehr kontrollieren zu lassen. Ich greife nach meinem Handy, zögere kurz und drehe es in meinen Händen. Soll ich Phil schreiben? Oder wirkt das zu forsch?

»Mach schon«, sage ich zu mir selbst, entsperre den Bildschirm und öffne den Nachrichtendienst.

> *He, wie geht's dir? Ich denke gerade an unseren*
> *Abend am Strand. Tut mir leid, dass ich so*
> *plötzlich aufgebrochen bin. Aber es war wirklich*
> *schön. Liebe Grüße vom Weststrand.*

Ich drücke auf »Senden«, bevor ich es mir anders überlegen kann. Ein bisschen warm ist mir schon, und das kann ich nicht nur auf die Sonne schieben. Einen kurzen Moment starre ich auf mein Display, dann stecke ich mein Handy zurück in meine Strandtasche und puste mir eine Haarsträhne aus dem Gesicht. Mein Blick wandert in Richtung Nordsee, ich muss mich ablenken, und es ist ohnehin viel zu heiß. Ich gehe mit nackten Füßen in Richtung Wasser. Der Sand ist weich und aufgeheizt, wird aber kühler, je näher ich der Wasserkante komme. Als die erste Welle über meine Zehen rollt, zucke ich kurz zusammen – das Wasser ist frisch, aber belebend. Es fühlt sich an, als würden meine Zellen nach und nach wieder mit Leben gefüllt werden. Langsam wate ich weiter hinein, schließe die Augen, atme tief ein und lasse die salzige Luft meine Lungen füllen. Ein leichter Wind streift über meine Arme, kitzelt sanft die feinen Härchen auf meiner Haut.

»Jetzt oder nie«, murmele ich und gehe den nächsten Schritt. Als das Wasser meine Hüften erreicht, halte ich kurz inne. Mit einem entschlossenen Ruck tauche ich ein, das

Wasser umschließt mich vollständig, kühlt meinen Körper, löscht die Hitze des Nachmittags.

Ich stoße mich mit den Beinen vom sandigen Boden ab und schwimme ein paar Züge hinaus. Hier draußen ist das Wasser dunkler, tiefer. Es fühlt sich an, als würde es mich tragen. Ich lasse mich auf dem Rücken treiben, die Arme ausgebreitet, und blicke hinauf in den Himmel. Die Sonne blendet leicht, ein einzelner Wolkenstreif zieht vorbei.

Das Meer ist sanft heute. Kleine Wellen wiegen mich. Das Salz legt sich wie ein unsichtbarer Film auf meine Haut. Ich streiche mit der Hand durch das Wasser, beobachte, wie sich kleine Wirbel um meine Finger bilden und wieder auflösen.

Weiter draußen sehe ich jemanden auf einem Surfbrett sitzen. Das muss der Mann sein, den ich vorhin schon beobachtet habe. Er scheint eine Pause zu machen, seine Arme liegen locker auf dem Brett, während er in die Ferne schaut. Es sieht so friedlich aus.

Ich tauche unter, das kühle Nass umhüllt mich vollständig. Unter Wasser ist alles gedämpft: die Geräusche, die Bewegungen, selbst das Licht. Es ist eine andere Welt, stiller, langsamer.

Noch eine Weile lasse ich mich im Wasser treiben, ziehe langsam ein paar Bahnen und genieße die Leichtigkeit, die das Meer mir schenkt. Es fühlt sich an, als würde das Wasser nicht nur meinen Körper, sondern auch meinen Geist reinigen, die Gedanken sortieren und Platz für Neues schaffen.

Als ich schließlich ans Ufer zurückkehre, fühle ich mich erfrischt und ruhig. Das Wasser läuft in kleinen Rinnsalen von meiner Haut, meine nassen Haare kleben an meinem

Rücken. Ich greife nach meinem Handtuch, wickele es um meine Schultern und setze mich auf meine Decke. Das Sonnenlicht ist nun milder, seine Strahlen wärmen sanft meine Haut. Ich lasse mich auf den Rücken fallen, schließe die Augen und lächle. Es gibt wenig, was sich so anfühlt wie ein Bad im Meer. In meiner Tasche höre ich mein Handy vibrieren. Ich hole es heraus und entsperre den Bildschirm. Die Nachricht ist von Phil.

> *Hey, Katharina, schön, von dir zu lesen. Ich fand*
> *es auch sehr schön. Wie geht's dir?*

Ich muss lächeln. Seine Nachricht löst mehr in mir aus, als ich gedacht hätte. *Mir geht's gut, danke, dir auch? Du hattest nach einer Wiederholung gefragt, wie sieht's aus?*, frage ich, ohne groß darüber nachzudenken.

> *Mir geht's auch gut, und ich hatte gehofft, dass*
> *du das fragst. Hast du heute Abend schon etwas*
> *vor?*

> *Noch nicht …*

> *Ich würde dich gern um 21:45 Uhr auf eine Reise*
> *mitnehmen. Das hört sich jetzt vielleicht ein*
> *bisschen merkwürdig an, aber ich glaube, es*
> *könnte dir gefallen. Wie klingt das?*

Bin dabei!, schreibe ich, lächle und stecke mein Handy zurück in meine Tasche. Auf eine Reise. Wohin wohl?

Kapitel 18

Es ist 21:43 Uhr. Ich werfe einen letzten prüfenden Blick in den Spiegel. Die alte Leinenhose sitzt, ich trage schwarze Sandalen, ein weißes Top und dazu eine Wickelstrickjacke. Mein Outfit ist schlicht, aber ich fühle mich sehr wohl darin. Auf ein kleines Highlight konnte ich allerdings nicht verzichten: silberne Creolen, die ich in unserem alten Zimmer gefunden habe.

Ich drehe den Kopf ein wenig und betrachte sie im Licht des Badezimmers. Sie sind eigentlich eine Spur zu groß, aber genau das gefällt mir. Ich streiche mit dem Finger über die linke Creole. Sie fühlt sich kühl und glatt an. Sofort denke ich an die Zeit, als ich sie das erste Mal getragen habe. Ich war vierzehn. *Bravo*-Zeit. Mein Zimmer war voll mit Postern von Tokio Hotel. Bill Kaulitz natürlich. Ich grinse. Seine wilden Haare und das schwarze Eyeliner-Kunstwerk um die Augen fand ich damals großartig. Eine Mischung aus düster und zerbrechlich. Gegensätzlichkeit, schon früher. Jede *Bravo* habe ich verschlungen, jede seiner Aussagen unterstrichen, als wären sie Botschaften an mich persönlich.

Die Musik von damals höre ich heute nicht mehr, aber

manchmal, wenn zufällig *Durch den Monsun* im Radio läuft, bin ich sofort wieder vierzehn. Und jetzt fühle ich mich auch fast so. Ich trage nicht nur die Creolen von früher, ich habe ein Date mit einem Musiker!

Ich atme tief durch. Die Creolen wecken nicht nur Erinnerungen an meine erste Schwärmerei, sie lassen mich an die Nächte mit Freundinnen denken, in denen wir uns gegenseitig die Nägel lackiert und über Jungs geredet haben. Und an dieses fast sorgenfreie Gefühl, dass alles möglich ist.

Ich greife nach meiner Tasche und werfe noch einen letzten Blick in den Spiegel. Meine Haare fallen in leicht zerzausten Wellen auf meine Schultern, ich liebe den Insellook, den das Salzwasser zaubert. Die Sonne hat ein natürliches Make-up in mein Gesicht gezaubert, meine Haut ist zart gebräunt.

Um Viertel vor öffne ich die Tür und gehe raus. Phil steht auf der gegenüberliegenden Straßenseite, schließt sein Fahrrad an und schaut lächelnd zu mir rüber. Er trägt Jeans und ein schwarzes Shirt. Über seiner Schulter hängt heute keine Gitarre, sondern ein moosgrüner Windbreaker.

Ich schließe die Tür und gehe zu ihm rüber. »Hey«, sage ich. Mein Herz schlägt ein kleines bisschen schneller. Vielleicht ist es Freude. Vielleicht ein Anflug von Nervosität. Oder beides.

»Na, bereit für die Reise?«, fragt Phil und drückt mich zur Begrüßung. Seine Umarmung fühlt sich fest und entschlossen an, das gefällt mir.

»So bereit, wie man für etwas Unbekanntes nur sein kann«, sage ich.

Phil grinst. »Dann komm mal mit, es ist nicht weit.«

Wir machen uns auf den Weg. Die Straßen sind still, nur das ferne Rauschen des Meeres und das gelegentliche Zirpen der Grillen begleiten uns.

Von der Straße aus gehen wir auf einen dunklen Feldweg, und ich weiß plötzlich, wo wir sind. »Gehen wir zur Sternwarte?«

Phil nickt. »Genau. Der Besitzer ist ein Bekannter von mir. Ich dachte, du würdest dich über eine kleine Himmelserkundung freuen.«

Ein warmes Gefühl breitet sich in meiner Brust aus. Wie lange ist es her, dass ich hier war? »Eine schöne Idee.«

Ich folge Phil durch ein Tor über einen Schotterweg, der zu einer urigen Hütte führt. Phil holt einen rostigen alten Schlüssel aus seiner Hosentasche, öffnet die Tür und leuchtet hinein. Das Licht der Taschenlampe tanzt kurz über die Wände. Sie sind aus dunklem Holz, das aussieht, als wär es vom salzigen Küstenwind gegerbt und von unzähligen Jahren gezeichnet.

Phil schaltet das Licht ein, und der Raum wird in ein warmes, sanftes Leuchten getaucht. Ich trete staunend ein und lasse meinen Blick schweifen. Die Hütte hat etwas Eigenwilliges. So wie ihr Besitzer, wenn ich mich recht erinnere.

Überall hängen Dinge, die Geschichten erzählen könnten: alte Fischernetze, die in den Ecken wie Spinnweben baumeln, Muscheln, die an Schnüren aufgefädelt wurden, und ein verrostetes Steuerrad, das an einem Haken über einem kleinen Holzofen befestigt ist. An den Wänden prangen eingerahmte Astrofotografien, die fremde Galaxien, leuchtende Nebel und strahlende Sterne zeigen. Dazwischen entdecke ich Karten. Einige wirken antik, als seien sie von Seefahrern gezeichnet, während andere moderne Sternenkarten sind, übersät mit Linien und Markierungen. Ein Fernrohr auf einem Stativ steht mitten im Raum, als wäre es gerade erst benutzt worden, und daneben lehnt ein Globus, der bei näherem Hinsehen den Nachthimmel abbildet, nicht die Erde. Im vorderen Bereich der Hütte entdecke ich Tische, auf denen etliche Teleskope ihren Platz gefunden haben. Daneben haufenweise kleinere Instrumente, die ich noch nie in meinem Leben gesehen habe, und ein Stapel Bücher.

»Hier finden normalerweise Vorträge statt«, erklärt Phil und zeigt auf eine Sitzecke. »Aber heute gehört die Hütte nur uns.«

Auf einem kleinen runden Tisch stehen eine Flasche Wein und zwei Gläser. Daneben, auf einem Bistrowagen, hat Phil ein paar Snacks angerichtet. Er hat sich ordentlich ins Zeug gelegt.

»Oh, das sieht aber alles gut aus!«

»Kleine Bruschetta-Happen, also geröstetes Brot, belegt mit marinierten Tomaten, frischem Basilikum und einem Hauch Balsamico«, erklärt Phil. »Dazu Caprese-Spieße, aber mal anders: Mozzarella, Mango und Basilikumblätter, die mit Olivenöl beträufelt und mit grobem Meersalz bestreut sind. In den kleinen Schälchen sind Oliven, eingelegte Artischockenherzen und marinierte Garnelen mit Zitrone und Knoblauch. Dazu selbst gebackenes Ciabatta. Und dann noch kleine Tartes mit Ziegenkäse und Feigen, garniert mit einem Tropfen Honig. Die perfekte Mischung aus süß und herzhaft.«

Seine Augen glänzen. Es ist schön, zu sehen, mit welcher Begeisterung er von den Köstlichkeiten berichtet. »Ich bin sicher, das schmeckt alles genauso gut, wie es aussieht.«

Er lächelt. »Das hoffe ich doch. Gutes Essen ist mir wichtig.«

Omas Pension fällt mir ein. »Vielleicht kannst du mir ein paar Tipps geben, wie ich unser Frühstück für die Gäste ohne größeren Aufwand etwas aufpeppen kann«, sage ich.

»Klar.« Er zieht einen Stuhl zurück. »Aber erst mal bist du eingeladen und sollst genießen.«

»Danke.« Ich setze mich, und Phil gießt Wein in unsere Gläser.

Kurz darauf stoßen wir an. »Auf die Sterne, die uns leiten, und auf die Magie der Nacht«, sagt er mit einem Augenzwinkern.

Der Wein schmeckt kräftig und fruchtig und passt wunderbar zu den kleinen Köstlichkeiten auf dem Tisch, wie ich feststelle, als ich einen der Caprese-Spieße nehme. Der frische Geschmack von Basilikum, Mozzarella und Mango entfaltet sich auf meiner Zunge. »Hmm!«

Phil zeigt auf die Tartes. »Ich hoffe, sie sind nicht zu kühl, sie sind am besten, wenn sie lauwarm sind.«

Sie sind schon ziemlich kalt, aber sie schmecken köstlich. Ich nehme noch eine und lehne mich zufrieden zurück. Der Abend am Strand, die Sternwarte, der Wein und jetzt diese Leckereien – Phil weiß wirklich, wie man Erinnerungen schafft, die bleiben.

Während wir essen, beginnt Phil von seiner Leidenschaft für Astronomie zu erzählen. »Ich habe schon als Kind stundenlang mit einem Fernglas den Nachthimmel beobachtet«, sagt er. »Die Unendlichkeit des Universums hat mich immer fasziniert. Jedes Mal, wenn ich durch das Teleskop schaute, fühlte ich mich wie ein kleiner Entdecker. Wenn am Himmel etwas Interessantes los ist, kann es gut und gerne passieren, dass ich mitten in der Nacht losfahre und stundenlang in einem Feld liege.«

»Das kann ich gut verstehen, ich war als Kind mal mit meinen Eltern und meinen Brüdern hier, da war ich vielleicht fünf, auf jeden Fall noch nicht in der Schule«, erzähle ich. »Komischerweise kann ich mich gar nicht mehr genau erinnern, wie es hier aussah. Ich habe das Gefühl, ich bin gerade zum ersten Mal hier. Aber ich weiß noch genau, dass ich danach unbedingt Astronautin werden wollte. Doch meine Brüder meinten, dass das nichts für mich wäre, weil ich Angst im Dunkeln hatte.« Ich lache leise und schüttle den Kopf. »Dabei war das gar nicht wahr. Ich hatte keine Angst vor der Dunkelheit, aber ehrlich gesagt davor, mich zu verirren – in der Unendlichkeit des Alls.«

Phil grinst. »Ich glaube, das kennt jeder. Dieses Gefühl, klein zu sein in einer riesigen Welt oder einem riesigen Universum.« Er lehnt sich zurück, sein Glas locker in der Hand. »Für mich waren die Sterne wie ein Kompass, der mir Sicherheit gegeben hat. Sterne haben etwas Beruhigendes. Sie sind immer da, egal was passiert, und auch wenn sie nicht immer sichtbar sind.«

Ich lasse seine Worte auf mich wirken. »So habe ich es noch nie gesehen, aber es ist ein schöner Gedanke. Als Kind habe ich mich jedoch oft gefragt, ob da oben jemand ist, der unsere Erde beobachtet so wie wir sie.«

Phil lacht. »Vielleicht ist es ja so. Und wer weiß, vielleicht sitzt da draußen gerade jemand mit einem Teleskop und schaut genau in unsere Richtung.«

Ich lächle. »Eine schöne Vorstellung. Und irgendwie auch ein bisschen gruselig.«

Phil nickt. »Das kann ich gut nachvollziehen. Möchtest du noch ein Glas Wein?«

»Sehr gerne!«

Phil schenkt uns ein. »Auf einen besonderen Abend.«

»Auf besondere Ideen«, erwidere ich, und dann stoßen wir an.

»Woher kennst du den Besitzer der Sternwarte eigentlich, Phil?«

»Er ist ein Bekannter meiner Familie«, erklärt er. »Durch ihn habe ich auch den Job als Koch bekommen.«

»Verstehe!«, sage ich und nippe an meinem Wein. »Und hier zu arbeiten wäre nichts für dich gewesen?«

Phil lacht. »Ich finde Astrologie zwar wirklich interessant und kenne mich auch ein bisschen aus, aber bei Weitem nicht genug, um hier ein Mehrwert zu sein.«

»Du hast eben andere Qualitäten.«

»Meinst du?«

»Na, ganz offensichtlich. Musik. Wie bist du eigentlich dazu gekommen?«

»Ich habe als Kind schon ständig gesungen«, sagt er lachend. »Meine Mutter musste mich regelrecht bitten, mal leise zu sein. Aber das hat nie lange angehalten.«

»Das erklärt, warum du auf der Fähre so souverän aufgetreten bist. Es war wirklich beeindruckend.«

Phil lächelt verlegen. »Danke. Ich schätze, die Musik hat mich einfach gefunden, ich hatte keine Wahl. Wie war das bei dir? Was hat dich zum Schreiben gebracht?«

»Eigentlich war es ganz ähnlich wie bei dir«, sage ich. »Ich habe mir schon als Kind ständig Geschichten ausgedacht und sie dann mit meinen beiden Brüdern nachgespielt.«

»Oh, da schlummert also auch schauspielerisches Talent in dir?«

»Ja, kann gut sein. Nach der Schule habe ich dann eine Ausbildung zur Erzieherin gemacht. Aber irgendwann habe ich gemerkt, dass das einfach nicht meins ist. Die Kreativität wollte raus, ich bin fast geplatzt.«

»Kommt mir bekannt vor. Und dann hast du deinen Job einfach aufgegeben?«

»Nein, ich bin einen etwas sichereren Weg gegangen. Ich habe eine Buchidee entwickelt und mich bei etlichen Literaturagenturen beworben. Den Weg ganz allein zu gehen, habe ich mich nicht getraut. Und so bin ich an den für mich weltbesten Agenten geraten.«

»Spannend, du hast einen Agenten. Es ist bestimmt eine große Erleichterung, nicht ganz allein mit der Verantwortung dazustehen.«

»Ja, absolut. Ich meine, am Ende muss ich natürlich die Bücher schreiben, aber es ist ein schönes Gefühl, ja. Er hat schon viel für mich getan. Gibt es so was nicht auch für Musiker?«

»Bestimmt, ja, vielleicht muss ich mich da noch mal ein bisschen mehr informieren.«

»Aber weißt du, was eigentlich ein riesiger Traum von mir ist?«, frage ich.

»Möchtest du es mit mir teilen?«

Ich nicke. »Ich würde gern einen Ort für kreative Menschen schaffen. Einen Rückzugsort, an dem man sich um sich und seine Projekte kümmern kann.«

»Ein kreativer Ort der Begegnung, das ist eine tolle Idee, Katharina. Ich wäre sicher ein guter Kunde von dir.«

Ich muss lachen. »Ja, ich wäre selbst auch eine gute Kundin.«

Phil nippt an seinem Glas, steht auf und schaut aus dem Fenster. Ein Lächeln umspielt seine Lippen. »Ich habe noch eine Überraschung für dich. Ich glaube, es ist Zeit«, sagt er und reicht mir seine Hand.

Ich greife danach. Sanft, aber bestimmt hilft er mir auf. Phil führt mich aus der Hütte hinaus. Wir gehen einen kleinen Weg durch den Garten entlang und stehen vor einem Gebäude mit rundem Dach. Das muss die eigentliche Sternwarte sein, ich erinnere mich ganz grob daran. Eine schmale Treppe windet sich hinauf in die Kuppel.

»Warst du mit deinen Brüdern auch hier oben?«, fragt Phil und deutet eine Wendeltreppe hinauf.

»Ich glaube schon, aber ich bin sehr gespannt.«

Phil geht vor, ich folge ihm die Treppe hinauf in die Kuppel der Sternwarte.

»Wow!«, sage ich und lasse meinen Blick schweifen. Die Kuppel ist von innen mit Holz verkleidet. Es sieht aus, als stamme es vom Rumpf eines Schiffes. Zu einer Seite hin ist sie geöffnet. In der Mitte steht ein großes Teleskop, dessen Linse auf den Sternenhimmel gerichtet ist.

Phil justiert das Gerät, wirft einen kurzen Blick hindurch und tritt dann zur Seite. »Schau mal.«

Ich beuge mich vor und blicke durch die Linse, und dann stockt mir der Atem. »Oh, mein Gott, ist das Saturn?«

Phil nickt. »Mit seinen Ringen. Faszinierend, oder?«

»Es ist unglaublich«, sage ich und kann mich kaum von dem Anblick lösen. Was ich sehe, wirkt fast unwirklich, wie ein kleines Abziehbild. Ich wusste zwar, wie Saturn aussieht, aber mit eigenen Augen … »Ich wusste, dass Saturn Ringe hat, aber ihn so deutlich zu sehen … das fühlt sich irgendwie magisch an.«

»Die Ringe bestehen aus Milliarden von Eis- und Gesteinsbrocken«, erklärt Phil. »Manche sind so klein wie Sandkörner, andere so groß wie ganze Häuser.«

»Das wusste ich gar nicht.« Ich richte mich auf und sehe ihn an. »Und doch wirken sie so zart, fast zerbrechlich.«

Er nickt nachdenklich. »Genau das fasziniert mich immer wieder. Selbst Trümmer und Bruchstücke können, wenn sie in der richtigen Ordnung zusammenfinden, etwas Atemberaubendes erschaffen. Aus Chaos kann Schönheit entstehen. Und interessanterweise auch Ordnung.«

Seine Worte bleiben mir im Kopf hängen. Ich blicke noch einmal durch das Fernrohr und habe plötzlich das Gefühl, das ich auf mein Leben blicke, in dem es oft genug chaotisch zuging. Zerbrochene Beziehungen, unerfüllte Träume, Momente, in denen alles auseinanderzufallen schien. Und doch, genau wie die Ringe des Saturn, ergibt dieses Chaos in der Rückschau ein Muster, eine Art fragile Schönheit. Vielleicht braucht es manchmal nur den richtigen Blickwinkel, um das zu erkennen.

Ich lehne mich langsam vom Teleskop zurück und sehe Phil an. »Das ist ein schöner Gedanke«, sage ich leise. »Dass auch aus Trümmern etwas Wunderschönes entstehen kann.« Immerhin stehe ich jetzt gerade in einer Sternwarte, neben mir ein verdammt netter Mann, nicht weit entfernt von uns ist das Meer.

Er lächelt sanft, fast nachdenklich. »Ich glaube, wir Menschen unterschätzen oft, wie gut wir darin sind, uns neu zu ordnen. Wir sehen die Bruchstücke und denken, dass nichts mehr zusammenpasst. Dabei brauchen wir manchmal nur ein bisschen Geduld. Oder eine neue Perspektive.«

»Du hast recht.« Vor ein paar Tagen habe ich noch unglücklich über die Vergangenheit nachgedacht. Jetzt mache ich mir Gedanken über meine Zukunft, wie es mit der Pension weitergehen soll, mit meinem Beruf. Irgendwann werde ich die Antworten darauf finden. Ich lächle und schaue noch einmal durch das Fernrohr. »Wie lange hat er wohl gebraucht, um seine Ringe zu formen? Millionen von Jahren? Jahrmilliarden? Weißt du das?«

»Das ist eine der großen Fragen, auf die die Astronomie noch keine ganz sichere Antwort hat. Eine Theorie ist, dass sie seit der Entstehung des Sonnensystems existieren. Dann wären sie also etwa 4,5 Milliarden Jahre alt.«

Er macht eine kurze Pause, als wolle er abwarten, ob

mich das wirklich interessiert, doch ich hänge an seinen Lippen.

»Die andere Theorie ist, dass die Ringe viel jünger sind, vielleicht nur hundert bis zweihundert Millionen Jahre alt und aus den Überresten eines Mondes oder eines Kometen entstanden sind, der zu nahe an den Saturn geriet und von seiner Schwerkraft zerrissen wurde.« Er zuckt mit den Schultern. »Egal wie viele Jahre sie schon auf dem Buckel haben, jetzt sind sie auf jeden Fall noch da, bevor sie irgendwann für immer verschwinden.«

»Oh, echt? Wie schade.«

Sein Blick wird ernst. »Ja, leider. Die NASA hat festgestellt, dass die Ringe langsam abregnen und nach und nach auf den Planeten fallen. In weniger als hundert Millionen Jahren könnten sie vollständig verschwunden sein.«

Ich lächle wehmütig. »Das ist kaum vorstellbar. So etwas Großartiges – einfach weg.«

»Eben deshalb sollten wir jeden Moment genießen, in dem wir sie sehen können, genau wie alles andere, das vergänglich ist.«

»Ja …« Ich seufze. Ohne darüber nachzudenken, drücke ich ihn an mich. »Danke!«

Er hält mich einen Moment fest, unsere Blicke treffen sich. Dann streicht er mir eine Haarsträhne aus dem Gesicht, neigt sich vorsichtig vor, und unsere Lippen treffen sich. Der Kuss ist zart, vorsichtig und fühlt sich richtig an.

Als wir uns kurz darauf wieder voneinander lösen, huscht ein Lächeln über meine Lippen. »Das war …«

» … nicht geplant«, beendet Phil den Satz und streicht

sich verlegen durchs Haar. »Entschuldige bitte.« Er geht auf Abstand. »Das hätte nicht passieren dürfen.«

Ich bin so überrascht, dass ich nicht weiß, was ich sagen soll. Die Wärme des Kusses hängt noch in der Luft, doch Phils plötzlicher Rückzug verunsichert mich. Ich will protestieren, ihm sagen, dass ich es sehr schön fand. Aber meine Worte bleiben stecken. »Ist schon okay«, sage ich schließlich und ärgere mich über mich selbst.

»Lass uns zurück in die Hütte gehen«, schlägt Phil vor.

Ich schaue ein letztes Mal durch die Öffnung des Daches in den Himmel, der voller Sterne und Planeten hängt. Einer davon ist Saturn.

Zurück in der gemütlichen Hütte, sitzen wir uns gegenüber, ein Glas Wein in der Hand. Phil hat Kerzen angezündet. Die warmen Lichter tanzen auf den Wänden, werfen weiche Schatten auf die Astrofotografien und den Sammelsurium-Krimskrams. Es fühlt sich beinahe perfekt an – wenn der Kuss nicht gewesen wäre, den ich noch immer auf meinen Lippen spüre.

Phil erzählt von seinem ersten Besuch auf Norderney, wie er als Teenager mit seinen Eltern hierherkam und sich in die endlose Weite des Himmels verliebte. »Die Sterne sind hier so klar«, sagt er und nimmt einen Schluck von seinem Wein. »Das hat mich inspiriert, mein eigenes Lied über die Unendlichkeit zu schreiben.«

»Singst du es mir vor?«, frage ich, ein wenig mutiger, weil der Wein meine Zunge gelockert hat.

»Vielleicht irgendwann«, antwortet Phil schüchtern lächelnd. »Aber erzähl du erst mal, was ist das für ein Gefühl, wenn du aus Buchstaben Worte, aus Worten Sätze und aus Sätzen eine Geschichte werden lässt?«

Ich lehne mich zurück, drehe mein Weinglas langsam in der Hand und starre kurz auf die kleinen Lichtfunken, die sich durch die Reflexion im Glas bilden. Dann blicke ich zu Phil. »Wenn es gut läuft, dann sehe ich die Charaktere bildhaft vor mir, höre ihre Stimmen, spüre, was sie fühlen. Und dann fügen sich die Worte von selbst aneinander, als hätten sie nur darauf gewartet, herauszukommen. Es ist dann, als würde ich auf einer Welle reiten«, fahre ich fort. »Mal ist sie ruhiger, mal stürmischer. Und manchmal …« Ich halte inne und beiße mir auf die Lippe.

»Manchmal?«, fragt er vorsichtig.

»Manchmal, so wie jetzt im Moment, bricht sie einfach ab.« Ich zucke die Schultern. »Und dann stehe ich da, gestrandet auf trockenem Sand, weiß nicht, wie ich zurück ins Wasser kommen soll. Dann starre ich auf den Bildschirm oder den blinkenden Cursor, schreibe, lösche, schreibe und lösche, bis ich das Gefühl habe, komplett leer zu sein. Und dann kriecht die Angst in mich. Die Angst, dass es keine neue Welle geben wird.«

Phil überlegt einen Moment, dann sagt er: »Vielleicht brauchst du gar keine Welle. Vielleicht reicht ein Tropfen, der ins Wasser fällt, um etwas in Bewegung zu setzen.«

»Ein Tropfen?«

Er lächelt. »Ja. Manchmal reicht bei mir ein kleiner Funke, um ein Feuer zu entfachen. Oder ein einzelnes Wort, um einen Liedtext ins Rollen zu bringen.«

Ich sehe ihn an und spüre, wie sich etwas in mir regt – ein Hauch von Inspiration. Vielleicht ist es genau das, was mir gefehlt hat. Kein großer Plan, keine perfekte Idee, sondern ein Tropfen, der die Oberfläche zum Zittern bringt.

»Du hast recht«, sage ich schließlich und muss plötzlich grinsen. »Ich muss ja nicht gleich eine Flutwelle auslösen. Vielleicht fange ich einfach mit einem Tropfen an.«

Phil hebt sein Glas. »Auf Tropfen, die Wellen schlagen.«

Ich stoße mit ihm an und spüre zum ersten Mal seit Wochen, dass sich etwas in mir wieder zu bewegen beginnt.

»Um was genau soll es gehen in deinem neuen Buch?«

»Tja, wenn ich das so genau wüsste …«

Die Zeit vergeht, und das Gespräch fließt mühelos, für einen Moment vergesse ich alle Sorgen. Tom, die Pension, die Frage nach dem, was ich wirklich will – alles scheint meilenweit entfernt. Auch Phils Reaktion auf den Kuss spielt keine Rolle mehr.

Nach einer weiteren Stunde steht er auf. »Ich muss dich jetzt leider für zwei Minuten allein lassen, das stille Örtchen ruft«, sagt er und zeigt auf die Tür. »Lass dich nicht von den Geistern hier drin erschrecken.«

Ich lache und schüttle den Kopf. »Geister? Sehr originell.«

Er verlässt die Hütte, und ich schaue ihm mit einem Lächeln auf meinem Gesicht nach.

Ich greife gerade nach einem der köstlichen Mozzarella-Spieße, als das Display von Phils Handy aufleuchtet. Es liegt direkt neben der Weinflasche, und mein Blick fällt nur zufällig darauf. Ich will mich eigentlich sofort abwenden, aber die wenigen Worte auf dem Bildschirm sind so kurz, dass ich sie in einem einzigen Augenblick erfasst habe, bevor mein Gehirn begreift, was ich da überhaupt lese:

Ich vermisse dich. Sehr!

Mein Herz macht einen unangenehmen Sprung. Ich weiß, dass ich hätte wegsehen sollen. Schuld kriecht in mir hoch. Ich hätte es nicht lesen dürfen, auch wenn es ein Versehen war. Jetzt fühle ich mich, als hätte ich etwas genommen, das mir nicht gehört: Ein Stück von seinem Privatleben, das er mir vielleicht gar nicht gewähren wollte.

Ich rücke unruhig auf meinem Stuhl hin und her und versuche, meine Gedanken zu ordnen. Soll ich ihn darauf ansprechen? Oder so tun, als hätte ich nichts gesehen? Aber ich kann die Worte nicht mehr ungelesen machen. Sie schwirren in meinem Kopf herum, hallen nach und lassen sich nicht abschütteln. Es könnte alles Mögliche bedeuten. Ein Familienmitglied, eine alte Freundin, vielleicht eine Schwester? Meine Gedanken überschlagen sich. War das Lied auf der Fähre für sie? Und was mache ich dann hier, mitten in einer Sternwarte, in einer Blase aus Romantik, Nähe und Kreativität, wenn sein Herz vielleicht schon vergeben ist? Daher die Reaktion nach unserem Kuss, denke ich. Jetzt macht sie Sinn.

Da zieht Phils Handy wieder meine Aufmerksamkeit auf sich. Das Display leuchtet erneut. Wieder schaue ich automatisch hin. Diesmal ist es ein eingehender Anruf, der lautlos den Namen Lara ankündigt.

Ich stehe auf und schaue mir eines der Bilder an der Wand

an, ein atemberaubendes Foto des Orionnebels, das in schimmernden Blau- und Violetttönen leuchtet.

»Bin wieder da«, sagt Phil.

Ich drehe mich zu ihm um und sehe, wie Phil sein Handy nimmt. Dann tippt er etwas und steckt es in seine Hosentasche.

»Ein schönes Bild«, sagt er. Seine Stimme klingt ruhig, aber ich bilde mir ein, einen Hauch von Anspannung darin zu hören. Oder projiziere ich meine eigene Unsicherheit auf ihn?

»Ja, wunderschön«, antworte ich und zwinge mich zu einem Lächeln.

»Es ist schon kurz vor eins, sollen wir langsam mal zurückgehen?«, fragt er.

An die Uhrzeit hatte ich gar nicht gedacht, die Zeit mit Phil ist wie im Flug vergangen. Dass Lara ihn um diese Uhrzeit anruft, spricht dafür, dass die beiden eine persönliche Beziehung haben, in welcher Form auch immer. Aber es ist mir unangenehm, ihn jetzt danach zu fragen. Obwohl der Kuss, auch wenn Phil sich dafür entschuldigt hat, schon ein Grund wäre, es zu tun. Aber ich entscheide mich dagegen. »Dann lass uns schnell noch aufräumen.«

Aber Phil schüttelt den Kopf. »Wir sollten nur das Fingerfood einpacken, es wäre schade darum.«

»Okay.«

Schon zehn Minuten später stehen wir draußen. Bei unserer ersten Verabredung war ich diejenige, die geflüchtet ist. Jetzt habe ich das Gefühl, dass es Phil nicht schnell genug geht, von mir wegzukommen.

Auf dem Weg zu Omas Haus sprechen wir noch einmal über die Sterne, und Phil erklärt mir etwas über Tagundnachtgleiche auf dem Saturn. Er erzählt von den Schatten, die dabei entstehen, und von hohen Bergen in den Ringen, die nur dann sichtbar werden. Doch seine Stimme klingt anders als zuvor – ruhiger, fast zurückhaltend. Und auch ich merke, dass meine Antworten kürzer sind, als ich es eigentlich will. Es fühlt sich an, als würden wir beide versuchen, ein Gespräch am Leben zu halten, während der Elefant im Raum, oder besser gesagt, die Nachricht von Lara, zwischen uns steht. Als wir Omas Haus erreichen, bleibe ich vor dem Gartentor stehen. Die Nacht ist still, nur das Rauschen der Bäume im Wind ist zu hören.

Phil tritt einen Schritt zurück und steckt die Hände in die Taschen. »Also …« Er zögert, und zum ersten Mal heute wirkt er fast unsicher. »Es war ein sehr schöner Abend.«

Ich nicke. »Ja, das war es.«

Ein Moment vergeht, in dem keiner von uns etwas sagt. Dann räuspert er sich. »Ich würde dich gern wiedersehen.«

Mein Herz macht einen kleinen Satz, aber mein Verstand hält es zurück. Ich weiß nicht, was ich sagen soll – nicht nach diesem Abend, nicht nach der Nachricht auf seinem Handy.

Phil sieht mich an, als würde er versuchen, in meinem Gesicht zu lesen. »Meld dich, wenn du magst«, sagt er schließlich.

Ich nicke langsam. »Ja, das mach ich.«

Er zögert noch einen Moment, dann lächelt er ein leises, fast vorsichtiges Lächeln. »Gute Nacht.«

»Gute Nacht, Phil.«

Ich warte, bis er sich umdreht und in der Dunkelheit verschwindet, bevor ich selbst die Tür öffne und ins Haus trete. Mein Kopf ist voller Gedanken, aber keiner von ihnen lässt sich wirklich greifen.

In meinem Zimmer stelle ich mich ans Fenster und schaue aus dem Fenster in den Himmel. Dabei lasse ich den Abend noch einmal vor meinem inneren Auge Revue passieren. Trotz des merkwürdigen Endes und der Unsicherheit, die sich seit der Nachricht auf Phils Handy in meinen Gedanken festgesetzt hat, spüre ich auch etwas anderes: eine tiefe Dankbarkeit für die Stunden, die wir miteinander verbracht haben. Die Gespräche über die Sterne, über Chaos und Schönheit, über die Ringe des Saturn, die vergänglich sind und doch so beeindruckend, all das hat etwas in mir berührt. Ich denke an den Moment, als ich durch das Teleskop geblickt und Saturn gesehen habe. Wie klein ich mich gefühlt habe und gleichzeitig so verbunden mit etwas Größerem. Und ich denke an Phil, wie er von seinen Beobachtungen erzählt hat, mit dieser Begeisterung, die ansteckend war und mich nun daran erinnert, warum ich Geschichten schreibe.

Vielleicht ist es das, was mir heute am meisten gegeben hat – neue Anregungen und Perspektiven. Ein kleiner Funke, der Tropfen im Meer, der meine Gedanken wieder in Bewegung bringt.

Ich beschließe, den Abend so zu nehmen, wie er war: als etwas Schönes, das mich zum Nachdenken gebracht hat. Und was Phil betrifft, da werde ich abwarten. Mir Zeit lassen.

Vielleicht melde ich mich. Vielleicht auch nicht. Und vielleicht ist das gerade genau richtig so.

Eine halbe Stunde später liege ich im Bett. Zu müde, um noch ein paar Zeilen zu schreiben, aber zu aufgekratzt, um sofort einzuschlafen. Da fällt mir plötzlich ein, dass ich als Kind Astronautin werden wollte. Und wie Oma an meinem Bett gesessen hat und mir gesagt hat, dass ich alles werden kann, wenn ich es nur will. Ich schließe die Augen und sehe mich als kleines Mädchen in einer Rakete in Richtung Saturn fliegen. Kurz darauf fällt mir auf einmal die Muschelelfe Penny Perlenglanz wieder ein, und ich sehe Mathilda am Strand Muscheln in ihren Eimer sammeln. Dass die kleine Elfe verschlafen hat, nicht rechtzeitig aus ihrem Muschelhaus weg ist und jetzt in Mathildas Eimer herumpurzelt, weiß Mathilda noch nicht …

Kapitel 19

Ich werde von lauten Stimmen geweckt. Ein wütender Tonfall, unterbrochen von einer tieferen, fast brummenden Stimme. Malte. Mein Magen zieht sich zusammen, während die Geschehnisse der letzten Nacht in meinen Kopf schießen. Phil. Der Kuss. Lara. Das Handy. Am liebsten würde ich mich wieder in die Decke wickeln und die Welt ausblenden. Aber die Stimmen lassen mir keine Ruhe. Widerwillig schwinge ich die Beine aus dem Bett, ziehe mir schnell eine Jeans und ein T-Shirt über, fahre mit meinen Fingern durch meine zerzausten Haare und tappe barfuß zur Tür.

Als ich die Treppe hinuntergehe, höre ich Malte klarer. »Ich verstehe nicht, wie das passieren konnte. So etwas ist absolut inakzeptabel, da haben sie mehr als recht, Herr Flemming.«

Ich bleibe stehen. Mein Herz hämmert. Was, um Himmels willen, ist los?

»Ich erwarte eine Rückerstattung! Das Frühstück war eine Zumutung!« Eine Frauenstimme, schrill und verärgert, lässt mich zusammenzucken.

Ich betrete den Frühstücksraum und bleibe wie angewurzelt stehen. Malte steht mit verschränkten Armen am Buffet, sein Gesicht ist starr. Als er mich sieht, bildet sich der Anflug eines Lächelns auf seinen Lippen. Vor ihm stehen drei Gäste, zwei Frauen und ein Mann, die offensichtlich alles andere als zufrieden sind. Die nette Frau von neulich Morgen ist nicht dabei.

»Guten Morgen«, sage ich zögernd, doch niemand reagiert.

»Ach, da ist ja die Dame des Hauses«, sagt die jüngere Frau mit einem bissigen Unterton. Sie dreht sich zu mir um und fixiert mich mit einem Blick, der mich noch kleiner werden lässt, als ich mich ohnehin schon fühle. »Vielleicht können Sie mir erklären, warum der Stuten so bitter schmeckt.«

»Und warum die Nussmuse vollkommen ungenießbar sind«, fügt der Mann hinzu.

Ich blinzele. »Das kann doch nicht sein«, murmele ich und trete näher.

»Probieren Sie selbst«, fordert die ältere Frau und schiebt mir eine Scheibe Stuten mit einem Klecks Nussmus auf einem Teller entgegen.

Mit zitternden Händen nehme ich den Teller und probiere einen Bissen. Sofort verzieht sich mein Gesicht. Der Stuten ist tatsächlich bitter, sehr sogar. Das Nussmus so salzig, dass es mir die Kehle zuschnürt. Aber wie? Gestern war doch alles in Ordnung! Ich habe es selbst getestet. Die Sachen waren frisch und gut.

»Ich … ich verstehe das nicht«, stammele ich, während die Blicke der Gäste auf mir brennen.

Malte räuspert sich. »Vielleicht liegt es daran, dass du so

viele Änderungen hier einführst, ohne wirklich zu wissen, was du tust«, sagt er kühl.

Seine Worte treffen mich wie ein Schlag ins Gesicht. Stellt er mich gerade wirklich bloß? Vor den Gästen?

»Das ist nicht fair«, protestiere ich leise.

»Nicht fair?« Er hebt eine Augenbraue. »Die Gäste erwarten Qualität, Katharina. Das hier ist keine Experimentierküche.«

Die Unsicherheit, die sich die ganze Nacht in mir angestaut hat, bricht über mir zusammen wie eine Flutwelle. Ich fühle mich wie eine unfreiwillige Statistin in einem schlechten Film. Wo sind bitte die Kameras? Aber da spiele ich nicht mit. Nicht heute, nicht jetzt.

»Es tut mir sehr leid, dass das Frühstück so misslungen ist, das wird natürlich behoben«, sage ich mit fester Stimme zu den Gästen und schenke ihnen ein entschuldigendes Lächeln. Dann wende ich mich Malte zu: »Ich denke, das sollten wir unter vier Augen besprechen.« Ohne ein weiteres Wort drehe ich mich um, laufe zurück in mein Zimmer, nehme Uroma Hennys Buch und meine Tasche, ziehe meine Sandalen an und verlasse das Haus. Meine Beine zittern, warum fasst mich die Situation dermaßen an? Ich lasse die Tür hinter mir ins Schloss fallen und gehe in Richtung Straße. Im Vorgarten entdecke ich Maltes Fahrrad. Egal, denke ich, schiebe es vom Grundstück und steige auf.

Der Wind trocknet die Tränen, die mir über die Wangen laufen. Ich trete fester in die Pedale, als könnte ich all das, was in den letzten Stunden passiert ist, hinter mir lassen. Phil,

Malte, die enttäuschten Gäste – ich will sie alle aus meinen Gedanken verbannen. Wie kann Malte nur so respektlos mit mir umgehen? Das war mehr als unprofessionell, und ich frage mich wirklich, was ich ihm getan habe. Ich fahre immer weiter und weiter den befestigten Dünenweg entlang. Links von mir das Meer, rechts von mir Berge aus Sand. Ich will möglichst weit weg von Menschen, brauche Ruhe, das habe ich schon in Kassel gespürt, und jetzt ist dieses Gefühl wieder ganz präsent. Vielleicht war die Reise auf die Insel ein Fehler. Gerade hat Tom noch in meinen Gedanken herumgespukt, jetzt sind es Malte und Phil. Ob das so ein guter Tausch war?

Meine Beine fahren mich Richtung Inselende, und wo der Weg auf die Salzwiesen trifft, finde ich eine Bank. Sie steht einsam da, mit Blick auf das Meer. Perfekt! Ich stelle das Fahrrad daneben ab, setze mich und seufze. Hier ist es friedlich. Keine Menschen, lediglich das Meer, ein paar Möwen und ich. Aber meine Gedanken wollen nicht aufhören zu rotieren. Ich muss mich irgendwie ablenken. Mein Blick wandert zu meiner Tasche. Ich hole Uromas Buch heraus und schlage es auf.

Wir saßen da, du schautest mich an. Nicht aufdringlich, aber intensiv. Ein Lächeln machte sich auf deinen Lippen breit, dann blicktest du zur Bühne und zeigtest auf einen Mann. Er trug ein Jackett, wirkte nervös. Du nanntest mir seinen Namen, aber ich hatte ihn sofort wieder vergessen. Du erzähltest, dass er das Stück geschrieben hatte. Plötzlich wurde es still, eine Geschichte aus einer anderen Zeit zog mich in ihren Bann. Eine Zeit des Wiederaufbaus, des Ringens mit den Schatten des Krieges und der Sehnsucht nach einem Neubeginn. Auf der Bühne kämpften die Figuren mit Schuld, Hoffnung und dem unaufhaltsamen Fortgang des Lebens. Ihre Stimmen waren klar, ihre Bewegungen eindringlich, und doch konnte ich mich nicht ganz auf sie konzentrieren.

Immer wieder spürte ich deine Nähe. Es war deine stille, aber unübersehbare Präsenz, die mich fast mehr berührte als die Worte der Schauspieler. Manchmal wagte ich es, zu dir hinüberzusehen. Es war, als wärest du nicht nur Zuschauer des Stücks, sondern Regisseur eines unsichtbaren Spiels, das nur uns beide umfasste. Als der letzte Vorhang fiel und die Zuschauer in Applaus ausbrachen, fühlte ich mich eigenartig erschöpft. Nicht wegen des Stücks, sondern wegen der inneren Spannung, die dieser Abend in mir hervorgerufen hatte. Der Applaus verklang, doch die Stimmung blieb.

Wir verließen das Theater, die frische Nachtluft traf mein Gesicht, klärte meinen Geist. Doch statt Antworten brachte sie mir nur neue Fragen. Es war eine stille Verabschiedung, doch sie hatte Gewicht. Der Abend fühlte sich nicht wie ein Ende an, sondern wie der Auftakt zu etwas Größerem, etwas Unbekanntem. Du sagtest mir, dass du mich in zwei Tagen vor der Marienhöhe treffen wolltest, zur gewohnten Zeit. Die Nacht war still, doch in mir tobte ein Sturm. Ich ging langsam, Schritt für Schritt, als könnte ich das Gewicht dieses Abends abschütteln. Aber es war zwecklos. Dein Blick, deine Stimme, die Art, wie du mich angesehen hattest – all das haftete an mir wie der Rauch deiner Zigarre, unaufhaltsam, durchdringend.

Ich wusste, dass es falsch war.

Alles in mir schrie danach, die Grenze zu ziehen, die Vernunft sprechen zu lassen. Ich kannte die Regeln. Ich wusste, was sich gehörte und was nicht. Und doch … Ich konnte nicht anders. Es war wie ein Gift, süß und verhängnisvoll. Ich hatte es längst gekostet, längst zugelassen, dass es sich in meinen Adern ausbreitete. Jede Faser meines Seins wusste, dass ich aufhören sollte. Jetzt, in diesem Moment, bevor es zu spät war. Aber war es das nicht schon?

Ich konnte mich nicht erinnern, wann ich die Kontrolle verloren hatte. War es in dem Augenblick gewesen, als ich den Zettel mit deiner Einladung las? Oder war es der Moment, als ich deinen Arm nahm, als hätte es nie eine andere Möglichkeit gegeben? Die Straßen waren leer, die Nacht kühl. Ich blieb stehen, schloss die Augen, atmete tief durch. Vielleicht, wenn ich tief genug atmete, könnte ich dich aus mir herauspressen. Vielleicht würde sich dann alles auflösen, als wäre nichts geschehen.

Aber das tat es nicht.

Stattdessen blieb dein Bild, klarer noch als zuvor. Dein Lächeln, halb verborgen, halb eine Herausforderung. Deine Hand auf meinem Arm, die kaum etwas tat und mich doch mehr hielt als jede Fessel.

Ich dachte an die Marienhöhe.

Zwei Tage.

Ich wusste, dass ich gehen würde.

Genauso, wie ich wusste, dass ich es nicht tun sollte.

Aber wenn Sünde so schmeckte, so bittersüß, so unentrinnbar, dann wollte ich sie kosten. Immer wieder.

Ich starre auf die Worte, als könnten sie mir eine Antwort geben, die ich zwischen den Zeilen suche. *Seit vierundzwanzig Ta-*

gen kein Wort mehr geschrieben. Diese Notiz, so unscheinbar sie auch ist, wirft meine gesamte Vorstellung von der Geschichte aus der Bahn.

Bisher hatte ich geglaubt, dass meine Uroma Henny all das selbst erlebt hat. Dass sie mit ihrer Feder Erinnerungen auf Papier gebannt hat, damit sie nicht verloren gehen. Aber was, wenn es nicht so war? Was, wenn diese Geschichte nicht ihre eigene war, sondern die einer Figur, die sie erschaffen hat?

Ein leises Schaudern läuft mir über die Haut.

Kann es sein, dass ich ihre Neigung zum Schreiben geerbt habe? Dass sie genau wie ich mit Worten gerungen, gezweifelt, gestrichen und neu geschrieben hat?

Ich erinnere mich an all die Momente, in denen ich selbst an meinem Schreibtisch gesessen habe, unfähig, auch nur eine Zeile zustande zu bringen. Die Nächte, in denen ich mich selbst fragte, ob meine Geschichten überhaupt einen Wert haben. Ist es ihr genauso gegangen? Hat sie den gleichen Kampf mit sich selbst geführt?

Die letzten Worte der Theaterszene hallen in mir nach: *Ich wusste nicht, wohin das führen würde. Aber tief in mir spürte ich, dass ich bereits auf dem Weg war.*

Was ist eigentlich mein Weg? Was mache ich hier? Ich will schreiben! Stattdessen sitze ich auf dieser Insel, lasse meine Gefühle von Männern beeinflussen, die noch vor ein paar Tagen keine Rolle gespielt haben. Ich kümmere mich um alles außer um das, worum ich mich kümmern sollte: mein Buch. Alles mache ich ein bisschen, aber nichts konsequent. Und jetzt haben Uromas Zeilen etwas in mir berührt, das ich nicht greifen kann, etwas, das tief unter der Oberfläche ruht.

Manchmal, schrieb sie, *muss man das Meer anschreien, damit es einen hört. Damit man sich selbst hört.*

Ich lege das Buch zur Seite, lasse die Worte in mir nachklingen. Das Meer anschreien. Es klingt absurd, und doch spüre ich, wie diese Worte in mir nachhallen, wie sie etwas in mir berühren, das ich nicht ganz greifen kann. *Das Meer anschreien.* Es klingt absurd, und doch ... Ich verstehe es.

Ich stelle mir vor, wie sie dort gestanden hat, meine Uroma Henny, vielleicht mit Tränen in den Augen, vielleicht mit Wut im Herzen. Wie ihre Stimme sich gegen den Wind gestemmt hat, gegen die tosenden Wellen, als könne sie all ihre Zweifel, ihre Ängste hinausbrüllen, bis nichts mehr übrig bleibt als Stille.

War es das, was sie tat? Sich selbst aus dem Schweigen befreien? Sich in ihre Worte zurückkämpfen?

Ich atme tief durch.

Die Notiz hat etwas in mir wachgerufen, eine Unruhe, die nicht nur mit ihrer Geschichte, sondern auch mit mir selbst zu tun hat. Ich bin Schriftstellerin, so wie sie es war. Und ich kenne das Gefühl, wenn die Worte nicht mehr kommen, wenn die Leere in einem wächst und man sich fragt, ob man je wieder schreiben wird.

Plötzlich packt mich eine seltsame Sehnsucht. Ich will ans Meer. Ich will es sehen, will hören, wie die Wellen an den Strand schlagen, will spüren, ob ich den Mut habe, es auch anzuschreien – so wie sie es tat.

Denn vielleicht ...

Vielleicht würde es auch mich hören.

Ich stehe auf, nehme meine Tasche und gehe Richtung Strand. Der Wind wird stärker, je näher ich komme. Es fühlt sich an, als würde er mich vorantreiben, mich drängen, es zu tun. Ich gehe zwischen den Dünen hinunter zum Strand. Der weiche Sand gibt unter meinen Füßen nach. An der Meerschaumlinie bleibe ich stehen, außer mir ist niemand da. Nur ich und das endlose Blau des Himmels, das sich mit dem Meer verbindet. Die Wellen rollen heran, unaufhörlich, gleichmäßig wie ein Herzschlag.

Ich ziehe meine Sandalen aus und gehe barfuß den Spülsaum entlang. Der Sand ist schon warm von der Sonne des Tages.

Ich bleibe stehen, grabe meine Zehen tief in den feuchten Sand und schaue auf das Wasser hinaus. Der Gedanke zu schreien fühlt sich seltsam an. Wann habe ich das letzte Mal richtig laut geschrien? Als Kind? Vielleicht, wenn ich mir wehgetan habe. Oder wenn Ole und Kai mich bis zur Weißglut geärgert haben. Aber als Erwachsene?

Ob ich es versuchen soll? Ich öffne den Mund, aber es kommt kein Laut heraus. Es fühlt sich fremd an, ungewohnt. Die Wellen machen unbeeindruckt weiter, während ich einen inneren Kampf mit mir führe. Was hält mich auf? Was bremst mich?

»Warum ist das so schwer?«, flüstere ich zu mir selbst.

Ich versuche es erneut. »Ahhh …« Es klingt schwach, ein erster Versuch, ein zögerliches Echo. Meine Gedanken wandern zu Tom, dann zu Phil und schlussendlich zu Malte. Ich balle die Fäuste, schließe die Augen und hole tief Luft. Und dann schreie ich. Ein kurzer, heiserer Schrei, der im Wind verschwindet. Ich atme ein und schreie wieder. Diesmal lauter. Es ist ein wildes, rohes Gefühl, als hätte ich eine Tür geöffnet, hinter der all meine Gefühle eingesperrt waren.

»WARUM MUSS ALLES SO SCHWER SEIN?« Der Schrei reißt an meiner Kehle, meine Stimme klingt mir fremd.

Ich schreie weiter. »ICH MACHE DAS NICHT MEHR« und weiter »ICH LASSE LOS« und weiter »ICH ENTSCHEIDE SELBST« und weiter »ICH BIN STARK« und weiter »ICH KANN SCHREIBEN – ICH WERDE WIEDER SCHREIBEN«, »AAAAH!«

Es fühlt sich an, als würde ich Stück für Stück eine Last abwerfen, die ich so lange mit mir herumgetragen habe. Eine Unsicherheit, die sich über alle Dinge gestülpt hat. Ich vertraue meinen Fähigkeiten nicht, deswegen gehe ich die Dinge nur halbherzig an. Und genau das ist es auch, warum mich die Situation mit den Gästen vorhin so aufgewühlt hat. Ich habe Angst zu scheitern, und genau das ist heute mit dem Frühstück passiert. Der Wind weht meine Schreie davon, nimmt sie mit aufs Meer hinaus. Meine Stimme hallt in meinen Ohren nach, aber ich fühle mich leichter. Irgendwann lasse ich mich in den Sand fallen, völlig außer Atem, meine Brust hebt und senkt sich. Ich sehe hinaus auf das Meer, das sich nicht verändert hat. Es ist immer noch da, immer noch unerschütterlich. Es macht fast den Eindruck, als hätte es mich akzeptiert, mich einfach in den Kreislauf aufgenommen. Und plötzlich weiß ich, was ich tun muss. Ich werde mit Malte reden. Ich werde ihm sagen, dass ich Verantwortung für die Dinge übernehmen möchte, mich aber nicht so von ihm behandeln lasse. Grenzen setzen. Und dann werde ich endlich schreiben!

Gerade als ich aufstehen will, sehe ich eine Frau in einer Latzhose mit hochgekrempelten Beinen den Spülsaum entlangkommen. Ihr rotbraunes Haar leuchtet in der Sonne. Neben ihr läuft ein goldgelockter Hund.

Während ich noch überlege, woher ich sie kenne, hebt sie den Arm, winkt und ruft: »Ich wusste, dass ich dich irgendwann treffe. Auf Ney trifft man sich immer mindestens zweimal.«

Es ist Fenja.

»He!«, rufe ich und stehe auf.

Kurz darauf umarmt sie mich, während ihr Hund an mir hochspringt.

»Unten bleiben, Elli!«, schimpft sie. »Elsbeth!«

Ich muss lachen. »Sag mir nicht, das ist wirklich ihr Name.«

Fenja grinst mich an. »Doch, das ist Elsbeth von Fliederhain. Aber wir nennen sie meistens einfach Elli.«

Ich lache und streichle die goldgelockte Labradoodle-Hündin, die mich mit großen, freundlichen Augen ansieht. »Elsbeth von Fliederhain klingt ja fast königlich.«

Fenja schmunzelt. »Na ja, ihr Stammbaum ist tatsächlich ziemlich beeindruckend. Ihre Großmutter war eine preisgekrönte Ausstellungshündin namens Gräfin Emilie von Rosenquarz. Und ihr Vater – halt dich fest – hieß Lord Leopold vom Eichenwald.«

Ich kann mir ein Lachen nicht verkneifen. »Das klingt, als

sollte deine Elli eher auf einem roten Teppich laufen als im Sand buddeln.«

Fenja schüttelt den Kopf. »Du würdest staunen, wie gern sie im Dreck wühlt. Vornehm ist an ihr wirklich nur der Name.«

Elli bellt kurz, als wolle sie dem zustimmen, und ich kraule ihr weiter das weiche Fell. »Na, Elsbeth von Fliederhain, du hast Glück, dass Fenja dich nicht mit vollem Titel rufen muss. Das wäre ein ganz schönes Stück Arbeit.«

Fenja lacht. »Oh, das würde ich auch nie schaffen. Elli reicht völlig.«

Wir setzen uns nebeneinander in den Sand, und während Elli vergnügt kleine Löcher buddelt, sieht Fenja mich von der Seite an und fragt: »Sag mal, hast du da gerade so laut gebrüllt?«

Kapitel 20

Obwohl wir Teenager waren, als wir uns das letzte Mal gesehen haben, schütte ich Fenja mein Herz aus. Es fühlt sich fast an, als wäre die Zeit dazwischen nur ein flüchtiger Moment gewesen, den wir jetzt einfach überspringen. »Und deshalb habe ich das Meer angeschrien«, beende ich meinen Bericht.

»Klingt, als hättest du gerade eine Menge Ballast abgeworfen«, sagt Fenja und stützt sich auf die Ellbogen. »Das sollte ich auch mal versuchen.« Sie grinst. »Wenn ich den Ton auf meiner Drehscheibe anbrülle, kommt am Ende irgendwas Schiefes dabei raus, und ich fühle mich erst recht nicht besser. Ich habe auch schon versucht, den Ton gegen die Wand zu schmeißen. Wenn ich den Fleck sehe, entdecke ich ein Gesicht darin, das jedes Mal anders aussieht. Nur eines ist immer gleich: Es schaut mich vorwurfsvoll an.«

Ich lache. »Das klingt nach einer Inspirationsquelle für Albträume.«

»Oder nach einem Nervenzusammenbruch«, erwidert Fenja. »Daraus könnte man einen Thriller machen: Das Gesicht an der Wand.« Sie schneidet eine dramatische Grimasse. »Ein Psychothriller in Ton und Keramik.«

»Das geht nicht.« Ich schüttle lachend den Kopf. »Dann bekäme ich tatsächlich schlechte Träume und könnte kein Auge mehr zumachen. Schon wenn ich spannende Bücher lese, wälze ich mich die halbe Nacht im Bett herum. Wie soll ich da einen Thriller schreiben?«

»Das ist ein gutes Argument. Im Ernst, ich glaube, dass diese Flecken, ob an der Wand oder im Kopf, einfach zum Leben dazugehören. Manchmal starren sie uns an und fordern uns heraus, manchmal lassen sie uns etwas verstehen, was wir vorher so nicht gesehen haben. Ich habe mich entschieden, ihn nicht zu übermalen. Er erinnert mich daran, dass es in Ordnung ist, wenn etwas schiefgeht. Außerdem sieht es aus wie ein Kunstwerk, zwar nicht perfekt, aber es gefällt mir.«

»Dann sollten wir vielleicht eine Galerie für unperfekte Kunst eröffnen. Dein Fleck an der Wand und meine leeren Seiten könnten die ersten Ausstellungsstücke sein.«

Fenja grinst übers ganze Gesicht. »Guter Plan.«

Neben uns wälzt sich Elsbeth von Fliederhain im feuchten Sand und genießt ihr unbeschwertes Dasein.

»Hund müsste man sein.«

»Dann bist du immer von deinem Herrchen oder Frauchen abhängig, und dein Glück hängt davon ab, wie er oder sie dich behandelt«, antwortet Fenja.

»Stimmt auch wieder.« Ich seufze und schaue hinaus aufs Meer. »Aber das Wasser anschreien, das ist gut, einfach mal alles rauslassen.«

»Und was machst du jetzt mit Phil und Malte?«

»Das, was ich gleich hätte machen sollen«, antworte ich.

»Reden, Fragen stellen, für Klarheit sorgen und dann Entscheidungen treffen. Ich mag Phil, da war von Anfang an etwas zwischen uns, und alles hat sich gut angefühlt. Aber wenn er wirklich eine Beziehung hat, hak ich das ab. Dann ging der Kuss nicht, und er hätte mich gar nicht erst zu so einem persönlichen Treffen einladen dürfen. Und Malte?« Ich zucke mit den Schultern. »Den verstehe ich einfach nicht. Irgendwas ist da, aber ich weiß beim besten Willen nicht, was es sein könnte. Vielleicht versuche ich, noch einmal in Ruhe mit ihm zu reden.«

Fenja überlegt kurz. »Ja, das hört sich nach einem guten Plan an. Ich bin mal gespannt, was Phil dir antwortet, wenn du ihn fragst. Du musst unbedingt berichten. Zu der Sache mit Malte kann ich leider nicht viel sagen. Wir hatten schon länger keinen Kontakt mehr. Klar, wir sehen uns ab und zu auf der Insel, aber so richtig befreundet sind wir nicht. Warum, weiß ich selbst nicht. Eigentlich mag ich ihn. Ich weiß nur, dass sein Opa vor ein paar Wochen gestorben ist. Und dass Malte und er wahrscheinlich ein ganz gutes Verhältnis hatten und er bestimmt sehr traurig ist.«

»Oh, das tut mir leid, das wusste ich nicht«, sage ich. Malte hat mir nichts davon erzählt. Ich seufze. »Er hat mir indirekt vorgeworfen, dass ich mich so lange nicht gemeldet habe. Und er hat ja auch irgendwie recht.«

»Oder auch nicht. Ich bin sicher, du hattest deine Gründe. Und außerdem bist du ja jetzt hier.«

»Das habe ich auch gesagt. Aber ich hätte trotzdem noch einmal nach Ney kommen sollen.«

»Das finde ich allerdings auch.« Sie strahlt mich an. »Aber

wie gesagt, jetzt bist du ja da. Was hältst du von einem Frauenabend? Heute um acht. Ich werde noch zwei Freundinnen fragen, ob sie auch Zeit haben. Oder hast du schon was vor?«

»Noch nichts. Und ich bin gerne dabei! Wann und wo?«

»Bei mir!«, sagt sie und lächelt verschmitzt. »Zur Ausstellungseröffnung. Ich bin gespannt, wie dir mein Wandbild gefällt.«

»Gute Idee, dann kann ich mir auch gleich deine getöpferten Sachen anschauen.«

»Und du bringst deine leeren Seiten mit!«

»Abgemacht. Und was noch?«

»Nur dich«, sagt Fenja, und ich nicke glücklich.

Als ich zurück zum Haus fahre, geht es mir gut. Ein unbeschwerter Frauenabend ist genau das, was ich jetzt brauche.

Ich stelle Maltes Rad im Vorgarten ab und betrete die Pension. Es ist ruhig im Haus. Weder von den enttäuschten Gästen noch von Malte ist etwas zu sehen. Ich gehe in die Küche. Von dem ungenießbaren Frühstück fehlt jede Spur, Malte hat alles weggeräumt.

Gerade als ich nach oben auf mein Zimmer gehen will, sehe ich aus den Augenwinkeln eine Bewegung im Garten. Es ist Malte. Er steht auf der alten Leiter und hängt fast mit seinem ganzen Oberkörper zwischen den Blättern des Kirschbaumes. An einem seiner Arme baumelt ein hellblauer Plastikeimer, der bestimmt schon fünfundzwanzig Jahre alt ist. Den hat Oma auch damals schon zum Pflücken benutzt. Ich straffe die Schultern und gehe entschlossen zu ihm. Auf dem

Boden steht bereits ein bis oben hin voller Eimer mit Kirschen, daneben zwei Schüsseln.

»He«, sage ich und schaue zu Malte hoch.

»He.«

»Danke, dass du dich um die Kirschen kümmerst.«

»Das hätte ich schon längst machen sollen«, entgegnet er trocken.

»Die Ernte sieht üppig aus.«

»Ja, ist sie, wie jedes Jahr.«

»Vielleicht sollten wir Marmelade kochen«, schlage ich vor. »Wie meine Oma früher.« Plötzlich fallen mir die Nussmuse wieder ein. »Oder wirst du die auch versalzen?« Ich bereue sofort, was ich gesagt habe. Eigentlich hatte ich vor, etwas behutsamer und geschickter vorzugehen. Aber jetzt ist es raus.

Langsam steigt Malte zwei Stufen hinunter. Ich rechne damit, dass er es leugnet oder mit irgendeiner fadenscheinigen Erklärung um die Ecke kommt. Aber das Gegenteil passiert. Er fährt sich durchs Haar und seufzt schwer, bevor er langsam die letzten Sprossen der Leiter hinuntersteigt. Dann stellt er den Eimer ab, vermeidet meinen Blick und wirkt, als würde er innerlich kämpfen. Schließlich sieht er mich doch an, mit einem Ausdruck von Scham, den ich so noch nie an ihm wahrgenommen habe.

»Du hast recht«, sagt er leise. »Ich habe die Nussmuse absichtlich versalzen.«

Seine Worte treffen mich härter, als ich erwartet hätte, obwohl ich es geahnt habe. Ich starre ihn an, während mein Herz laut in meiner Brust schlägt. »Warum?«

Malte schüttelt den Kopf, als würde er es selbst nicht ganz verstehen. »Ich war wütend«, sagt er schließlich. »Auf alles. Auf die Situation, auf … dich. Du bleibst jahrelang weg, dann kommst du wieder, und es hat sich angefühlt, als würdest du alles besser wissen. Ich wollte …« Er bricht ab und starrt auf die Kirschen am Boden. »Jetzt tut es mir leid. Wirklich. Ich hätte einfach mit dir reden sollen, statt so einen kindischen Mist zu machen. Du kannst absolut nichts dafür. Es war falsch, und ich weiß, dass ich damit mehr kaputt gemacht habe als nur die Nussmuse. Es ist nur so, dass …« Er zuckt mit den Schultern. »War alles ein bisschen viel die letzte Zeit.«

Ich drücke die Lippen zusammen und kämpfe mit den widersprüchlichen Gefühlen in mir: Wut, Enttäuschung, aber auch Erleichterung, weil er ehrlich ist, und Verständnis für seine Situation. Ich weiß ja, wie es sich anfühlt, wenn einem alles über den Kopf wächst. »Ich wollte doch nur helfen«, sage ich und seufze. »Wusstest du, dass Omas Pension rote Zahlen schreibt?«

»Ja«, sagt er. »Und ich habe auch schon mit Enna darüber gesprochen.« Er fährt sich wieder verlegen durchs Haar. »Das war ja mein Problem. Ich habe ihr etliche Strategien vorgeschlagen, aber sie wollte von keiner was wissen. Aber sie hat mir angeboten, dass ich die Pension irgendwann übernehmen und dann alles ändern kann, was ich will.« Er räuspert sich. »Also nicht das ganze Haus, nur die Pension. Damit sie hier wohnen bleiben kann und jemanden hat, der sich um alles kümmert. Ich hätte ihr dann eine Art Pacht bezahlt.«

»Echt?«

Er nickt. »Was hältst du von einem Kaffee, und wir sprechen dabei über alles in Ruhe? Da ist noch etwas, wobei ich dringend deinen Rat brauche.«

»Okay«, sage ich. »Und dazu eine Scheibe …« Ich halte inne, weil mir der Gedanke an den Stuten direkt wieder die Laune verdirbt. Der bittere Geschmack steckt mir immer noch im Gedächtnis.

Malte runzelt die Stirn und seufzt. »Ich weiß, der Stuten war ungenießbar. Aber keine Sorge, ich hab was mitgebracht.«

Er geht zu einem Korb, der neben der Tür steht, und holt eine Schachtel heraus. »Ich war eben noch bei der Inselloft-Bäckerei. Ich dachte, du könntest vielleicht ein Stück Mohnkuchen vertragen.«

Ich sehe ihn überrascht an. »Mohnkuchen? Du erinnerst dich, dass ich den besonders gern mag?«

Er zuckt mit den Schultern und wirkt plötzlich wieder etwas verlegen. »Natürlich erinnere ich mich. Außerdem dachte ich, ich könnte mich damit wieder ein kleines bisschen beliebt machen.«

Ich muss lachen, trotz der angespannten Stimmung zwischen uns. »Das ist immerhin ein Anfang.«

Malte lächelt, ein ehrliches, erleichtertes Lächeln. »Na, dann komm. Kaffee und Kuchen – und ich verspreche, beim nächsten Mal rede ich, bevor ich irgendwas kaputt mache.«

Ich nicke und folge ihm ins Haus mit dem Gedanken, dass manchmal ein Stück Kuchen der beste Weg ist, um etwas Bitteres in etwas Süßes zu verwandeln.

Eine halbe Stunde später haben wir noch mal über die

Sache mit den Nussmusen und dem Stuten gesprochen und den leckeren Kuchen aufgegessen. »Wenn Oma dir angeboten hat, die Pension weiterzuführen, dann meint sie es auch so«, sage ich. »Du kennst sie doch, sie redet nicht viel. Aber wenn sie etwas sagt, dann steht sie auch dazu.« Ich schaue ihn an und bemerke, wie er nachdenklich auf den Tisch blickt, wo noch ein paar Krümel des Kuchens liegen.

»Es gibt da noch etwas, das ich dir erzählen muss«, sagt er plötzlich, und sein Tonfall verändert sich. Die Leichtigkeit des Gesprächs ist verschwunden, und ich sehe ihm an, dass ihn etwas bedrückt.

»Was ist los?«, frage ich vorsichtig.

»Weißt du«, sagt er schließlich, »manchmal ist die Wahrheit so kompliziert, dass man sich fragt, ob es überhaupt richtig ist, sie auszusprechen.«

Ich runzle die Stirn. »Was meinst du?«

Malte legt die Hände um seine Tasse, als wolle er sich daran festhalten. »Ich habe Briefe gefunden. Alte Briefe von deinem Uropa an meine Uroma. Sie hatten … eine Beziehung. Eine Affäre.« Er hebt den Blick und sieht mich direkt an.

Ich spüre, wie mein Atem stockt, als die Worte aus seinem Mund gefallen sind. »Eine Affäre?«, wiederhole ich, als müsste ich das Gesagte laut aussprechen, um es begreifen zu können. Malte nickt langsam, seine Hände umklammern die Tischkante, als bräuchte er etwas, woran er sich festhalten kann.

»Ich weiß, wie es klingt«, sagt Malte leise. »Aber die Briefe lügen nicht. Sie sind eindeutig. Sie haben sich regelmäßig getroffen. Und es war nicht nur eine kurze Episode.«

Ich schüttle den Kopf, meine Gedanken rasen. »Aber warum hast du das nicht schon früher gesagt? Warum jetzt?«

Malte senkt den Blick, als ob er die Antwort selbst kaum fassen könnte. »Ich habe es auch jetzt erst erfahren, nachdem mein Großvater gestorben ist. Er wusste es, die Briefe waren in seinen Unterlagen. Dein Uropa ist auch mein Uropa. Meine Uroma war schwanger von ihm, mein Großvater war der Sohn deines Urgroßvaters und meiner Uroma.«

Ich spüre, wie mein Herz schneller schlägt. Maltes Worte hängen schwer in der Luft, und plötzlich scheint der Raum viel kleiner zu sein. Mein Uropa … der, von dem meine Oma so oft erzählt hat, als wäre er ein unfehlbarer Held ihrer Kindheit … hat meine Uroma betrogen. Und nicht nur das – mit Maltes Uroma.

»Das …« Ich suche nach den richtigen Worten, aber sie scheinen mir zu entgleiten. »Das bedeutet, wir sind verwandt?« Meine Stimme zittert leicht.

Malte nickt langsam, sein Blick voller Unsicherheit. »Ja, irgendwie schon. Zwar weit entfernt, aber … es verbindet uns.«

Ich brauche einen Moment, bis ich den kompletten Zusammenhang begreife. »Das heißt auch, dass meine Oma und dein Opa Geschwister waren.«

»Halbgeschwister, ja.«

»Das ist der Hammer!« Wärme breitet sich in mir aus, die ich in der Form nicht erwartet hätte. Ich spüre, wie meine

Lippen sich zu einem Lächeln verziehen, ein ehrliches Lächeln. »Malte, das ist fantastisch!«

Er sieht mich an, als hätte ich den Verstand verloren. »Fantastisch? Ich dachte, du wärst … keine Ahnung … wütend oder schockiert.«

Ich schüttele den Kopf, immer noch lächelnd. »Wütend? Nein. Ich meine, klar, es ist ein bisschen verrückt, und es wirft so viele Fragen auf, aber Malte … wir sind verwandt! Du bist, wir sind … Familie!«

Er schüttelt langsam den Kopf. »Ich hatte wirklich Angst, dir das zu sagen. Ich dachte, das würde alles kompliziert machen.«

»Familie ist kompliziert«, gebe ich zu. »Aber das hier? Das ist nicht kompliziert. Jetzt haben wir noch mehr, was uns verbindet. Wir sind also Cousin und Cousine.«

Malte atmet tief durch, und ich sehe, wie die Anspannung aus seinen Schultern verschwindet. »Urgroßcousin und -cousine, aber nur halbe«, erklärt er. »Cousin und Cousine wären wir, wenn wir denselben Vater hätten.«

Meine Gedanken überschlagen sich. »Nein, dann wären wir Geschwister, Malte! Aber dann bist du auch mit Imke verwandt. Wer hätte das gedacht? Wir gehören alle zu einer Familie.«

»Stimmt.« Er sieht mich einen Moment lang an, dann lächelt er. Ein echtes, warmes Lächeln, das mir zeigt, wie viel ihm meine Worte bedeuten.

»Und du hast es Oma Enna noch nicht erzählt?« Ich denke kurz über das Verwandtschaftsverhältnis der beiden nach.

»Du bist doch dann ihr Großneffe, wenn dein Opa ihr Bruder war.«

Malte kratzt sich am Kopf.

Ich stehe auf, hole Stift und Papier, und ein paar Minuten später haben wir eine Ahnentafel mit den uns bekannten Daten aufgemalt. Dabei fällt mir ein Name besonders auf: Henrike. Mein Urgroßvater hat meine Uroma Henny betrogen.

Kapitel 21

Das Gespräch mit Malte war gut und wichtig, aber es hat mich auch erschöpft. Bevor ich zu Fenja gehe, brauche ich dringend noch ein bisschen Zeit für mich. Ich lege mich auf mein Bett, verschränke die Arme hinter meinem Kopf und seufze. Dabei fällt mein Blick auf das Buch meiner Urgroßmutter. Ob ich noch einen Blick wagen soll?

Ich wartete.

Der Tisch in der Marienhöhe war derselbe wie damals, als alles begann. Aber die Luft schmeckte schwerer an dem Tag, das Rauschen des Meeres wirkte ferner, beinahe stumpf. Jedes Mal, wenn die Tür sich öffnete und ein Mann mit Hut eintrat, spürte ich, wie mein Herz für einen Moment schneller schlug – ein törichter Reflex, der mir bald lächerlich erschien. Doch keiner von den Eintretenden warst du.

Sekunden wurden zu Minuten. Minuten wurden zu Stunden. Die Schatten der Stühle auf den Holzdielen dehnten sich, als würden auch sie müde vom Warten werden. Ich fragte mich, ob du mich bewusst versetztest oder ob etwas passiert war. Vielleicht hattest du die Insel längst verlassen. Vielleicht war ich für dich nie mehr als ein flüchtiger Zeitvertreib gewesen. Eine Spielerei.

Der Blick hinaus aufs Meer brachte keine Ruhe. Die Wellen roll-

ten an den Strand, nur um sich kurz darauf wieder zurückzuziehen. Immer wieder. Ich erkannte mich in diesem ewigen Kommen und Gehen, diesem hoffnungsvollen Herantasten, gefolgt vom bitteren Rückzug.

Mit jeder verstreichenden Minute wich die leise Hoffnung. Dann kam Wut. Und schließlich Traurigkeit. Ich wollte dir vertrauen. Vielleicht wollte ich zu sehr glauben, dass es diesmal anders wäre. Aber es war nicht anders. Männer wie du – sie spielen mit Nähe, nur um am Ende fortzugehen. Wie alle vor dir. Ich fühlte mich zurückgelassen. Verraten von jemandem, der nie wirklich da war. Doch dieses Mal wird es keinen weiteren Versuch geben. Keine weiteren Spiele, keine stillen Einladungen. Ich werde niemandem mehr erlauben, mich auf diese Weise aus dem Gleichgewicht zu bringen. Ich werde mich dem widmen, was ich kontrollieren kann. Meinen Worten, meinen Geschichten, meiner Arbeit. Ich werde nicht länger am Rand stehen und warten. Nicht mehr verzeihen und wegsehen. Ich werde selbst entscheiden, wohin ich gehe. Das Meer zieht sich zurück, aber ich werde nicht länger mit ihm gehen.

Notiz an mich selbst: Diese Geschichte fand schneller ein Ende als gedacht. So auch meine, irgendwann werde ich von der Insel gehen. Den Verrat hinter mir lassen. Neu anfangen.

Ergriffen blättere ich eine Seite weiter. Doch sie ist leer, und so auch die folgenden. Ob das der Moment war, in dem Uroma Henny erfahren hat, dass ihr Mann sie mit Maltes Uroma betrogen hat? Es würde so viel Sinn machen, doch wahrscheinlich werde ich das nie herausfinden.

Es sei denn … Ich greife zu meinem Handy und wähle

Omas Kontakt aus. Es klingelt nur zweimal, bis ich ihre vertraute Stimme höre. »Katharina?«

»Hallo, Oma, wie geht's dir?«, frage ich.

»Sehr gut, der Arzt hat heute gesagt, dass ich nächste Woche nach Hause darf. Endlich, ich kann das Essen für alte Leute hier nicht mehr ertragen, es ist alles so weich gekocht.«

Ich muss schmunzeln. Oma scheint noch immer die Alte zu sein. »Das freut mich wirklich sehr zu hören!«

»Aber sag schon, warum rufst du an? Ist etwas passiert?«

»Nein, aber Oma, du weißt ja, dass ich das Buch von Uroma lese.«

»Mhm«, macht Oma.

»Und ich habe mich gefragt, was wirklich passiert ist, als sie und dein Vater sich getrennt haben.«

»Ach, das ist schon so lange her. Und genau kann ich es dir ehrlich gesagt auch nicht erzählen. Ich weiß nur, dass es einen riesigen Streit gab. Es war schlimm, die ganze Insel hat davon gesprochen. Ich war noch jung, aber ich erinnere mich daran, dass alles plötzlich ganz schnell ging. Nachdem herausgekommen war, dass Mutti meinen Vati betrogen hatte, war es, als wäre eine unsichtbare Grenze gezogen worden. Doch anders, als alle dachten, ist sie nicht sofort gegangen. Sie hat gewartet. So, als hätte sie eine Entscheidung getroffen, die niemand wirklich verstanden hat. Sie blieb, bis ich die Schule und meine Ausbildung abgeschlossen hatte. Erst als ich auf eigenen Beinen stand, ist sie gegangen. Norderney war nie ihr Zuhause, das habe ich schon als Kind gespürt. Vielleicht hat sie nur auf eine Gelegenheit gewartet, vielleicht war das alles ein Vorwand, um endlich zu gehen. Sie ist nach

Hamburg gezogen und hat allein gelebt. Ich glaube aber, sie hat einen Freund gehabt, über den sie aber nie gesprochen hat. Vielleicht war es der Mann aus dem Buch. Ich weiß es nicht. Aber ich weiß, dass ich sie damals sehr vermisst habe. Und dass ich mir mit den Erfahrungen, die mir das Leben geschenkt hat, heute wünsche, es wäre wirklich der Mann aus dem Buch gewesen.«

»Wie alt warst du da?«

»Knapp zwanzig, als sie ihre Koffer gepackt hat«, antwortet Oma und seufzt. Ihre Stimme klingt leiser, müder als zuvor.

Einen Moment herrscht Stille zwischen uns. Nur das leise Rauschen der Leitung ist zu hören, als würde die Entfernung zwischen uns für einen kurzen Moment spürbarer werden.

»Wir hatten danach kaum noch Kontakt«, sagt sie schließlich. »Hamburg war weit weg, und sie … sie hat sich sehr zurückgezogen. Ich weiß nicht, ob es Scham war oder einfach ihr Wunsch, ein neues Leben zu führen, ohne Ballast. Ohne mich.« Sie lacht kurz, aber es ist ein trauriges, brüchiges Lachen. »Oder vielleicht wollte sie mich auch nur nicht belasten. Ich weiß es nicht. Ich werde es auch nie wissen.«

Ich halte das Telefon fester, als könnte ich dadurch die Distanz überbrücken. Ich weiß, dass sie nicht oft über ihre Mutter spricht, und jetzt verstehe ich ein bisschen besser, warum.

»Sie ist ja auch relativ jung gestorben«, fügt Oma hinzu, »an einem Aneurysma, wie du ja weißt«, und in ihrer Stimme liegt etwas, das ich nicht ganz greifen kann – Bedauern oder etwas, das noch schwerer wiegt.«

»Das tut mir sehr leid, Oma«, sage ich. »Danke, dass du mir das erzählt hast. Aber …« Ich zögere kurz. Oma scheint wirklich nicht zu wissen, was damals passiert ist. Die ganze Insel scheint gedacht zu haben, dass Uroma Henny die Böse in der Geschichte war.

»Aber?«, hakt Oma nach, »jetzt rück schon raus mit der Sprache. Ich rieche über das Meer hinweg, dass dir etwas auf der Seele brennt.«

»Oma …«, beginne ich vorsichtig. »Es war nicht Henny, nicht deine Mutter. Sie ist nicht fremdgegangen. Zumindest glaube ich das nicht. Ich denke, sie hat eine Geschichte aufgeschrieben, die sie erfunden hat. Vielleicht bin ich nicht die Erste in der Familie, die schreibt.«

»Darüber habe ich auch schon nachgedacht«, sagt Oma überraschenderweise. »Weil der Schreibstil so gar nicht nach Tagebuch klingt. Aber es hat alles gepasst. Meine Eltern sind sehr lieblos miteinander umgegangen, manchmal habe ich sogar gedacht, sie mögen sich noch nicht einmal. Und kaum war ich alt genug, hat meine Mutter Norderney verlassen.«

»Na ja, dafür könnte es aber auch einen anderen Grund geben. Malte hat mir da etwas verraten, ich wollte es dir eigentlich nicht am Telefon sagen, aber …« Ich schlucke. »Dein Vater … Er war es …«

Sie schweigt, nachdem ich ihr alles erzählt habe.

»Es tut mir so leid, Oma!«

Ich halte den Atem an. Warte auf ihre Reaktion. Ein entsetztes Keuchen? Ein Schockschweigen? Tränen vielleicht?

Doch was dann kommt, hätte ich am wenigsten erwartet.

Oma lacht. Erst ein leises Kichern, dann ein lautes, warmes, herzhaftes Lachen.

Ich blinzle verwirrt. »Oma?«

»Na so was!«, japst sie zwischen zwei Lachern. »Mein lieber Himmel, Katharina! Stell dir das mal vor! Die ganze Insel hat jahrelang getratscht, und am Ende war alles ganz anders! Oh, das ist zu köstlich!«

Ich starre ungläubig auf mein Telefon. »Oma, du … du findest das lustig?«

Sie beruhigt sich langsam, schmunzelt noch hörbar. »Was soll ich denn sonst tun, Kind? Mich in den Hintern beißen, weil ich jahrzehntelang an etwas geglaubt habe, das gar nicht wahr war? Nein, nein. Das ist einfach … unfassbar! Ich kann's kaum fassen. Mein Vater also. Der liebe, ehrenwerte Herr.«

Mit dieser Reaktion hätte ich nun wirklich nicht gerechnet. »Bist du gar nicht wütend?«

»Nein, es ist alles Vergangenheit, und mich wundert es auch nicht. Mein Vater war immer ein Schlitzohr, aber dass er die Angelegenheit einfach umgedreht hat, ist schon ein starkes Stück.«

»Ja … Und deswegen war Malte auch so komisch zu mir.«

»Ich habe auch gemerkt, dass ihn etwas bedrückt hat. Wenn ich zurück bin, rede ich mit ihm. Er muss sich keine Sorgen machen.«

»Das habe ich ihm auch gesagt, Oma. Wir hatten ein sehr offenes Gespräch.«

»Nun, das könnte wirklich bedeuten, dass die Geschichte

in dem Buch frei erfunden war. Es sei denn, meine Mutter hatte ebenfalls ein Techtelmechtel. Wer weiß das schon? So oder so hast du es im Blut, Katharina. Das Schreiben ... Und ich bin wahnsinnig stolz auf dich deswegen.«

»Danke, Oma. Es bedeutet mir viel, dass du das sagst.«

»Das war lange überfällig.« Sie seufzt, und ich kann sie fast vor mir sehen, wie sie ungläubig den Kopf schüttelt. »Mein Vater und Maltes Oma, unfassbar! Aber nimm es mir nicht übel, ich möchte gern noch ein bisschen über die ganze Sache nachdenken.«

»Natürlich, Oma, das verstehe ich. Danke noch mal, dass du mir alles erzählt hast.«

Sie seufzt noch einmal.

»Tschüss, Oma!«, sage ich und lege auf. Puh. Wie schnell sich die Dinge verändern können. *Du hast es im Blut, Katharina. Das Schreiben,* hallen mir Omas Worte durch den Kopf. Instinktiv wandert meine Hand zu meinem Notizbuch. Ich öffne es und betrachte die leere Seite. Mein Herz klopft schneller. Ich setze den Stift an. Erst ein Wort. Dann noch eins. Ein Satz entsteht, dann noch einer. Ohne nachzudenken, lasse ich die Buchstaben fließen, wie Wellen, die an die Küste schlagen. Und ehe ich es begreife, schreibe ich.

Eine eigene Geschichte.

Der Wind weht sanft durch mein Haar, als ich vor Fenjas Haus stehe. Das Gespräch mit Malte hängt mir immer noch nach, der letzte Eintrag meiner Uroma Henny und die ersten Worte, die ich nun endlich verfasst habe.

Ich klingle, und in dem Moment fällt mein Blick auf einen

Zettel, der schief an der Tür klebt. In dicker, verschnörkelter Schrift steht darauf:

Kommt in den Garten, wir sind im Atelier!

Darunter eine gezeichnete Wegbeschreibung, ein kleiner, verspielter Pfeil, der um das Haus herumführt. Sogar kleine Blumen und vier Frauen mit einer Teetasse sind auf die Skizze gekritzelt. Ich muss schmunzeln. Typisch Künstlerin.

Der schmale Pfad führt seitlich am Haus vorbei in den Garten. Er ist wild, gleichzeitig aber liebevoll gepflegt. Zwischen hohen Gräsern und Blumen entdecke ich ordentlich angelegte Beete, in denen Kräuter, Gemüse und bunte Stauden wachsen. In der Mitte des Gartens steht eine große Trauerweide. Wie die meisten Bäume auf Norderney ist sie nicht sehr hoch, sie wirkt eher gedrungen und breit, auch sie muss sich gegen die rauen Inselwinde stemmen. Ihre langen, schmalen Zweige hängen bis fast auf den Boden herab, wie ein grüner Vorhang, der den Baum umhüllt und ihm mit den vielen kleinen Windspielen aus Muscheln und Glasperlen, die darin hängen, eine mystische Ausstrahlung verleiht. Unter der Weide steht eine kunterbunte, mit vielen kleinen Fischen angemalte Holzbank, die zwischen den Ästen und Zweigen hervorblitzt.

Es riecht nach feuchter Erde und Lavendel. Ich schnuppere und entdecke große, lila-rosa gestreifte Tonkübel mit Lavendelpflanzen links von mir. Ein sanftes Summen erfüllt die Luft. Ein paar Bienen und Hummeln schwirren um die Lavendelblüten, die sich im leichten Wind wiegen. Der Duft mischt sich mit dem zarten Aroma von Minze, die aus einem der Kräuterbeete am Rand des Gartens hervorwächst.

Überall verteilt, stehen kleine, handbemalte Schilder. *Träume nicht dein Leben, sondern lebe deinen Traum*, steht auf einem, während ein anderes schlicht *Seelenruhe* verkündet und das nächste *Hier tanzt das Leben*. Die Schrift ist schwungvoll und farbenfroh, umrahmt von kleinen gemalten Blumen und Schmetterlingen. Jedes Schild scheint eine eigene kleine Botschaft in die Welt hinauszurufen, fast so, als wollte der Garten nicht nur den Körper, sondern auch die Seele berühren.

Ein weiteres Schild steht etwas abseits, halb verborgen zwischen den Lavendelbüschen. Darauf steht in zarter Schrift: *Wenn du den Wind nicht bändigen kannst, musst du mit ihm tanzen.*

Diese vielen kleinen Botschaften geben dem Garten eine ganz persönliche Note. Es fühlt sich an, als hätte jemand, als hätte Fenja hier nicht nur Kräuter und Blumen gepflanzt, sondern auch Gedanken gesät – Worte, die jeden Besucher ermutigen, innezuhalten, zu lächeln und vielleicht einen Moment lang an sich selbst zu glauben. Ihre Handschrift.

Am Ende des Gartens steht ein kleines hellblaues Steinhäuschen. Die Wände sind unregelmäßig aus kleinen verwitterten Steinen gebaut, die von Wind und Wetter geglättet wurden. Efeu klettert an einer Seite bis zum Dach hinauf, wo es sich mit den orangefarbenen Ziegeln vermischt. Einige der Ziegel sind abgesplittert, das verleiht dem Haus Charakter. Die Fenster sind schmal und von hölzernen Fensterläden eingerahmt, die in einem kräftigen Grün gestrichen wurden. Davor stehen große, kunstvoll gestaltete Windlichter, die

Fenjas Talent als Töpferin auf den ersten Blick verraten. Ich gehe näher ran und bewundere die mit filigranen Mustern, Blumen und abstrakten Formen bemalten Einzelstücke. Manche sind hoch und schlank, andere bauchig und verspielt. Sie sind mit viel Liebe und Hingabe gemacht, das ist nicht zu übersehen.

Ein besonders großes Windlicht fängt meinen Blick ein. Es ist in warmen Erdtönen glasiert, mit eingearbeiteten Muscheln und kleinen, leuchtend blauen Glasstücken, die wie Wassertropfen wirken. Der Deckel ist leicht schräg und erinnert an eine kleine Kuppel, durch die zartes Licht schimmern würde, wenn es dunkel wäre. Ich schaue in den Himmel. Noch ist es hell. Aber ich freue mich jetzt schon darauf, wenn die Sonne untergeht und der Garten sicher zu einem kleinen Lichterfest wird.

Die Tür des Hauses steht einen Spalt offen, leise klassische Musik dringt heraus. Das Stück kenne ich, mir fällt allerdings nicht ein, wie es heißt und wer es komponiert hat. Aber ich mag die leicht melancholischen Töne. Alles an diesem Ort strahlt Ruhe aus, und doch gibt es diese kreative Lebendigkeit, die in jedem Detail spürbar ist. An der Tür hängt ein handbemaltes Schild mit den Worten: *Kreativität ist die Seele der Welt.* Darunter ist ein kleiner Anker gemalt, eingerahmt von Muscheln und Wellenlinien.

»Fenja?«, rufe ich und gehe hinein.

Ein Hauch von Ton, warmer Luft und getrockneten Kräutern strömt mir entgegen. »Wow!« Der Raum ist atemberaubend schön. Die Wände sind in einem hellen Cremeton gestrichen, weiße Regale ziehen sich entlang einer Seite, vollgestellt mit unzähligen Schalen, Vasen und kleinen Figuren – jede davon einzigartig. Manche sind glasiert und glänzen im Licht, andere wirken roh und unvollkommen, als würden sie noch auf ihre Vollendung warten. Auf einer Werkbank liegt Tonwerkzeug. Ein Holzmesser, Schwämme, Drahtschlingen. Daneben Scherben von missglückten Stücken, die sich perfekt in das kreative Chaos einfügen. Über der Bank hängt eine Lichterkette mit kleinen, warm leuchtenden Birnen, die den Raum in ein weiches Licht taucht. An den Wänden hängen Skizzen und Fotos von fertigen Stücken, daneben getrocknete Kräuterbündel und ein altes Fischernetz. Ein alter Plattenspieler in der Ecke dreht leise die Klassikplatte, das Knistern der Musik lässt mich an alte Zeiten denken. Papa hatte früher auch einen Plattenspieler, er hat ihn so sehr geliebt. Kai und Ole haben zur Weihnachtszeit immer die alten Platten von meinem Opa darauf abgespielt. Sie haben sich regelmäßig darum gestritten, wer sie wechseln darf. Bis Mama irgendwann entschieden hat, dass der Spieler kinderfreie Zone ist. Das hat ihn natürlich noch viel interessanter gemacht. Ich muss schmunzeln.

Und mittendrin Fenja. Sie sitzt völlig in sich versunken auf einem Hocker, die Hände tief in einem Klumpen Ton vergraben, konzentriert bei der Arbeit. Ihre Haare sind locker hochgesteckt, ein paar Strähnen haben sich gelöst und fallen ihr ins Gesicht. »Hey!«, ruft sie, als sie mich bemerkt, und wischt sich mit dem Handrücken über die Stirn. »Du hast den Weg gefunden!«

»Mit dieser Wegbeschreibung konnte ich gar nicht anders. He!«

Sie lacht, steht auf und klopft sich den Ton von der Hose. »Mach's dir schon mal gemütlich! Die anderen kommen später. Ich wollte nur noch schnell was Spezielles anfertigen.«

»Was denn?«, frage ich neugierig und schaue zu ihrem Arbeitsplatz.

»Lass dich überraschen. Du bekommst sie, wenn sie fertig ist.«

»Für mich?«, frage ich überrascht. »Sie?«

»Ja.« Sie lächelt. »Du hast mich inspiriert. Unser kleines Gespräch über unfertige Kunst …«

Ich mache einen langen Hals, kann aber nichts erkennen, was auf ein Geschenk für mich schließen lässt. Nur der Klumpen Ton, der noch keine wirkliche Gestalt hat, liegt auf ihrem Drehteller. Fenja bemerkte meinen neugierigen Blick und schüttelte lachend den Kopf.

»Geduld«, sagt sie und deutet mit einem tonverschmierten Finger auf einen Sessel in der Nähe. »Setz dich hin und entspann dich. Kunst braucht Zeit.«

Ich schmunzle und lasse mich auf den Sessel fallen, während Fenja sich wieder ihrer Arbeit widmet. Ihre Hände bewegen sich geschickt über den Ton, formen ihn, ziehen Linien und Rundungen.

»Es ist seltsam«, sagt sie nach einer Weile, ohne den Blick von ihrer Arbeit zu nehmen. »Manchmal, wenn ich hier sitze, fühlt es sich an, als würde der Ton mir sagen, was er werden will. Dann ist es, als hätte er eine eigene Stimme.«

»Und was sagt dir dieser Klumpen?«, frage ich, meinen Kopf auf meine Hand gestützt.

Fenja lächelt geheimnisvoll. »Dass er etwas Besonderes

werden wird. Etwas, das nicht perfekt ist, aber genau deshalb einzigartig.«

»Das klingt … schön«, sage ich.

Sie hebt kurz den Blick, ihre Augen leuchten. »Warte ab, bis du es siehst. Ich hoffe, du wirst es genauso empfinden.«

Ich nicke und lasse meinen Blick durch das kleine Häuschen schweifen, während Fenja weiterarbeitet. Überall stehen Werke von ihr: Schalen, Figuren, Windlichter. Manche wirken glatt und perfekt, andere roh und ungeschliffen. Und doch haben alle eines gemeinsam: Sie strahlen etwas aus, das sich schwer in Worte fassen lässt. Es ist Kunst.

Kapitel 22

Ich sehe mich staunend um. »Es ist unglaublich hier. So gemütlich und kreativ. Der Garten und auch dein Häuschen. Ich glaube, ich würde für immer hier drinbleiben, wenn ich du wäre.«

Fenja lächelt. »Genau das passiert mir ständig. Hier läuft die Zeit anders.«

Sie steht auf, wischt ihre Hände ab und deutet auf eine kleine Sitzecke mit bunten Kissen und einer alten Holzkiste, die als Tisch dient. Darauf stehen eine Kanne Tee und ein paar selbst getöpferte Tassen.

»Komm, wir trinken einen Tee? Oder lieber schon Wein?«

»Der Wein kann warten«, sage ich, stehe auf und hole meine Mitbringsel aus dem Rucksack: eine Flasche Wein aus Omas geheimem Vorrat, zwei Gläser Kirschmarmelade und zwei Nussmuse, die ich schnell noch zubereitet habe. »Ich hab auch was für dich, auch selbst gemacht, bis auf den Wein natürlich.«

Fenja bestaunt meine Geschenke, dann gießt sie dampfenden Tee in meine Tasse, und der Duft von Minze und Zitrone steigt auf.

»Und, wie geht's dir?«, fragt sie, während sie wieder an den Ton geht und kurz darauf zurückkommt.

Ich zögere. »Gut! Aber es war ein anstrengender Weg bis dahin.«

Fenja reicht mir einen kleinen Tonklumpen. »Hier, probier's mal. Einfach kneten. Hilft gegen alles.«

Ich nehme den Ton, erst zögerlich, dann beginne ich, ihn in den Händen zu rollen. Die kühle, weiche Masse fühlt sich beruhigend an. »Und was soll das werden?«, frage ich.

Fenja schmunzelt. »Was immer du willst. Oder nichts. Manchmal reicht es, einfach nur etwas in den Händen zu haben.«

Ich nicke langsam. Vielleicht hat sie recht.

»Oder du wirfst ihn an die Wand, so wie ich. Guck mal, da vorn ist der Fleck, von dem ich dir erzählt habe.«

Ich muss lachen. »Tatsächlich, er sieht echt aus wie ein Gesicht, für mich jammert es aber eher.«

»Oh, da bringst du mich auf ganz neue Ideen, es könnte tatsächlich jammern, na herzlichen Dank auch«, sagt sie und lacht. »Hast du mit Malte sprechen können?«

»Ja«, sage ich, nippe an meinem Tee und sage: »Da waren ein paar Missverständnisse zwischen uns, die wir aus der Welt geschafft haben. Jetzt ist alles wieder gut, und ich bin froh, dass das geklärt ist.« Die Sache mit unseren Urgroßeltern und Omas Versprechen, dass Malte mal die Pension weiterführen kann, behalte ich für mich. Das ist eine private Angelegenheit, die nur uns etwas angeht.

Fenja hakt nicht weiter nach. »Gut!«, sagt sie. »Und was ist mit deinem Musiker?«

»Steht noch aus, eins nach dem anderen. Aber ich habe noch eine andere Sache in Angriff genommen.« Ich hole mein Notizbuch aus meiner Handtasche. »Sie sind nicht mehr ganz so leer wie heute Morgen.«

»Du hast geschrieben?«, fragt Fenja und reißt vor Freude die Arme hoch. Dabei löst sich ein kleiner Klumpen Ton von ihren Fingern und landet an der Wand. Ein Stück unter dem Wurfgesicht. »Siehst du, so schnell geht das«, sagt sie schmunzelnd.

»Jetzt hat dein Gesicht noch einen passenden Hals dazu.«

Fenja zieht eine Augenbraue hoch, während der feuchte Ton ganz langsam die Wand hinunterrutscht.

»Willst du es hören?«, frage ich. »Es ist noch nicht viel. Aber immerhin ein Anfang, die ersten Seiten.«

Fenja nickt. »Na, unbedingt.«

Ich atme tief durch, räuspere mich und beginne zu lesen: »*Der Sommer war in jeden Winkel des Hauses eingezogen. Licht fiel durch ein kleines Fenster über der Spüle und malte Muster auf den abgenutzten Holztisch. Der Duft von Kirschen erfüllte den Raum, mischte sich mit der frischen Meeresbrise, die durch die angelehnte Terrassentür hereinwehte …*«

Fenja hört aufmerksam zu, und ich beende meine kleine Lesung mit den letzten Zeilen: »*Und dafür gibt es natürlich auch ein Geheimwort, das ihr vorher erraten müsst. Sie wusste auch schon, wie es heißen würde.*«

Danach atme ich wieder tief ein und aus. »Das war's, mehr habe ich noch nicht.«

»Oh, wow, Katharina, das sind wunderschöne erste Seiten«, sagt Fenja.

»Findest du echt?«, frage ich. Die ersten Sätze zu teilen fällt mir immer besonders schwer.

»Ja, absolut. Mach genau so weiter.«

»Viel ist es ja wirklich nicht, aber ich bin unfassbar froh, dass ich zumindest einen Anfang gefunden habe. Das ist viel mehr als in den ganzen letzten Monaten zusammen.«

Fenja nickt. »Wenn der Knoten einmal geplatzt ist, geht es oft wie von selbst. Jetzt hast du die unsichtbare Mauer überwunden.«

»Ja, vielleicht.« Ich drücke den Rücken durch. »Ja, das habe ich!«

Plötzlich schwingt die Tür auf, und zwei Frauen treten ein.

»Fenja! Wie schön!«, ruft die eine von ihnen mit einem breiten Lächeln.

Sie ist zierlich, fast schon elfengleich. Ihre blonden Locken fallen ihr in weichen Wellen bis auf die Schultern, ihre blasse Haut wird von unzähligen Sommersprossen geziert. Sie trägt ein leichtes, helles Sommerkleid, das im Türrahmen sanft im Abendwind flattert. Ihre Augen sind strahlend blau, fast ein bisschen durchdringend.

Neben ihr steht eine größere Frau mit dunklem, kinnlangem Bob und einem Nasenpiercing. Ihre Augen sind warm und braun, mit einem ruhigen, offenen Blick. Sie trägt ein lockeres Leinenhemd, hochgekrempelt, und eine schlichte Jeansshorts. Sie wirken beide sehr nett.

»Schön, dass ihr da seid.« Fenja lächelt und winkt die beiden herein.

»Ach, der Weg war länger als gedacht.« Die blonde Frau

zieht ihre Sandalen aus, bevor sie weiter in die Töpferei tritt. »Ich bin Miri.« Sie streckt mir die Hand entgegen.

»Katharina. Schön, dich kennenzulernen.«

»Und ich bin Nicole. Fenja hat schon viel von dir erzählt«, sagt die andere.

»Oh … hoffentlich nur Gutes.«

»Ich hab ihnen erzählt, dass du das Chaos im Haus perfekt ergänzt«, sagt Fenja.

Ich schüttle den Kopf und muss selbst grinsen. »Na, dann passt das ja.«

Miri lässt sich auf den Stuhl neben mir fallen und beäugt den Tonklumpen in meiner Hand. »Na, wirst du jetzt zur Künstlerin?«

»Ist sie doch schon!«, wirft Fenja ein.

»Ja, zumindest theoretisch. Aber gerade bin ich eher in therapeutischer Mission unterwegs. Fenja meint, es hilft gegen alles.«

»Oh, das tut es! Aber weißt du, was noch besser hilft?« Miri beugt sich verschwörerisch vor. »Barfuß am Strand laufen. Lasst uns später unbedingt runtergehen.«

Nicole nickt zustimmend. »Die Luft am Meer heute ist der Wahnsinn. Und wenn wir Glück haben, sehen wir noch den Sonnenuntergang.«

Fenja wischt sich die Hände an einem Tuch ab. »Ich bin dabei. Aber erst später, denn jetzt habe ich einen Bärenhunger. Habt ihr alles mitgebracht?«

»Aber selbstverständlich!«, sagt Nicole, hockt sich zu mir auf den Boden und zaubert lauter Köstlichkeiten aus einem großen Jutebeutel. Baguette, Oliven, Käse, Aufstriche, Bagel, frisches Obst und Gemüse. Einfach, aber unfassbar lecker. Manchmal kann es so simpel sein.

»Sieht richtig gut aus!«, sage ich und nehme mir einen großen Löffel Hummus zu meinem Baguette.

»Und es schmeckt auch, versprochen!«, sagt Miri und steckt sich eine Olive in den Mund.

»Möchte jemand ein Glas Wein dazu?«, fragt Fenja und dreht einen Flaschenöffner in den Korken einer Flasche Rotwein. Mit einem Ploppen zieht sie ihn heraus und strahlt uns stolz an.

»Unbedingt!«, sage ich und lächle.

»Sag mal, Fenja, hast du dir eigentlich Gedanken um die neuen Töpferkurse gemacht?«, fragt Nicole und reißt sich noch ein Stück Baguette ab.

»Noch nicht, ich habe aktuell einfach so viel um die Ohren, aber ich möchte das unbedingt bald in Angriff nehmen.«

»Töpferkurse?«, frage ich. »Das klingt ja großartig.«

»Ja, es macht auch super viel Spaß, aber leider reicht es nicht für meinen Lebensunterhalt.«

»Ach!«, fällt Miri ihr ins Wort. »Ich bin sicher, dass das klappen könnte. Du müsstest aber richtig in Werbung investieren.«

Fenja lächelt schief. »Dafür fehlen mir echt die Kapazitäten. Ich habe ja noch meinen Job am Festland, aber schön wäre es schon.«

»Was würdest du denn gern machen?«, frage ich.

»Am allerliebsten würde ich einen kreativen Ort schaffen. Mit Kursen verschiedenster Art und anderen Künstlern.«

»Klingt sehr inspirierend. Ich habe ähnliche Träume«, sage ich.

»Echt? Was stellst du dir vor?«, fragt Miri.

»Ich habe es immer Ort der Begegnung genannt. Eine Mischung aus Pension und kreativen Orten, wo Künstlerinnen und Künstler zur Ruhe kommen können, um neue kreative Energie zu tanken. Aber auch zusammenarbeiten können, wenn ihnen danach ist.«

»Hört sich ganz danach an, als könnten eure Vorstellungen zusammenpassen!«, sagt Nicole.

»Und wie!« Fenjas Augen leuchten. »Katharina, stell dir mal vor. Wir könnten richtig gutes Frühstück anbieten, Schreibkurse, Töpferkurse, Meditationen, Sportprogramm und vielleicht auch gemeinsam das Meer anschreien.«

»Wie ein kleines Künstlerretreat, die Vorstellung ist wirklich sehr schön«, bestätige ich.

»Warum sollte es denn nur eine Vorstellung bleiben?«, fragt Miri.

»Na ja, im Grunde möchte ich einfach nur schreiben. Ich meine, einen Schreibkurs kann ich mir schon vorstellen. Aber ich habe wirklich keine Lust auf die ganzen organisatorischen Dinge. Aktuell helfe ich in der Pension meiner Oma aus, und ich habe in den letzten Tagen ganz deutlich gemerkt, dass das alles überhaupt nichts für mich ist.«

»Verstehe«, sagt Miri. »Aber vielleicht könnte das Organisatorische ja jemand für euch übernehmen. Denn so wie ich unsere liebe Fenja kenne, ist das auch nichts für sie.«

Fenja lacht. »Absolut nicht. Kreativer Chaoskopf, das wäre die Vollkatastrophe.«

Ich muss schmunzeln. Fenja und ich scheinen uns viel ähnlicher zu sein, als ich gedacht habe.

Fenja streckt sich zufrieden und nimmt einen Schluck Rotwein. »Trotzdem ist die Idee zu schön, um sie einfach wegzuschieben. Manchmal muss man träumen. Und wer weiß, was daraus wird.«

Nicole nickt begeistert. »Träumen ist gut, aber manchmal muss man Träume auch ein bisschen schubsen, damit sie ins Rollen kommen.«

»Und wer übernimmt das Schubsen?«, frage ich.

»Ich«, verkündet Miri selbstbewusst. »Ich sehe mich als eure zukünftige Managerin. Ich bin der perfekte Organisations-Mensch für euch Chaos-Köpfe. Ich werde eure Schubse!«

Fenja lacht laut. »Miri, wenn jemand das hinbekommt, dann du. Aber ich warne dich, mit mir als Teil des Teams wird es chaotisch.«

»Und mit mir nicht besser«, füge ich hinzu und nehme auch einen Schluck Wein. »Aber wer weiß. Vielleicht brauchen Träume genau das: ein bisschen Chaos, damit sie lebendig werden.«

»Ganz genau!«, ruft Nicole und hebt ihr Glas. »Auf Träume und ein bisschen Chaos!«

Wir stoßen an, und ich merke, wie ich mich in dieser Runde immer wohler fühle. Es ist, als hätte der Abend die Spannung der letzten Tage aufgelöst und durch etwas ersetzt, das ich lange nicht mehr gespürt habe: Leichtigkeit.

»Und wenn wir fertig geträumt haben, gehen wir barfuß

an den Strand«, sagt Fenja. »Dort sind wir alle gleich: chaotisch, kreativ und mit Sand zwischen den Zehen.«

Ich lächle. »Das klingt nach einem Plan.«

»Aber jetzt mal ernsthaft, Katharina«, sagt Fenja. »Hier bei mir ist nicht genügend Platz. Aber deine Oma hat eine Pension. Ich an deiner Stelle würde mir überlegen, ob das nicht was für euch ist. Du könntest einen wundervollen Ort der Begegnung aus der Pension machen. Und im Garten wäre auch genug Platz für einen Anbau. Du könntest Schreibkurse dort geben.«

Ich muss lachen. »Und die beginnen dann immer damit, dass wir das Meer anschreien?«

»Warum nicht?«, fragt Fenja.

Ja, warum nicht? Plötzlich spüre ich, dass dieser Moment etwas Besonderes ist. Vielleicht ist es nur ein Abend unter Freundinnen. Vielleicht ist es der Anfang von etwas Größerem. »Das ist wirklich eine sehr schöne Idee!«

Fenja nickt begeistert. »Dann könnte ich Töpferkurse geben, die Teilnehmenden würden bei euch wohnen, und du schickst sie rüber in meine Werkstatt.«

»Das klingt nach einem verdammt guten Plan«, sage ich.

»Prima!«, ruft Nicole, »dann wäre das ja jetzt geklärt. Wie sieht es aus? Wollen wir noch eine Runde baden? Am Strand könnt ihr auch noch weiter von eurer Künstlerkommune träumen.«

»Machen wir, aber jetzt lasst uns losgehen!«, sagt Fenja.

»Gibt es was Besseres als warmen Sand zwischen den Zehen?«, murmelt Nicole und streckt die Arme in die Luft.

»Vielleicht einen kühlen Drink dazu?« Miri zwinkert.

Wir laufen ein Stück am Wasser entlang, die Ausläufer der Wellen streicheln sanft unsere Füße. Die Sonne steht tief und malt einen orangefarbenen Kreis auf die Wasseroberfläche.

Miri und Nicole breiten zwei große Decken aus, während Fenja geschickt die Fackeln in den Sand steckt. »Damit wir uns hier nicht verlieren, es dürfte jetzt ziemlich schnell dunkel werden.«

»Gute Idee!«, sagt Miri. »Weißt du noch, als du mal eine gute halbe Stunde in die falsche Richtung gelaufen bist?«

»Natürlich, was meinst du, warum die Fackeln hier stehen, ich habe daraus gelernt!«, sagt Fenja und lacht.

Das warme, flackernde Licht malt lange Schatten über den Strand und mischt sich mit den letzten Farben des Sonnenuntergangs. Miri zieht eine Flasche Wein aus ihrer Tasche, Nicole holt Zitronenlimo hervor, und irgendwoher zaubert Miri eine Tüte Chips.

Wir lassen uns auf die Decke fallen. Einen kurzen Moment sagt keine von uns etwas. Wir sitzen einfach nur da und schauen dem Feuerball zu, wie er ganz langsam im Meer versinkt.

»Also, ich weiß ja nicht, wie es euch geht, aber ich muss ins Wasser!« Miri springt plötzlich auf, dabei tanzen ihre Locken wild um ihr Gesicht.

Fenja lacht. »Na dann los!«

Miri zögert keine Sekunde, greift den Saum ihres Kleides und zieht es sich mit einer schnellen Bewegung über den Kopf. Darunter trägt sie nichts.

Ich blinzele überrascht. »Ähm … du hast keinen Bikini an?«

Miri grinst breit. »Braucht man doch nicht! Wer soll uns hier schon sehen?«

Fenja winkt ab. »Ach, wir sind doch unter uns. Komm schon, Katharina, das ist befreiend!«

Nicole steht schon auf, zieht langsam ihr Hemd aus und lässt es in den Sand fallen. »Na los, Miri. Wer zuletzt im Wasser ist, zahlt die nächste Portion Frieseneis!«

Und dann rennen sie los, kreischend und lachend. Ihre Silhouetten flackern kurz im Licht der Fackeln, bevor sie in der sich anbahnenden Dunkelheit verschwinden.

Die warme Luft kitzelt auf meiner Haut. Ein Teil von mir will einfach sitzen bleiben, eingewickelt in die Sicherheit der Decke. Aber dann höre ich Miri laut lachen, höre Nicole kreischen, als eine Welle sie überrascht. Fenja hat sich nun ebenfalls ausgezogen und sprintet ins Wasser.

Was soll's. Ich stehe auf, streife mir langsam mein Kleid über den Kopf. Der Wind streicht über meine nackte Haut, es ist zuerst ungewohnt, aber dann … dann fühlt es sich einfach nur gut an. Befreiend, Fenja hatte recht.

Der Sand ist warm unter meinen Füßen, weich und nachgiebig. Die ersten Tropfen kaltes Wasser spritzen auf meine Beine, und ich japse, als die nächste Welle mich erwischt.

»Na endlich, Kat!«, ruft Fenja, ihre Haare kleben nass an ihrem Gesicht.

Das Wasser schließt sich kalt um meine Haut. Ich tauche ein, lasse mich treiben, dann spritze ich Wasser in Richtung von Miri, die laut quietscht.

»Oh, das wirst du bereuen!« Miri faltet ihre Hände zu einer Schaufel und schiebt eine Welle in meine Richtung.

Nicole schwimmt ein Stück hinaus, ruft: »Kommt schon!«

Das Wasser wird ruhiger, je weiter wir hinausschwimmen. Die Wellen heben uns sanft, tragen uns fast schwerelos. Über uns funkeln die ersten Sterne, das Meer scheint mit ihnen um die Wette zu glitzern.

Wir treiben, lachen, tauchen unter, werfen uns gegenseitig Wasser ins Gesicht. Ich kann mich nicht daran erinnern, wann ich mich das letzte Mal so leicht gefühlt habe. So lebendig.

»Okay, ich friere!«, ruft Fenja irgendwann und krault zurück zum Strand.

Wir folgen ihr. Tropfnass, lachend, mit klebenden Haaren und Sand an den Beinen waten wir aus dem Wasser.

Ich lasse mich auf die Decke fallen, wickle mich in ein Handtuch und atme tief ein. Meine Haut prickelt von der abgekühlten Luft, die sich aber gleichzeitig weich und mild anfühlt. Nicole reicht mir eine Decke, ich wickele mich darin ein, während Fenja den Wein einschenkt.

»Auf uns!«, sagt Fenja und hält ihr Glas in die Mitte.

»Auf diesen schönen Abend!«, sage ich, und dann stoßen wir an.

Plötzlich durchbricht eine Stimme das gleichmäßige Rauschen der Wellen. Tief. Warm. Sanft. Eine Männerstimme. Singend. Jedes Wort, jeder Ton trägt diese vertraute Wärme. Ich setze mich langsam auf.

Nein.

Doch.

Phil.

Unverkennbar.

Mein Herz stolpert.

Kapitel 23

Fenja bemerkt meinen Blick. »Katharina? Alles okay?«

Ich lausche, die Stimme wird deutlicher. Irgendwo weiter hinten, nicht weit von uns, singt jemand mit einer Ruhe, als gehöre ihm die Nacht. »Ich … ich glaube, ich kenne ihn.«

Miri grinst. »Na, dann wird's jetzt ja spannend. Wollen wir nachsehen?«

Ich schüttle den Kopf. »Auf keinen Fall!«

»Ist das etwa dein Musiker?«, fragt Fenja.

»Ja …«, sage ich und nippe an meinem Wein.

»Dein Musiker?«, hakt Nicole nach.

»Es ist etwas kompliziert«, antworte ich.

»Das ist es doch immer!«, sagt Nicole und lacht.

»Kat, das ist ein Zeichen.« Fenja stupst mich an. »Geh schon!«

Der Wind trägt die Töne der Melodie zu mir. Phil sitzt auf einem Stück Treibholz, die Gitarre locker auf dem Schoß. Sein Kopf ist leicht gesenkt, als würde er mit jedem Akkord tiefer in die Musik eintauchen.

Aber das Lied … es ist anders. Weicher. Verletzlicher. In englischer Sprache. Nicht das, was ich von ihm kenne. Aber die Worte dringen zu mir durch, breiten sich in mir aus, als hätte er sie direkt aus seiner Seele geholt:

I met you on a wild, untamed sea,
A moment like a song, haunting but free.
The way the waves crashed felt just like my heart,
Didn't know your name, but you'd leave a mark.

And maybe it's the way you look at me,
Like I'm something rare you've finally seen.
A ship adrift that's found its shore,
Now I'm not searching anymore.

I was lost, 'til I found you,
Like an unknown island
Rising out of the blue.
Call me Columbus
The treasure we're chasing
Was always in front of us.

Ein Kloß bildet sich in meinem Hals. Ich lehne mich unbewusst etwas vor, damit ich jedes Wort verstehen kann. Die letzten Akkorde verklingen. Ich atme tief ein, spüre, dass mich meine Füße zurückhalten wollen. Doch ich gehe los. Jeder Schritt ist schwer.

Phil schaut hoch, als er mich wahrnimmt. Die Überraschung in seinem Blick weicht einer Mischung aus Unsicherheit und Freude. »Katharina?« Seine Stimme ist leise.

Ich nicke. Mein Herz pocht in meiner Brust, aber ich

zwinge mich, stehen zu bleiben. »Ich … ich wollte nicht stören«, sage ich schließlich, obwohl ich genau das will. »Aber ich würde gern mit dir reden.«

Phil legt die Gitarre vorsichtig beiseite. »Oh, das hört sich nicht gut an.« Er deutet neben sich. »Willst du dich setzen oder lieber stehen bleiben, damit du schnell verschwinden kannst?«

Ich setze mich im Schneidersitz in den Sand. »Deinen kleinen Seitenhieb kann ich gut verstehen«, sage ich. »Ich bin ja wirklich zweimal geradezu geflüchtet. Oder besser gesagt, beim zweiten Mal warst du es eigentlich.« Ich hole tief Luft. »Erst küsst du mich, dann entschuldigst du dich dafür. Und dann.« Ich lächle verlegen. »Dein Handy hat aufgeleuchtet, als du draußen warst, und ich habe irgendwie ganz automatisch hingesehen und die Nachricht gelesen, die Lara dir geschickt hat. Es tut mir leid, das war wirklich keine Absicht, aber …« Ich zucke mit den Schultern. »Sorry.«

Phil schließt kurz die Augen, dann nickt er. »Verstehe.« Er sieht mir direkt in die Augen. »Lara ist meine Ex-Freundin.«

Seine Stimme ist ruhig, aber da liegt etwas in seinen Augen. Ein Schatten. »Wir waren fast zwei Jahre zusammen. Vor vier Wochen habe ich es beendet. Aber sie kann einfach nicht loslassen.«

Ich nicke. »Das kenne ich. Ist ja auch nicht leicht, wenn man diejenige ist, die verlassen wird. Das kann einen ganz schön aus der Bahn werfen, das weiß ich aus eigener Erfahrung.« Ich halte inne und suche nach den richtigen Worten, während ich Sand zwischen meinen Fingern rieseln lasse. »Vier Wochen ist nicht lange her. Das ist frisch.«

Phil nickt langsam, seine Schultern sinken ein wenig. »Ja, das ist es. Ich glaubte, ich hätte alles gut durchdacht, bevor ich mit ihr gesprochen habe. Aber ich habe unterschätzt, wie schwer es sein würde, ihr zu begegnen, wenn sie immer wieder versucht, das Gespräch wieder aufzunehmen, mich anzurufen oder mir Nachrichten zu schicken. Deswegen bin ich ja auch nach Norderney und hab die Stelle als Koch angenommen, als ein Freund mir erzählt hat, dass kurzfristig jemand ausgefallen ist.«

»Du bist geflüchtet?«

»Wenn du es so siehst, ja. Ich habe ihr gesagt, dass ich keinen Kontakt mehr möchte. Aber ich bringe es nicht übers Herz, sie ganz zu blockieren.«

»Antwortest du denn?«, frage ich vorsichtig.

Er sieht mich an, und für einen Moment schweigt er. »Ja, aber nur aus Höflichkeit. Ich meine, ich will nicht wieder mit ihr zusammenkommen, wenn du das meinst. Aber ich fühle mich schuldig. Ich weiß, dass ich sie verletzt habe. Und ich hasse es, jemanden so zurückzulassen.«

»Du hast eine Entscheidung getroffen – für dich, für dein Leben. Das ist nicht falsch«, sage ich. »Und sie muss ihren eigenen Weg finden.« So wie ich meinen finden muss, wie mir klar wird, als ich es ausspreche.

Er sieht mich nachdenklich an, als würde er meine Worte abwägen. »Ich weiß, dass du recht hast. Aber das macht es nicht einfacher.«

Ich nicke verständnisvoll. »Nein, das tut es nicht. Aber du kannst nur ehrlich sein. Zu ihr und zu dir selbst. Und vielleicht ein bisschen zu mir.«

Phil blinzelt, überrascht von meinen Worten. »Was meinst du?«

Ich atme tief ein und halte seinen Blick. »Du hast mich geküsst.«

Er öffnet den Mund, dann schließt er ihn wieder, als würde er die Worte suchen. Schließlich sagt er leise: »Ich mag dich, da ist etwas an dir, was mich sofort angezogen hat. Dein melancholischer Blick, deine weiche Stimme. Deine Art zu lachen.« Jetzt lächelt er. »Einfach alles. Und ich weiß, dass ich die Dinge nicht perfekt angegangen bin. Aber ich bin immer noch dabei, das mit Lara zu verarbeiten. Da sind einige Sachen schiefgelaufen zwischen uns, und ich möchte nicht wieder die gleichen Fehler machen. Vier Wochen ist keine lange Zeit, wie du ja selbst gerade festgestellt hast.«

»Das heißt, du magst mich, aber du bist noch nicht so weit?«, frage ich und denke an Jana und was sie mir mal zu dem Thema geraten hat: »Wenn ein Kerl das zu dir sagt, ist das immer nur eine Entschuldigung dafür, dass er dir bald wehtun wird. Denn er hat dich ja gewarnt. Sieh die rote Fahne, die er schwenkt, und lauf!«

Gespannt warte ich auf seine Antwort und sehe ihn an.

»In der Sternwarte hatte ich das Gefühl, etwas gefunden zu haben, wonach ich gar nicht gesucht habe. So wie Kolumbus damals.«

Ich blinzele. »Kolumbus?«

Er lacht leise. »Er wollte eigentlich nach Indien. Und ist in Amerika gelandet, du weißt schon. Ich wollte Abstand. Und habe dich gefunden.«

Seine Worte hängen in der Luft. Und dann wird es mir

klar, das Lied. Ich deute auf die Gitarre. »Das ... hast du über mich geschrieben.«

Er hält meinen Blick. Keine Ausrede. Keine Ausflucht. »Ja.«

Mein Herz schlägt schneller.

»I was lost, 'til I found you.«

Ich schlucke. »Warum hast du es mir nicht gesagt?«

Phil atmet langsam aus. »Weil ich Angst hatte, dass es zu schnell geht. Dass ich dich verschrecke. Oder vielleicht auch, dass es nur für mich so ist.« Er streckt seine Hand nach mir aus, und ich lege meine in seine. »Aber ich bin so weit. Ich möchte dich gern näher kennenlernen, und ich hoffe, du willst das auch.«

»Ja«, sage ich. »Das würde ich sehr gern.«

Unten am Wasser sehe ich die Fackeln, die wir vorhin in den Sand gesteckt haben. Das Lachen von Fenja und ihren Freundinnen hallt leise durch die Nacht, getragen vom Wind, der sanft über den Strand streicht. Das warme Licht der Flammen tanzt auf den Wellen und wirft flackernde Schatten auf den Sand.

»Deine Freundinnen?«, fragt Phil.

»Eine davon, Fenja«, antworte ich. »Wir kennen uns schon seit der Kindheit. Die anderen habe ich heute zum ersten Mal getroffen. Aber sie sind supernett.« Sie sitzen auf der Decke, die Gesichter von den Fackeln beleuchtet, und es sieht aus, als hätten sie die Zeit für einen Moment eingefangen, unbeschwert, vertraut, lebendig.

»Wo kommst du eigentlich her?«, fragt Phil da.

»Aus Kassel«, antworte ich. »Aber ich weiß noch nicht genau, ob es so bleibt. Vielleicht ergibt sich hier bald eine Perspektive. Und du?«

»Aus Stuttgart«, sagt er und lächelt. »Aber ich weiß noch nicht, ob es dabei bleibt. Vielleicht ergibt sich hier bald eine Perspektive.«

Epilog

Zwei Jahre später

Ich streiche die petrolfarbene Tagesdecke glatt und trete einen Schritt zurück. Perfekt! Das Zimmer sieht genauso aus, wie ich es mir vorgestellt habe: hell, ruhig und voller kleiner Details. Es war die richtige Entscheidung, die Künstlerzimmer in den Garten von Oma Enna zu bauen. Hier kann man die Seele baumeln lassen, unabhängig von den anderen Urlaubern einfach sein und zur Ruhe kommen. Malte kümmert sich großartig um die Pension, ich bin so froh, dass ihm meine Ideen gefallen und wir einen gemeinsamen Weg gefunden haben. Die Sonnenstrahlen fallen durch das Fenster und tanzen auf dem Boden. Auf den Fensterbänken habe ich drei kleine Vasen platziert. Fenja hat sie getöpfert, in jeder von ihnen stecken Wildblumen aus ihrem Garten. Auf dem Bett liegt neben ein paar großen beigefarbenen Kissen ein Exemplar meines Kinderbuchs *Penny Perlenglanz und die Geheimnisse der Sternenhöhle*. Ich fahre sanft mit meinem Finger über den Einband, mein Herz macht einen kleinen Sprung. Es fühlt sich immer noch ein bisschen unwirklich an, dass es tatsächlich gedruckt ist – meine Geschichte, mein Kinderbuch. Gegenüber dem Bett steht ein kleiner Schreibtisch. Ich habe ihn selbst gebeizt und aufgearbeitet. Davor ein gemütlicher Stuhl, über dem eine flauschige Decke liegt. Über dem Schreibtisch hängt eine Pinnwand, darunter steht eine große Schreibtischlampe im Vintage-Look. Es ist alles da, was man braucht.

Heute wird unser erster Gast ankommen. Unsere erste Künstlerin. Sie ist Illustratorin und hat sich vor drei Tagen spontan bei uns eingebucht. Ich bin unglaublich gespannt auf Marie. Aufregung macht sich in mir breit. Morgen reisen noch zwei weitere Gäste für ihren ersten Kurs bei Fenja an. Alles soll perfekt sein. Aber das ist es schon, da bin ich mir ganz sicher.

Ein vertrauter Duft steigt mir in die Nase – frisch gebackener Stuten, den würde ich unter tausend anderen Gerüchen erkennen. Ich bleibe stehen, schließe die Augen und atme tief ein. Der süßliche, buttrige Duft weckt Erinnerungen an Kindheitstage.

Kaum habe ich diesen Gedanken zu Ende gebracht, höre ich Omas Stimme aus der Pension: »Katharina! Kommst du? Der Stuten ist fertig!«

Ich lächle und mache mich auf den Weg in die Küche.

Doch bevor ich die Terrassentür erreiche, taucht mein Bruder Kai plötzlich vor mir auf und versperrt mir mit ausgebreiteten Armen den Weg. »Kein Durchgang ohne Passwort!« Seine Augen funkeln wie früher, als wir Kinder waren und unsere »geheimen« Regeln aufgestellt haben.

Ich seufze gespielt genervt. »Kai, lass mich durch. Ich habe zu tun.«

Er schüttelt den Kopf. »Regeln sind Regeln. Und das Passwort kennst du doch noch, oder? Ohne Passwort kein Zutritt.«

Ich lache und stemme die Hände in die Hüften. »Rasselbande, Rasselbande, Rasselbande!«

»Richtig!«, ruft er, macht einen theatralischen Knicks und lässt mich vorbei.

In der Küche erwartet mich ein Bild, das mein Herz wärmt. Oma sitzt am Tisch, auf ihrem Stammplatz, ihr weißes Haar hat sie zu einem Dutt zusammengebunden, um die Hüften trägt sie ihre Lieblingsschürze. Die weiße mit dem dunkelblauen Rand und den aufgestickten Gänsen. Neben ihr haben es sich Ole und Phil bequem gemacht. Beide lächeln, als sie mich sehen. Auf dem Tisch steht der frisch aufgeschnittene Stuten, daneben Butter, eine Schale Kirschmarmelade und eine große Kanne dampfender Ostfriesentee. Die Kluntjes funkeln wie Diamanten in einer kleinen Zuckerschale, ich muss grinsen, als ich daran denke, wie wir sie früher immer heimlich genascht haben.

»Da bist du ja endlich«, sagt Oma Enna, während Ole mir einen Teller reicht.

Phil zieht den Stuhl neben sich zurück, ich setze mich, seine Hand legt sich sanft auf mein Knie. Ein schneller Blick, ein warmes Lächeln – seine Art, mich zu beruhigen. Ich lege meine Hand auf seine.

»Alles fertig fürs große Ereignis?«, fragt er leise.

»Ja«, sage ich und nehme ein Stück Stuten. »Aber ich bin trotzdem nervös.«

Bevor ich weiterreden kann, höre ich plötzlich Schritte

im Flur. Die Tür zur Küche öffnet sich, und da steht sie – Marie, unsere erste Künstlerin.

»Oh, ich hoffe, ich störe nicht«, sagt sie unsicher, aber mit einem freundlichen Lächeln auf den Lippen.

Mein Herz schlägt schneller, aber ich lächle zurück. Alles fühlt sich plötzlich so richtig an. »Ganz und gar nicht«, sage ich und stehe auf, um sie zu begrüßen. »Willkommen! Komm rein, wir sind gerade beim Tee und frisch gebackenen Stuten. Du bist genau zur richtigen Zeit da.«

Marie lächelt erleichtert und tritt in die Küche. Sie trägt eine große Tasche über der Schulter und ein Skizzenbuch unter dem Arm. Ihre Haare sind in einem lockeren Zopf zusammengebunden, und ihre Augen strahlen vor Neugierde.

»Das klingt wunderbar«, sagt sie und setzt sich an den Tisch, wo Oma Enna ihr gleich eine Tasse Tee einschenkt.

»Marie, das ist meine Oma Enna«, sage ich und deute auf sie. »Und das sind meine Brüder Kai und Ole.« Ich lächle Phil an. »Und das ist mein Freund, Phil.«

Marie nickt jedem zu und lächelt schüchtern. »Es ist so schön hier. Ich habe schon bei der Ankunft die Atmosphäre gespürt – ruhig und inspirierend. Genau das, was ich brauche.«

»Das ist der Plan«, sage ich. »Hier kannst du dich ganz auf dich und deine Arbeit konzentrieren.«

Marie legt ihre Tasche ab und blickt zu mir. »Das Zimmer sieht auf den Fotos wirklich wunderschön aus. Ich habe es mir gerade noch mal auf dem Handy angeschaut, bevor ich reingekommen bin. Die Details, die Farben – es ist perfekt.«

»Danke, ich bringe dich gleich rüber«, sage ich, und mein

Herz macht wieder diesen kleinen Sprung. Es tut gut, zu hören, dass all die Mühe bemerkt wird.

»Aber erst mal Stuten und Tee«, sagt Oma Enna. »Die besten Ideen kommen sowieso, wenn man satt und zufrieden ist.«

Wir alle lachen, und während die Gespräche um den Tisch herum lebendig werden, spüre ich, dass dieser Moment ein Anfang ist – nicht nur für Marie, sondern auch für uns alle.

Vielleicht ist es der Duft von frisch gebackenem Stuten, vielleicht das Lächeln, das zwischen uns allen ausgetauscht wird, oder vielleicht einfach die Erkenntnis, dass wir genau das tun, was wir immer wollten: einen Ort zu schaffen, an dem Menschen sich finden können. Sei es in ihrer Kunst, in ihren Träumen oder einfach bei einer Scheibe süßem, buttrigem Stuten.

Columbus – LIOBA
Instagram: @thisislioba

I met you on a wild, untamed sea,
A moment like a song, haunting but free.
The way the waves crashed felt just like my heart,
Didn't know your name, but you'd leave a mark.

And maybe it's the way you look at me,
Like I'm something rare you've finally seen.
A ship adrift that's found its shore,
Now I'm not searching anymore.

I was lost, 'til I found you,
Like an unknown island
Rising out of the blue.
Call me Christopher Columbus
The treasure we're chasing
Was always in front of us.

You wear your heart like an open sky,
Pulling people in, like gravity's tide.

In a little café, where the world felt still,
You lit the room, you always will.

And maybe it's the way you look at me,
Like I'm something rare you've finally seen.
A ship adrift that's found its shore,
Now I'm not searching anymore.

I was lost, 'til I found you,
Like an unknown island
Rising out of the blue.
Call me Christopher Columbus
The treasure we're chasing
Was always in front of us.

I was lost, until I found you,
Like a hidden island breaking through.
Call me a dreamer, call it blind luck,
But every map was pointing to us.
In the midnight blue, I'm holding on tight –
You're the star that led me through the night.
I was lost, so lost, 'til I found you.

I was lost, 'til I found you,
Like an unknown island
Rising out of the blue.
Call me Christopher Columbus –
The treasure we're chasing
Was always in front of us.

Oma Ennas Hefestuten mit Mehlstück

Zutaten für das Mehlstück:

50 g Weizenmehl (Typ 405)

250 ml Wasser

Für den Hefeteig:

500 g Weizenmehl (Typ 550)

50 g Zucker

1 Päckchen Vanillezucker

1/2 Würfel frische Hefe

1 TL Salz

100 g weiche Butter

200 ml Milch (lauwarm)

1 Ei (Größe M)

Optional: 100 g Rosinen oder Cranberrys (vorher in warmem Wasser einweichen)

Für die Glasur:

1 Eigelb

2 EL Milch

Optional: Hagelzucker oder gehobelte Mandeln

Zubereitung

1. Mehlstück vorbereiten

Mehl und Wasser in einem kleinen Topf verrühren, bis keine Klümpchen mehr vorhanden sind.

Unter ständigem Rühren erhitzen, bis die Masse eindickt und eine puddingartige Konsistenz erreicht. (Das dauert etwa 2–3 Minuten.)

Das Mehlstück in eine Schüssel geben, mit Frischhaltefolie abdecken (direkt auf die Oberfläche legen, damit sich keine Haut bildet) und auf Raumtemperatur abkühlen lassen.

2. Hefeteig zubereiten

Die Milch leicht erwärmen (nicht über 40 °C, damit die Hefe aktiv bleibt).

Die frische Hefe in der Milch auflösen. Wenn Trockenhefe verwendet wird, diese einfach später mit den trockenen Zutaten mischen.

Das abgekühlte Mehlstück, das Weizenmehl (550), Zucker, Vanillezucker, Salz, Ei und die Hefemilch in eine Rührschüssel geben.

Alles mit der Küchenmaschine oder dem Knethaken eines Handmixers etwa 5–7 Minuten kneten. Der Teig sollte glatt und elastisch sein.

Die weiche Butter in kleinen Stücken zum Teig geben und weitere 5 Minuten kneten, bis die Butter vollständig eingearbeitet ist.

Falls gewünscht, die eingeweichten und abgetropften Rosinen oder Cranberrys unterheben.

Den Teig abdecken und an einem warmen Ort ca. 1–2 Stunden gehen lassen, bis er sein Volumen verdoppelt hat.

3. Formen und ruhen lassen

Den Teig auf eine leicht bemehlte Arbeitsfläche geben, kurz durchkneten und zu einem länglichen Laib formen.

Den Laib auf ein mit Backpapier ausgelegtes Backblech legen oder in eine gefettete Kastenform setzen.

Abdecken und nochmals 30–45 Minuten gehen lassen, bis der Teig deutlich aufgegangen ist.

4. Backen

Den Ofen auf 180 °C Ober-/Unterhitze (oder 160 °C Umluft) vorheizen.

Eigelb und Milch verquirlen und den Hefestuten damit bestreichen. Optional mit Hagelzucker oder gehobelten Mandeln bestreuen.

Den Stuten im vorgeheizten Ofen ca. 30–35 Minuten backen, bis er goldbraun ist. Sollte er zu schnell bräunen, mit Alufolie abdecken.

Auf einem Kuchengitter auskühlen lassen.

Der Hefestuten schmeckt frisch besonders gut mit Butter, Marmelade oder Katharinas Nussmus. Er lässt sich auch gut einfrieren und bei Bedarf auftauen.

  Viel Spaß beim Backen!

· · ·

Katharinas Walnussmus

Zutaten:

200 g Walnüsse
Optional: 1 Prise Salz
Optional: 1 TL neutrales Öl (nur falls nötig)

Zubereitung:

Walnüsse auf ein Backblech legen und bei 150 °C etwa
8–10 Minuten rösten, bis sie duften.

Geröstete Walnüsse in einen leistungsstarken Mixer
oder eine Küchenmaschine geben.

Pulsieren, bis die Walnüsse zunächst zu einem Mehl
werden und dann langsam anfangen, Öl freizusetzen.
(Das dauert etwa 5–10 Minuten.)

Falls das Mus zu trocken bleibt, kannst du einen Teelöf-
fel neutrales Öl hinzufügen.

Optional mit einer Prise Salz abschmecken.

In ein luftdichtes Glas füllen und im Kühlschrank aufbe-
wahren.

Herzen heilen im kleinen Büchercafé, wenn draußen die Stürme toben

Tilda ist zutiefst gerührt, als ihre Freundin sie bittet, als Partnerin in ihrem Büchercafé auf Sylt miteinzusteigen. Auf ihrer Lieblingsinsel war die ehemalige Buchhändlerin Tilda nicht mehr, seit ihr damaliger Partner dort verunglückt ist. Doch zwischen den Bücherstapeln und den frisch gebackenen Kuchen beginnt sie langsam zu heilen und knüpft ein zartes Band zu einem Stammkunden, der regelmäßig in den Laden kommt. Außerdem lässt sie sich zum ersten Mal seit Jahren wieder auf einen Liebesroman ein – und im Austausch mit der Autorin erwacht ihre alte Leidenschaft für Bücher wieder. Dabei ahnt Tilda zunächst nicht, dass nicht nur ein gebrochenes Herz Zuflucht im kleinen Büchercafé sucht ...

Julia Rogasch
Wintertee im kleinen Büchercafé am Meer
Ein Sylt-Roman

Taschenbuch
Auch als E-Book erhältlich
www.ullstein.de

ullstein

Auf dem E-Bike der Sonne entgegen – ein herrlich komischer Syltroman

Die Mittfünfzigerin Marina dümpelt in ihrem öden Eheleben vor sich hin, bis sie ein Hilferuf ihrer Cousine ereilt: Marina soll sie drei Monate in ihrem E-Bike-Verleih auf Sylt vertreten. Das Problem ist nur: Marina leidet an Panikattacken. Unvorstellbar für sie deshalb, an einem fremden Ort einen Betrieb zu managen. Doch tapfer stellt sie sich der Herausforderung – und ihr Mut wird belohnt: Eine Gruppe Frauen greift ihr unerwartet unter die Arme, ein attraktiver Schäfer verwirrt sie – und auch ihr Ehemann offenbart ein überraschendes Geheimnis. Und plötzlich schlägt ihr so geordnetes Leben Purzelbäume.

Claudia Thesenfitz
Sylt im Getriebe
Ein Glücksroman

Taschenbuch
Auch als E-Book erhältlich
www.ullstein.de

ullstein

Wo der Strand bis zum Horizont reicht, ist die Liebe nie weit!

Anfang fünfzig, ohne Job, dafür reichlich Stress mit dem Ex – für Rosalie Burg kommt eine Auszeit auf Amrum keine Sekunde zu früh. Sommersachen eingepackt und auf gehts! Doch die Nordseeinsel entpuppt sich als stürmischer als gedacht, und die viel zu dünnen Kleider bleiben nicht Rosalies einziges Problem.
Zum Glück gibt es charmante Inselbewohner wie Justus, der ihr auf der Fähre seine Jacke anbietet und ein Feuerwerk der Gefühle bei ihr auslöst. Als sich auch noch beruflich eine neue Chance auftut, scheint der Neuanfang perfekt – wäre da nur nicht Rosalies altes Leben, das plötzlich an die Tür klopft ...

»Bücher von Jette stimmen fröhlich und sorgen für gute Laune. UNBEDINGT LESEN!«
Brigitte Glaser

Jette Jacobson
Das Glück ist nur eine Insel entfernt
Ein Nordsee-Roman

Taschenbuch
Auch als E-Book erhältlich
www.ullstein.de

ullstein